阅美文

古典空间的文化密码

张艳庭 著

张艳庭

西苑出版社

图书在版编目（CIP）数据

古典空间的文化密码 / 张艳庭著．—北京：西苑出版社，2018.12

ISBN 978-7-5151-0696-0

Ⅰ.①古…　Ⅱ.①张…　Ⅲ.①散文集－中国－当代　Ⅳ.①I267

中国版本图书馆 CIP 数据核字（2018）第 289949 号

古典空间的文化密码

GUDIAN KONGJIAN DE WENHUA MIMA

出 品 人　赵　晖
责任编辑　汪　莉
特约策划　凌　翔
责任印刷　陈爱华　严令升
责任校对　刘娟娟
封面设计　戴　敏
出版发行　西苑出版社 XIYUAN PUBLISHING HOUSE
通讯地址　北京市朝阳区和平街 11 区 37 号楼　邮政编码：100013
电　　话　010-88636419　传真：010-84281520
　　　　　E-mail：xiyuanpub@163.com
印　　刷　三河市金元印装有限公司
经　　销　全国新华书店
开　　本　710mm×1000mm　1/16
字　　数　160 千字
印　　张　13
版　　次　2019 年 1 月第 1 版
印　　次　2019 年 1 月第 1 次印刷
书　　号　ISBN 978-7-5151-0696-0
定　　价　49.80 元

目录

第一辑　古宅

第二辑　古村

第三辑　古镇

第四辑　古城

第一辑　古宅

皇城相府：空间中的家族史

皇城相府在众多的山西大院中是一个较为独特的存在。它与众多以姓氏命名的大院不同，也没有用它原本的名字“午亭山村”，而是选择了皇城相府来作为景点的名称。皇城相府的官宅意味颇浓，但它不仅仅是一座相府，而是官商混杂的一个大家族的聚居建筑群落。相府这一称谓也不尽属实，因为清朝不设宰相一职。而相府前加上定语“皇城”，原来的意思指为晋城皇城村的相府。但村字的去除，让皇城脱离了村落名称的专有语义，让这两个字原本的意义彰显出来，仿佛真是皇帝的居所。这种命名对词语所指进行抽离造成了一种能指的狂欢。未抵达者除了少数人知道皇城本来的意思是指这个村庄之外，更多的人接受了这种能指的狂欢，即这个景点拥有了两种风景，即相府和皇城的叠加。于是，一种富丽堂皇的景象便从望文生义者脑中涌现。整个皇城相府的命名，有一种强烈的比喻性质，带有这个时代商业营销中名实分离的手法。

这种名实之间的错位或分离不仅是现代旅游业所独有，事实上，在古代中国乡土社会中，名实分离就成了一种广泛存在的文化现象。古代乡土社会是一个变化极慢的社会，从春秋战国诞生了思想界百家争鸣后，中国社会在相对统一和稳定的节奏上走了两千余年。思想的定于一尊，使后世只能在注释中谋求思想的变动和社会的适应。注释的方式引起了名与实的错位与分离，也为后世思想发展提供了变通的途径。在表面的无违之下，社会思想随着时代发生了巨大的变动。而当今社会之中，名实分离的现象仍然存在。但皇城相府的名实分离并不算严重，更不能算离谱，只能算是一种话语修辞。这一方面体现在陈廷敬确实官至一品，相当于宰相，康熙皇帝也确实两次下榻这里；另一方面，体现在建筑本身，它的规模和奢华程度，确实可与皇城相媲美。抵达皇城相府的游人，的确会惊叹它的庞大、奢华，即使知道此皇城非彼皇城，也不会觉得被一种文字游戏所欺骗，甚至愿意将皇城当成一种比喻。在众多被称为“民间紫禁城”的山西大院中，皇城相府的官宅性质更加突出，和其他大院相比，与紫禁城有更多的相似之处。

要了解这些建筑群落，首先要了解的，是在其中居住的人。而这些人中首先要了解的是陈廷敬。康熙不仅在这个下属的家中留宿，也留下了对陈廷敬的评价。皇城相府御书楼上的对联“春归乔木浓荫茂，秋到黄花晚节香”就不仅仅是景物描写，也蕴含着对陈廷敬功绩和人格的褒扬。陈廷敬去世之后，康熙皇帝更称赞他为“宽大老成，几近完人”。

被皇帝称为几近完人，当然是一个极高的评价。以儒家价值体系来衡量，他也似乎的确做到了。他历任经筵讲官（康熙帝的老师）、工部尚书、户部尚书、文渊阁大学士、刑部尚书、吏部尚书、《康熙字典》总阅官等职。在任职期间，他曾经主持过钱币改革、吏治改革，整顿贪污，为国家举贤选能。在担任众多显要官职的同时，他还保持清廉，《清史稿》给他以“清勤”的评价。他个人著述也颇丰厚，有五十卷《午亭文编》收入《四库全书》，还有《午亭山人第二集》三卷等作品。当代作家王跃文曾这样评价过他：清官多酷，陈廷敬是清官，却宅心仁厚；好官多庸，陈廷敬是好官，却精明强干；能官多专，陈廷敬是能官，却从善如流；德官多懦，陈廷敬是德官，却不乏铁腕。这个看似毫无弱点的官员，可谓儒家伦理道德的典范。陈廷敬之所以能够达到这种典范的高度，除了他自身的性格因素，康熙一朝政治环境的相对清明，也许还有更多的原因可以从他和他的家族聚居的这个建筑群落中寻找。而这个独特的空间可以告诉我们的，却比这些还要多。

真正要理解这些古老的建筑，首先，需要遵从建筑本身规划好的进入方式、程序和观看的角度，其中仰望是运用最多的视角。《文化批评》一书认为视觉具有天生的政治性，目视本身就是一种权力结构，而仰望所表达的就是崇拜与臣服。而仰视是许多建筑在修建之初就已经定下的观看方式。如大门外御书楼上的“午亭山村”牌匾。这是康熙亲自手书的牌匾，是整个宅院地位的标志。进入大门之后，直接相对的牌楼，同样需要仰望。不用看牌楼上的内容，仅仅是它的形制就让人产生崇高之感。这座牌坊为四柱三楼式，定枋上是仿木构屋檐，正脊两端设吻兽，脊刹饰麒麟，从下枋到中枋、花枋都浮雕了二龙戏珠等各种图案。而更吸引人眼光的在这些精美的雕饰之外，是各枋间的牌匾和字牌，纵向达四五层，十余块字牌层层叠叠，镌刻着陈氏族人所取得的功名。牌坊作为封建社会一种表彰体制，其本来就是一种让人仰望的建筑。它的形式来源于棂星门，是门的一种变体，下方可供人通行，而内容和形式变化主要集中在建筑上方。它的那些形式美主要为了突出内容，即匾额上的文字。大多牌坊的文字不多，陈家的这个牌坊文字却占据了上方大半面积。原本颇具形式美的牌坊成了一种文字的奇观，造成了一种头重脚轻的视觉效果，就像一种文化上的炫富。陈廷敬因为官居要职，祖上五世都获得了康熙皇帝追授的官职。牌坊就像一种“名”的放大机制，而背后的“实”却不尽相同。事实上，陈氏家族的商业成就同样斐然，但重农抑商和官本位的社会意识形态让这些成就在牌坊上隐形。对一个家族来说，这也是一种意识形态化的名实分离。这种意识形态操作在诸多建筑文本上有所体现，就像外城建筑命名为中道庄，就是一个官宅对儒家中庸意识形态话语的热烈迎合。

在这种官宅的意义氛围中，相府中大多数宅院大门都需要仰望。因为大门不仅是功能性的，还是象征性的，门第一词至今仍然与门有着词源上的联系。在皇城相府中，最需仰望的当然是陈廷敬府邸的大门，门上高悬着“大学士第”的匾额。陈廷敬为官五十余年，担任过十余个官职，官衔最高的，就是翰林院大学士了，为正一品。这个品衔的高度也须要空间高度来体现。但进入这个高大堂皇的大门之后，二门并未出现，而是出现了一个撇山影壁。影壁墙上雕刻着麒麟一样的古兽，象征着宅主的官员身份。二门就在影壁墙的旁边，也就是说，二门与大门并不在一条中轴线上。其后几进院落依然有中轴线，与二门相对应。这是与中国传统建筑规范相违背的做法。事实上，中轴线在中国传统建筑里，不仅是美学线，也同样是权力线，更与皇家权力息息相关。朱大可在《江南园林的折叠时空》中写道：“毫无疑问，中轴线就是拉长的皇帝意志，划出皇权的逻辑起点。”他还写道“皇家建筑师们洞悉中轴线和权力的逻辑关系”。在康熙皇帝身边做了大半辈子臣子的陈廷敬同样懂得中轴线和权力的逻辑关系。有了对这中轴线的避让，即使其精美奢华程度可以和故宫中的建筑相比肩，在政治上，它也拥有了豁免权。如果说帝制时代对皇帝姓名的避讳是一种言语避讳，那么，这就是一种空间避讳。我曾经见过与陈府精美奢华程度相媲美的山西大院，并没有避中轴线之讳，应该是因为它们的主人是商人。只有对于陈廷敬这位重要官员来说，这种避讳才有意义。这应该是康熙皇帝两次来此并住在陈廷敬府上而未对它的奢华有所异议的重要原因。作为一个皇权体制下的臣子，对于空间与权力关系的理解是必要的功课。陈廷敬就是依靠对建筑空间的巧妙处理，获得了更大的空间权力。

这体现在二门后建筑的奢华中。二门明间内柱间设有木质屏风，平时关闭，贵宾到来或有重大事情才开启。这个木质屏风起到了隔断、遮隐的作用。作为官宅，大学士第也是前堂后院的结构。一进院落的正厅是陈廷敬办公及接待宾客之所，其上高悬“点翰堂”的匾额。这是康熙御笔所题，表彰陈廷敬多次担任国家科考主考官的功绩。除了“点翰堂”的匾额，还有许多匾额和对联一起构成了对陈廷敬功绩的颂扬之词。如朱大可所言，“题写最初是皇帝宣谕权力的方式，以后却受到士大夫的热烈效仿。题写也是存在的证明”。康熙皇帝通过题写宣谕了权力，陈廷敬又通过题写进一步宣谕了这种权力，以和皇帝的题写相呼应。因为这些匾额和对联的不断题写，一个京城之外的官宅获得了权力存在感和证明。

点翰堂之后的院落为住宅区域。二进院落原为陈廷敬的书斋，但因为康熙皇帝曾在第三进院落中居住，所以这进院落中也包含了陈廷敬的寝居之所。因此，二进院落不仅建筑规格与前院不同，对联内容也有所改变，不再是强硬的政治口吻，而变为颇具文人气质的诗性话语。如“晴雪寒梅有诗画意，朔风冻雨皆松竹声”。虽然仍有儒家道德的标榜，但已柔软得多，使用了文学的借代修辞。虽然这些对联在一定程度上是一种题写套路，但还是与陈廷敬的个人文学修养有关。与封建时代许多文人官员相似，陈廷敬在为官之余，一直保持着写诗的爱好。也可以说是勤于笔耕，终身不辍，著有《午亭文编》《河上集》《参野诗选》《说岩诗集》《山礼指要》《午亭归去集》等多部诗文集。他曾将自己的《午亭文编》送呈康熙御览，被康熙夸为“拟诸姚房李杜”，所作各体诗“清雅醇厚，非积字累句之学所能窥者”。皇帝的赞赏并非空穴来风，对于臣子来说，几乎是一个终极评价机制。事实上，陈廷敬的诗歌颇关注现实政治，也不遗余力地对康熙功绩进行宣扬。他的《岁暮杂感二首》《平滇雅三首》《北征大捷功成振旅凯歌二十首》《南巡歌十二章》等作对康熙的平定三藩、亲征噶尔丹，以及南巡、治河等进行热情歌颂。他的诗作有自己独特的艺术风格。如他的《诫子孙诗》：

岂因宝玉厌饥寒，愁病如予那自宽。
憔悴不堪清镜照，龙钟留与万人看。
囊如脱叶风前尽，枕伴栖乌夜未安。
凭寄吾宗诸子侄，清贫耐得始求官。

这首诗是他听闻其弟在广东做官被弹劾，特地作来告诫子侄的。从这首诗中可以管窥出他的学养功底与深厚朴茂的风格。但总的来说，他并不是一个伟大的诗人。在这件事情上，皇帝的评价丧失了权威性。一定程度上，正是仕途的顺遂妨碍了他在诗歌这个去功利色彩的事物上取得更大的进展。在官宦士族之家长大，一生的大部分时间都在朝为官，限制了陈廷敬的视野，尤其使他对社会底层缺乏了解。虽然他较为推崇杜甫，却恰恰缺少杜甫的社会底层生活经验和遭受的磨难，导致一种形式与内容的错位。但这并不是唯一因素。他自己性格上的原因也很重要。由于长期担任高官，加之教育和成长环境，使他形成了谨小慎微的性格，较为正统的道德伦理观念。这也是他能在官场屹立不倒的一个重要原因。但这种性格影响了感性的张扬，情感的宣泄也无法淋漓尽致。那些现实政治诗作都体现了意识形态正确，而没有深刻反思甚至反讽；《诫子孙诗》也充满了道德口吻。虽然这些诗歌无法体现陈诗的全貌，但有一定的代表性。事实上，官员身份不仅使他在思想上趋向保守，繁重的公务，也使他无法全身心地投入创作。就像许多古代文官一样，诗歌在一定程度上，只是为他们在公事操劳之余，提供了一种精神抚慰。就像这些富于诗意但略显平常的联句对于陈廷敬来说，已经足够营造一种“诗意栖居”。

不过这些联句只是符号化的诗意栖居。为了让这种栖居环境更加真实，陈家以巨大的空间来营造花园。相府第的隔壁就是一个巨大的花园，湖水、假山仿佛让自然山水呈现在建筑的丛林中。虽然花园中的假山、池塘也是一种符号化的山水，却比文字符号更加接近真实。而在这两者之间，花园与主宅建筑之间还有一个过道，每进院落都有拱门相通。作为连接花园与住宅之间的通道，走廊与拱门上刻下了众多精美的砖雕。它们成为文字符号与物质符号之间的一种符号，虽然没有假山、水池那样的物质符号真实，但却比文字符号更加形象、生动，富于美感。

雅克巴尔赞将西方文明归结为石器文明。而中国古代文明，尤其是建筑文明则被归纳为木器文明。木头的确在中国古典建筑中是最主要的建筑材料。但在木与石之间，中国古典建筑还有一个缓冲地带，那就是砖。砖在中国古典建筑中也占据了重要的地位，它的坚固沉实与木的轻盈精美共同构成了中国古典建筑这枚硬币的两面。虽然没有石头那样坚硬与保存长久，但它还是以相对的硬度弥补了木头的不足。它们不仅是围墙的主要组成部分，在住宅建筑中也担任了重要的角色。相府的住宅正面都是木质，其余三面墙壁都是青砖垒砌。在这些住宅建筑中，它们主要担任了承重稳固的任务，建筑的美观则由木质材料负责。但在住宅与花园的过渡部位，它们则呈现出柔软的一面。这柔软是相对于石质建筑材料而言。它比石头更宜于刻刀的舞蹈，众多美妙的曲线在这个柔软的材质上诞生，而且比木材上的雕刻有更久的寿命。只是相较于木材的整体性雕刻，青砖更宜于浮雕。它改变了墙垣的单纯实用功能，使它对视觉的遮挡有了名正言顺的美学缘由。于是，砖墙门楣之上，众多的砖雕营造出一个华美多姿的符号世界。这些符号拥有强烈的美感，各种现实中的花朵、植物、鸟兽与想象世界里的图案，如凤鸟、抽象图纹等，把人带入一个美学空间。这些砖雕图案与前院砖雕上的麒麟等权力象征图案共同构成了一个完整又相互呼应的浮雕体系。这些过渡符号有效地实现居住者精神世界由儒向道的切换及整个宅院办公、居住、审美、休闲等多种功能的一体化。

皇城相府的整个外城部分，格外注重对于花园的营造。除了主体院落旁的这个花园，还有与小姐院相通的西花园。花园中除了假山、水池，还有秋千等娱乐设施。与主花园不同的是，这个小花园为深居闺阁的未婚女性提供了相对全面的生活和文化娱乐空间。

但相较于男性，女子的地位仍然低下。虽然陈家未婚女性有自己专有的住宅区域，但这个区域内的房舍仍然进行了符号化的操作。与其他建筑都不同，小姐院房屋都为卷棚顶，没有屋脊和五脊六兽。作为一种建筑形态，它们本没有高低之分。但在特殊的社会文化语境里，它也有自己独特的内涵，平滑的屋脊寓意着女人要平和、温柔、善良，相对低矮的房屋也是这些建筑的文化姿态。从总体形象上，小姐院的建筑都呈现出恭顺、谦卑、羞怯之态。

这是古代社会男尊女卑意识形态的空间语法，相府建筑也严格遵循。其实设定女性专属空间本身就是一种严格的空间规训。只是相府内的女性专属空间相对完善，除花园外，东厢房专供未婚女子读书、习琴、对弈。这是“大家闺秀”的标准生活空间。但因为门第高贵，这里又比那些标准空间更加高级一些。比如小姐们对弈、抚琴的东厢房，有一幅翡翠玉石制成的《松鹤延年福寿图》，“苍松万古青永驻，云鹤千年寿无疆”的楹联出自乾隆皇帝的御笔。绣房的樟木屏风上浮雕着《百鸟朝凤图》，是仿故宫屏风制作的精品。同样让人惊艳的是樟木雕成的三层透花雕竹隔扇，与一般的浮雕不同，这个透花雕刻出了竹子立体的玲珑与清雅。据说除故宫有一紫檀木的，全国再无第三。这些贵重的摆设在一般的大家族中，都是见不到的；但对家中女儿的未来规划上，陈家与他们却都是一样的，那就是嫁给官宦、富贵人家。这大概是一个家族对自己的“大家闺秀”最大的期许。陈家的小姐的确都嫁给了富贵人家。但却并不一定都幸福。陈家可以给这些女儿们人生最贵重的装饰，却不能给她们选择自己命运的自由。其实不光那些奢侈品是一种装饰，她们所学的诗词歌赋、琴棋书画都是一种装饰。陈家的这些女子中，最具代表性的人物是陈廷敬的孙女陈静渊。她是陈家最有才气的女子，诗词、书画皆达到了一定的造诣。现在的小姐院到西花园的过厅中，就悬挂着陈静渊的书画作品。绘画精美雅致，气韵生动；书法笔走龙蛇，气象万千；而书写的内容，也是她自己创作的诗词。虽然无法与诗词大家相比，但也颇为精细雅致。如：

夜坐

空庭寂寂晚风寒，月色溶溶映画栏。
无数扶疏花之影，小窗红烛坐更残。

从陈静渊的诗中可以看出陈氏家族文学基因的传递并没有只限于男性。陈静渊的文学造诣也许比那些考取进士为官的男性族人还要高。但她并没有参加科举的可能，甚至没有婚姻选择的自由。她在成年后即依父母之意嫁给一个之前并不认识的人，一年多之后就丧夫，后携幼子回到娘家。她曾向父亲提出改嫁，但没有得到父亲的允许。陈氏家族对儒家礼教的遵循，达到了严苛的地步。家规与礼制相互渗透缠绕，无法分离。陈静渊回到娘家后，当然无法再在小姐院中居住，而是住到了陈家最大的花园——止园内的一座小楼上。之所以无法回到原来居住的小姐院中居住，除了建筑功能的划分之外，一定程度上还因为中国传统礼制中的家族制度。中国传统家族制度如费孝通所言是“以同性为主，异性为辅的单系组合”。男性是家族的主宰，男女之间存在着巨大的鸿沟。即使同族血肉，女性也是家族制度中的他者。出嫁之后，这种他者升格为外人。原来的家宅中本没有为出嫁女儿设置房舍，也就无法容纳，只能将她收留在花园中。陈氏家族是注重花园营造的，希望将自然融入住宅之内，完成住宅居住与出游之间，儒家与道家之间的沟通与融合。止园作为皇城相府中规模最大的花园，其规格与江南园林不相上下，可以体现出造园者的这种意图。也许陈静渊的家人是希望她在这座花园中获得精神上的疏通。虽然是一种放逐，但同时也是一种疗治。而陈静渊所居小楼属于南书院，这也是陈家对陈静渊命运的一种告知，她唯一翻身的机会，就是教儿子好好学习，将来儿子得到功名之时，她的境况就会得到根本改变。这件事情经过多重意义的赋予，获得了最大的合理性，成为一种伦理上的一石三鸟。

花园作为文官家宅中自然的象征，却最终成了压抑自然人性的地方。这形成了一种鲜明的悖论，也说明了所谓的自然与道仍然只是儒家礼制规训内的象征符号，而与真实的自然相去甚远。儒家礼制就如同那高高的围墙一样，将假山、湖泊与花草所象征的自然与道家精神围困其中。居住在这个花园之内的陈静渊并没有在自然的陶冶中获得平静与欢喜，而是变得日益多愁善感。她的诗虽然描写了许多优美的自然景物，但总是笼罩着一种深沉的伤感。这种伤感既是对这种围墙之内自然符号性的洞悉，也是这种虚假自然的文化结局。

陈静渊所居小楼属于南书院建筑群。这里是陈家子弟学习儒家学说，科举仕进的地方，也是陈静渊在儒家体系中的出路所在。这出路当然寄托在陈静渊儿子的读书进仕上。南书院这里的确有这种氛围。它的建筑规模庞大，有二进院落，房舍都很高，多为二、三层。一进院落正厅叫清立堂，屋檐高大，斗拱参差，梁柱间雀替也超过一般规模，显得大气雍容，屋子前沿口的木镂雕图案有麒麟、云彩、书卷、画轴、金钱、花草等，异常精致。堂前门上方有匾“至德惟修”。如今，清立堂内陈列着陈氏家族考中进士者的画像，还陈列着陈廷敬得中进士时的皇榜。二进院落内，是陈氏子弟主要的读书习文之处。正厅为三层，名为崇兴阁，一楼的门上方挂着一块匾“日知书屋”。陈廷敬当年就是在这里读书学习的。作为陈家荣耀产生的场所，它的房间数量颇多，供奉孔子画像、藏书、教室等不同的用途，构造了儒家礼教复杂的体系。但儒家学说又是如此单一，更多只是一种入仕，是维护封建礼教与帝王统治的工具。南书院里有一副楹联唯美地描述了这种工具性教育：“何物动人，二月杏花八月桂；有谁催我，三更灯火五更鸡。”

二月杏花八月桂不只是一种美丽的自然景观。明清两代，会试多在二月杏花盛开之时，考中就是上了“杏榜”；乡试又多在八月桂花盛开之时，考中就称为“折桂”。寒窗苦读只是为了考取功名，那最为动人的事物，不是自然景物，也不是学问本身，只是功名而已。聪明的陈静渊对这种教育的本质即使无法看透，也多少领会。它所提供的遥遥无期的出路，并不能给感情丰富的陈静渊以情感上的慰藉。而传承文化的书院，同时也成为一种人性的幽禁之所，正是儒家礼教两面性的最好象征。

陈静渊的父亲陈豫朋看到了她的凄苦，却只以“命中注定”来劝慰她，并为她居处之楼取名“悟因”。相信身为父亲的陈豫朋是真正为女儿难过的，但骨肉亲情与儒家礼教之间的斗争，还是后者胜利。他所题写的悟因楼即是在儒道方法之余，为女儿寻找的第三条道路——佛学。因果即是佛学教义中的重要理论话语。陈豫朋的“悟却前因，万虑皆消”，即是试图通过让女儿参透因果论，获得解脱。这是中国传统文人所经常借鉴的方法，甚至成为中国传统文人精神结构的一部分。但这个方法同样没有对陈静渊奏效。在人性与自由面前，这些所谓的文化调节机制并没有起到效果。陈静渊对父亲“悟却前因，万虑皆消”的回应，是自己的诗句：“悟却前因万虑消，今朝谁复计明朝。只怜欲遣愁无力，憔悴形容暗里凋。”最后，陈静渊还是在 22 岁抑郁而终。有一种说法是陈静渊无法获得爱情自由之后，选择了更激烈的死亡方式：上吊自尽。

陈廷敬与陈静渊就像是传统儒家礼制的正反两面。陈廷敬因之获得了高官厚禄和英名流芳，陈静渊却又因之抑郁终死。陈廷敬建构起了中道庄这些礼制和文化的风景，陈静渊却又将这些风景解构。

事实上，建构这些风景的不仅仅是陈廷敬，而是整个陈氏家族。在斗筑居，更能体会到这种建构的久长和礼制的力量。

高高的城墙围起了名为斗筑居的内城。内城更为庞大，为官至御史的陈廷敬伯父陈昌言修建。这里的建筑修筑年代从明朝末年到清初，更全面地展现了一个家族的聚居空间。但内城首先让人印象深刻的是以其城墙的高大与坚固，构筑起的一个完备的防御体系。因为整个建筑群屹立于山坡之上，几乎构成了先天的防御优势。而在此基础之上，内城城墙依山势而修，墙头遍设垛口，重要部位筑堡楼，并在东北、东南角制高点建春秋阁和文昌阁，整体高度令人望而生畏，对外部世界和战乱时代说出严厉的拒绝之词。不仅如此，其城墙内四周还设下藏兵洞，计五层125间。洞间或通或不通，或三五间相连，不同层级之间有暗道相通，可直达城头。最高一层筑于城墙之内，并设炮眼对着城外，既可发射火器，又可观察敌情。内城修建于明崇祯年间，身为明代官员的陈昌言，有对于乱世来临的准确预感，也有防御农民起义军的切身经验，为整个家族宅院建立了完备的防御体系。这里不仅有对于家族财富的保护，有对家族尊严的宣示，一定程度上也表明了官员与乱世民间的紧张关系。当既有政治秩序行将崩溃之际，既定秩序的维护者就与秩序规范的对象直接处在了刀兵相接的最前线。这被称为“流寇”的防范对象，其实就是失去或离开土地的农民。帝制时代把农民与土地紧密捆绑，不仅有生产上的原因，还有确保政权安全的考虑。而陈家在对农民起义军抗拒的同时，还要保护仍然与土地紧密连接的当地农民。这与陈家的乡绅身份有着密切关系。

法制体系不健全的乡土社会中，乡绅在以礼制为主的乡村政治中担任着重要的角色，一个地方旺族往往是乡村治理者。这种身份和关系决定了陈家不可能只求独善其身。河山楼化解了官方背景的陈家高高在上的孤立局面，而完善了作为乡绅的陈家的权力机制。河山楼高达三十多米，但作为一个高楼，它比墙垣多了一层接纳的含义。这个呈长方形，达七层的高楼，三层以上才设有窗户，显示了它的防御性质。楼顶建有垛口和堞楼，便于瞭望敌情保卫城堡。为了有效防御，只有一个拱门可以进入，而这个门还有两道，为了防火，外门为石门，门后施以杠栓。河山楼就是一个自成体系的堡垒，就像是缩小版的斗筑居。只不过，它的空间不再是在平面上，而是在立体上纵向提升。据说，公元1632年，“流寇”不期而至，河山楼庇护了陈氏家族及附近村民八百余人。后来“流寇”又多次进犯，多达数千人次的村民进入河山楼避难。这一场景书写了乡土社会中乡绅与村民间温和的权力关系，构造出和谐的乡土权力景观。后来，城墙、藏兵洞与河山楼，一起共同构建了当时称为“斗筑居”的陈氏家宅的防御体系。防御体系的建立，完善了陈氏家宅作为官员和乡绅双重身份住宅的功能，述说了离乱时代家园功能的嬗变。

但经历时间变幻，在现代旅游业中，皇城相府的城墙含义也有了变化。它最大的价值已成为审美价值。巨大坚固的高墙逐渐成为时代的稀缺物，它本身就值得人们去欣赏玩味。而古宅管理者们又在墙下种植了爬山虎类藤蔓植物，在有些地方，爬得满墙都是，让曾经阻拦刀剑的墙壁成为更具主观意味的绿墙。而在秋深之时，绿色的叶子变红，仿若一大片鲜艳的晚霞，绽放在青色的、陈年的天空中。这是历史与现实携手筑下的奇景。

但城墙的审美价值并不局限于此。它更大的价值也许是提供一个全新的角度来审视这墙内的住宅。更准确地说，它们提供了一种俯视或平视屋顶的机会。那些鳞次栉比的瓦片，构成了古老却又最具层次感的波浪。许多庭院的结构也尽收眼底。这些视角原来是属于守卫者所有，但如今已成为普通游客的必经之途，仿佛经过俯瞰，便可以真正了解这些老房子的结构，就可以将那些平地上需要仰视的建筑“踩”在眼下。但俯瞰所能提供的认识功能就像对一本书的快速浏览一样。

真正要理解内城，还需要深入其中。除了防御设施，内城的主要建筑分三类，祠庙、民宅和官宦私邸。祠庙建筑有陈氏宗祠，民居有世德居、树德居和麒麟院，官宦私邸有容山公府和御史府等。在倾斜的山势之上，房屋的高低既是地理空间上的高低之别，也有着社会伦理上的高低之别。陈家宗祠就位于地势最高处。同时宗祠也处在内城建筑的中轴线上。中轴线是一种空间线，同时也是权力线，代表了宗祠在家族中的权力地位。宗祠分为前后两进，因为修建时间较早，建筑并不算最华丽，形制也并不算大。但还是有象征性的方法对宗祠的建筑规格进行抬升。这主要体现在宗祠大门的斗拱上。作为一种承重和增加出檐深度的建筑结构，它在中国建筑中早已实现了从实用性到装饰性的蜕变，但在这里，它的装饰意义又得到了飞跃。斗拱层层叠叠，形成了一个密集而阔大的空间，将屋檐高高抬起。这也成了一种规格的象征。皇城相府其他建筑大门的斗拱均没有超过宗祠斗拱的层数和面积。经过这些建筑学上的种种修饰，宗祠以较小的空间获得了较高的规格。

之所以宗祠拥有最高的规格，不仅因为它是一个家族血缘联系的纽带，是先祖的祭祀场所，家法家规的执行场所，更是家国一体的宗法制度的体现场所。一定程度上正是因为这种宗法制度的存在，地方绅士与官员之间的特殊关系，才促成了陈氏家族的鼎盛和皇城相府建筑群的规模。费孝通在《乡土中国》中写到，在中国古代专制集权制度下，皇权与绅权成为中国古代集权社会中最重要的两种权力，官员只是皇帝的雇佣人员，只是皇权的一部分。正因如此，乡绅和官员才会并称为士大夫阶层，才会有官员告老还乡制度。陈廷敬中道庄的修建就是因为陈廷敬要在任官期满后归还家乡，回到家族之中。在这种制度下，虽然陈家历代为官之人众多，但陈氏家族并没有因为家族精英到朝廷或异地就职行为而溃散，而是不断延续着家族的辉煌，并留下了这个辉煌成就的容器——这个容纳盛放了家族文化的巨大建筑群。

陈氏家族在明代已有族人出任御史大夫这样的高官。在明清朝廷变换之后，陈家后代依然科举出仕，服务于清朝皇帝，并不能仅仅用政治贞洁与否来下判语。如果与历史上文天祥等那些“死节”的臣子相较，陈家服务明清两代朝廷显然有不忠、不节之嫌。但与那些“名”上的道德话语相较，这里更重要的是权力的谱系及其运作，这是与名相分离的实。在专制集权统治之下，绅权也需要不断与皇权进行合作，才能确保自己的权力。这种合作方式主要就是家族让自己的成员担任皇权机构中的服务人员——官僚。通过家族成员担任官员，绅权确保了自己在地方的权力。黄仁宇曾经论述中国古代社会结构为潜水艇夹肉面包，意为皇权与地方百姓是相脱离的。朝廷所派的官员到县一级为止，无法真正地将皇权通达至底层民众。地方治理主要是一种由绅士阶层通过礼制为主导来完成的自治。中国历史上不断发生改朝换代之事，而绅权相对来说，没有大的社会结构变动，能够存在更长时间。当改朝换代发生之后，皇权的组成者发生变换，权力本身却仍然存在。而绅权想要保证自己的权力，还需要与皇权合作，于是这种合作继续进行。科举制度的延续确定了皇权的权力机构组成方式的相对稳定，也就意味着这两种权力的合作方式相对稳定。于是陈家在明清两朝都依然保持鼎盛就有了可能。在历史上，陈家的确不断涌现出科举人才，从而确保了自己的地位与权力不断延续。这是另一种意义上的名实分离。而那不忠之名显然被这权力之实遮蔽。

陈廷敬在康熙一朝担任重要职位数十年而得以善终，被康熙称为“完人”，我想除了自身品格、儒家文化的锻造，政治环境的相对清明之外，应该还有一个原因，那就是他身后有一个家族。在抄家、连坐成为常见刑罚的皇权专制的政治环境之下，他需要谨言慎行来为家族安危负责；从更长久的角度来说，他还需要为整个家族的荣耀与声誉负责。陈家的一门六翰林，很多都是在他之后，与他对家族的荫护不无关系。大学士第门前的牌坊立于康熙年间。原来陈氏家族已有一个小牌坊，但已远远无法书写下陈家的功名。陈廷敬又立下这个大牌坊。一定程度上，牌坊就是一个家族的荣耀与声誉的石质标本。这个大牌坊的竖立，对陈廷敬来说，其意义也许比自家宅院的建造更大。一贯重视木器文明的传统中国，都在牌坊材质的选择上，倾向于石材，就是在于它能够更长久地保存。石质牌坊的出现，是对中国木器文明的有效补充，从总体上延长了中国建筑的寿命，更延长了陈家这样家族的文化寿命。

在陈氏宗祠中可以看到陈氏家族更久的历史，尤其是陈昌言修筑斗筑居之前的历史。陈家最初的发达并不像许多地方乡绅一样依靠土地，虽然这是漫长的小农经济时代地方乡绅主要的生产资料。陈氏家族的居住地山西阳城山多而地少，限制了这一发展。但阳城冶铁业发达，在全国当时都占据一席之地。陈家就从经营铁器开始，使自身不断发展壮大，经营门类逐渐发展至药材、丝绸、编织、茶叶、航运、酿造、玉石、瓷器等，经营触角延伸到全国大部分省份和大中型城市，以及东南亚 3 个国家。所以陈氏家族的发达，也与商业有很大关系。斗筑居中不仅有官宅，而且有为数众多的民宅，它们同属于一个家族。斗筑居这样奢华的建筑群落，需要有强大经济后盾支撑，不是仅仅出一个官员就能解决的。山西的大多晋商之所以走上商业之路，都与山西农业生产条件相对的不足有一定关系。这种从匮乏走向富余，大概是中国古代商业发展和商帮形成的一种独特现象。只是后来陈家与更多的晋商不同，在读书进仕之路上走得更远，远远超过了其他晋商。古代重农抑商的传统，和官本位的文化环境，使他们对在仕途功名上取得的成就更加重视，以致人们对陈氏家族在商业上取得的成就往往忽略，而造成一种名实上的分离。

所以这个皇城相府的建筑群，其意义远超那些牌坊。它们不仅提供了这个家族想要留传给后世的信息，也提供了他们不一定想要留传的信息。作为一个现代的参观者，能从中看到这种不想留传的信息，似乎才真正找到历史想要馈赠给我们的东西。但对于更多的参观者来说，这些住宅不仅提供历史文化的信息，更重要的是提供了一种古典居住生活模式。现代的参观者，往往在其中迷失。剔除了历史信息之后，这些大宅院成为东方式诗意栖居的范本。许多人以为自己的抵达就是这种生活的经历，离开就是将它带走。但事实上，这些建筑一直都居住在历史里，从未离开。

康百万庄园：暧昧的精神家园

1

康百万庄园是我规划了多年的旅行目的地。因为它身处河南，离我居住的城市并不遥远。这对大院风景山西独好的固有印象是一个小小的冲击。获得这样的印象，除了因为山西大院的宣传和书写非常多之外，还因为，我的确没有在河南见过规模非常大且保存完好的民居大院。相比之下，第二点尤为重要，即保存完好。我曾在居住地邻近的地方见过一些民居大院，但大都残破，或遭兵灾、火灾等，或被以其他方式人为损坏。河南地处中原，沃野千里，自古就是兵家必争之地。有争则有毁，以木结构为主体的民居大院属于易损物范畴，许多时候就会首当其冲成为牺牲品。而山西因为偏居一隅，有太行山作为屏障，容易形成自己独特的社会、政治小气候，所以民居受到人为损毁情况较少。况且山西晋商天下闻名，他们不俗的财力，正是构建宏大民居大院的基础。大体来说，商人是主要的民居大院的建造者。河南因为地处平原，农业文明的发达一定程度上妨碍了它的商业发展，也同时遮蔽了它的商业成就。因此，康百万庄园，在我心中有独特的地位，不仅因为它的保存不易，更因为它的建造者，正是豫商的代表家族。在相关旅游宣传上，康百万庄园也被称为“豫商的精神家园”。这更勾起了我的好奇心。

建筑与人类精神的关系毋庸多言，种种类似凝固的音乐的比喻早已为大众所熟知。有关“精神家园”的比喻也早已滥俗。但“豫商的精神家园”这个比喻，有两点还是对我颇有触动。其一，康百万庄园作为康家的家宅，与喻体中的“精神家园”，有很强的相似度，将现实中的家与精神中的家画上等号，会让人在语言符号层面上感觉到这个比喻的贴切；其二，能够作为特定人群（豫商）的精神家园，必是能体现豫商的精神气质的。与只在书籍中认识并了解相较，也许这个豫商家宅的建筑空间能够传递给我们更独特的文化信息。

因为路途并不遥远，我选择了普通的大巴。车开进巩义市区不久，我就发现了一条大河平静地流过。在北方，这样宽阔的大河是不多见的，往往都会有一个响亮的名字。然而我询问了邻座，却并没有得到有关它的信息。后来才有人告诉我，这是伊洛河。我一下想起在洛阳龙门石窟看到的气势非凡的伊河，也想起在洛阳市里看到的宽阔雄浑的洛河。而这两条河竟然在这里汇合了，两条感觉完全不同的河流融汇在了一起。我在想象中很是惊艳了一番。在我的印象里，伊河因为龙门石窟而佛意盎然，超然世外；洛河因为洛阳市而大气、古气、文气，又仿佛沾满了牡丹的香气。两种完全不同的气质汇合到了一起，却并不显山露水，而是依然静水深流。最后，它又流到了我们的目的地，流到了我们的面前。康家庄园就在伊洛河的岸边，而它背后的山就是大名鼎鼎的邙山。背靠邙山，面向伊洛河，就是康百万庄园坐落在大地上的位置和姿势。

这是一种怎样的姿势呢？有人曾以“金龟探水”来形容它。走过书写“河洛康家”的牌坊进入庄园，仅仅是在栈房区，我就感觉到那高耸的院墙和大门，就是它的姿势。绝不是俯身向下的“探”，而是清高如峰的“立”。在城市里见惯了高楼大厦的我，竟然会觉得它的屋檐房墙是如此之高，尤其是大门，一直从地上生长到屋檐。虽然与高楼大厦相比，这门不能称为高，但与普通的宅门相比，它是高的。我见过许多老建筑的大门，都没有这样的高度；但现代建筑中，许多高楼大厦的门应该也要比它高的。我之所以惊讶于它的高，也许是因为它的窄。如果以人的形象来比喻的话，这里的大门都是瘦高个。胖人的高，因为其浑圆而往往不那么显眼；瘦人的高，则会因瘦而进一步烘托他的高。康百万庄园里的宅院大门就是用窄来烘托它的高的。

在烘托的同时，它又用匾额来标注它的高。这里的每个大门上方都悬挂了匾额。内容不同，但都镶有雕花等图案，异常精美，而且高度几乎都相似——是一种需要仰望的高度。在主宅区，我见过如“毁家纾难”“望龙山斗”等匾额，它从意义上也是需要仰望的。但在栈房区，我见到内容为商号名称的“顺记”也高高在上，把这种高悬匾额的大门变成一种风格。因为这些匾额，这些大门的高并不显得空洞；从某种程度上来说，这些高高的大门也是在彰显这些匾额。

匾额是中国古典建筑的重要组成部分。我所见过的中国古典建筑，不管是住宅还是官衙，不管是商号还是皇家园林，到处都有匾额的影子。而康家大院以瘦窄的大门将人们的目光引向高处的匾额，不惜以削弱其他装饰来突出匾额的建筑风格还是较为独特的。这并不是空穴来风，我后来查阅相关资料，竟然找到了匾额的产生相传源于中原河洛文化。河洛文化是匾额文化的源头，而康百万庄园正在河洛文化的地域范围之内，康百万庄园大门的牌坊上就书写了“河洛康家”四个大字。我想这不仅仅是在标注它的地理位置，也是在表达对河洛文化的认同。

这些现实中的大门，只是打开了我对康家匾额文化认识和了解的一扇门。康家匾额数量的众多，是出乎我的意料的。进入寨上主宅区之后，我看到有许多匾额甚至挂在宅院外面的墙上。这是我在其他地方没有见过的。这些匾额同样形体巨大而制作精美，内容也不是无足轻重。如“良田千顷”“受人以惠”“谊重桑梓”等。如果没有深入地考察，也许会以为它们大都是其他人所献赠，又因为数量太多，就被悬挂在了墙上。

实际上，这里还有更深层的原因。匾额是一种宣谕机制，就像是微缩的牌坊，可以为一个家族提供道德修辞。中原向来是儒家道德礼教规训的重要地域。这不仅是皇权统治的需要，还因为乡土社会中，乡绅主导乡村以礼制为主的自治，一个地方旺族往往担任这样的角色。在这种权力体系中，乡绅首先要做出表率。这表率更大程度上是一种外在的要求，需要诉诸视觉机制，于是悬挂在外墙上，就是一种彰显的有效形式。

而这种悬挂并不随意，因为康家人在墙上留下了同匾额大小一样的空间凹陷，使得这些匾额像是镶入了墙内，从而与整个墙壁融为一体。这是一种刻意为之的悬挂。从栈房区进入寨上主宅区，首先让我惊愕的就是这些几乎挂满了墙壁的匾额。不独门上、墙上，室内的匾额也为数不少。寨上主宅区用来居住的房间大都是窑洞形。在这窑洞形的室内，我也发现了许多匾额。其中一块题写了“慎”的匾额，我拍摄了下来。如果说墙上甚至门上的许多匾额是其他人赠给康家人的，那么这块室内的匾额则是康家主人赠送给自己的。在用来休息的卧室，仍然高悬着这样的警示话语，时时刻刻提醒着自己，显示出匾额已经不仅仅是一种对外的宣谕机制，同样面向康家人的内心。它彰显的是在一种文化环境下，道德符号的日常化和生活化。

在商用栈房区的一个厅堂里，我看见了一块书写康熙话语的匾额。上面写道：“谕曰：朕视商民皆赤子，无论事之巨细，皆当代为熟筹。”落款为康熙五十三年，并刻下了皇帝的印章。在一些官宅民居里，我没有看到过这样的匾额；它体现了作为商业机构的栈房建筑空间的特色。

中国自古以来官方政策都是重农抑商的，因此，商人的社会地位并不高。康熙皇帝的话不仅仅是给商人身份的“平反”，同样加强了康家从事商业的信心。这是一种存在合理化的证明，同时也是一种心理调节机制。但在晋商、徽商的商业建筑和民居中，我并没有见过这样被记载在匾额上的话语，也许是因为这里匾额文化的发达，一切都能用匾额的形制表现出来。但这些匾额都还不是康家最具代表性的匾额。这样的匾额藏在康家大院的最深处。

2

我从大门、从室内走进康家的院落深处，盎然的古意扑面而来，木雕、石雕、砖雕，一一呈现。这些中国古民居建筑的精华，从不同的角度，在不同的建筑上，把我们包围。它们用精巧来拆散我们的简单，又用优美来安抚我们的粗糙。这些简单和粗糙都是现代钢筋混凝土建筑内化在我们心中的家园印象。在这里，它们轻易地被击溃了。去过的古宅大院多了之后，这类精美的雕刻在我心中构筑起另一番建筑景观。横向来比较的话，这些雕刻题材都有些相似；而纵向来比较，由它们构筑起的老宅院落又都不相同。康百万老宅院落给我留下的印象，就是延续了它大门的窄长风格。与我经验里大部分院落相比，它们都要更窄。如果说大门的窄把我们的视线引向高处，院落的窄则把我们的视线引向院落的深处。这里的深，并不与高形成反义词，因为这里的深，是平面的深。

中国古代民居建筑都是在平面上铺展开的，院落往往分为几进，前堂后院的布局使得宅院后部才是家居生活的核心和重点。由这核心与重点而导致的意义上的倾斜，使得宅院后部有了深的含义。就像我们望一口井，它深处的水才是这口井的本质和意义；而我们在平面上望一个庭院，它的后院才是它的本质和意义所在。

在这个层面上，它的后院获得深的含义。而在视觉层面上，不断出现的门也在营造这种“深”的感受。几乎每一进院落和厅堂都要有一个门，即使这门只有装饰意义。它们并没有木质的门来履行关闭的功能，却留下了木质大门所需要的空间，并且有门楼等来装饰。这种抽空了实用功能的门成了另一种意义上的门。撇去装饰的意义不说，它们的另一个意义就是增加了庭院的深度，使得这深有了可以用数字来标记的精确度。在院落中，我的目光往往可以穿过三四扇门而抵达庭院的最后，也是最深处。在栈房区如此，在寨上的主宅区更是如此。那里的院落甚至可以达到五六进之多。

在这种狭窄的庭院里，深的含义更加凸显。它以削弱庭院的宽度来彰显它的长和深。这让住惯了楼房的现代人产生了一种空间上的错位感。楼房是以高度来增加建筑的空间感的，而这里的老宅却是以平面的长度和深度来增加建筑的空间感。因为院落始终与房屋如影随形，整个宅院是紧紧与大地拥抱在一起的。现代人居住的高楼抽离了人与土地的亲密关系，而在这古老的宅院中，建筑与大地的紧密拥抱也象征着人与大地的紧密拥抱。人们对于楼房有着颇含风水意味的评价：不接地气。古人对于土地的重要性有着自己的认识，占据中国古典哲学半壁江山的老庄哲学，把天人合一当作哲学的最高境界。虽然并没有提到大地，而只提到天，但大地却是人与天合一的前提。一定程度上，大地就是人的象征。因为人的生活都是建立在大地之上，要在大地上完成的。而住宅建筑与大地的紧密相连，也是中国人哲学理念的体现。想要与天合一，必须紧贴大地，甚至成为大地。从这个层面上说，中国古典民居建筑就是在雕刻大地，把人所居住的大地变得严整、精巧、美丽。

西方现代哲学中提到的“人应该诗意地栖居在大地上”，再一次确认了人与大地的关系。而传统的以教堂为代的表西方建筑总是在尝试探索抵达天空。也许这是一种回归，也许这只是一种字面上的巧合。而我用老庄哲学来阐释建筑空间，一定程度上也有巧合的嫌疑。著名文化批评家朱大可曾用儒家学说和政治伦理来阐释中国建筑的二维性。没有向高处发展，是因为中国古代建筑对于高度的禁忌。在皇权为天的时代，皇家建筑对于高度几乎是垄断性的。平民住宅需要以紧贴大地的高度向皇权表示臣服和朝拜。而儒家学说中的“君君臣臣、父父子子”对这种政治伦理进行了明文的规定，并且以学术的口吻讲出来，扩大成为一种社会伦理。而民居建筑中“前堂后寝”，被明确划分功能的院落也是儒家伦理的体现。它将人的生活也划分了不同的等级，私密的生活只能沉在这等级的最深处。现代居住空间模糊了这种区分，也有现代观念中各种哲学伦理混杂而致模糊的原因。而在古代，伦理道德的重要性让民居建筑也不敢怠慢。

但是，将建筑简单地套上某一种哲学，是生硬的，就像中国古人的精神生活中，将老庄哲学和儒家伦理截然区分也是没有意义的。在漫长的历史中，中国古人早已将两种哲学巧妙地融合并融化在自己的思想体系和日常生活里，从而避免了人格的分裂。因此，这些建筑从两种哲学去解释，都可以说得通，而仅仅从实用性考虑，这种建筑的平面排列，居住区域功能的划分也是有极大好处的。中国古代民居建筑基本上是以上三种观念巧妙融合的产物。

3

走在这狭长幽深的院落，感觉是独特的。我从前院抵达后院的过程，就像是在穿越时空，穿越我被时代定型的关于居住的空间观念，一定程度上也是在穿越时间。我对空间深度的体验，因此也拥有了时间的深度。

同时，我体验到的还有文化和人格的深度。这种深度主要体现在各个院落门庭不同的楹联上。如果说前堂的匾额楹联主要表现的是经商济世，以及道德纲常等内容，往后院走，楹联内容就开始往诗书礼乐上靠拢，到最后就少有礼教色彩，而更见性情。进入庭院的过程，也像是进入中国古人内在人格的过程。中国古人的人格系统就像这庭院一般，最外层是道德纲常，中层是诗书礼乐，最内层则是自然天真，不拘一格。它们之间的关系，就像是弗洛伊德人格结构理论里的超我、自我、本我一样。这样，我的穿行就像是在深入一个人的内心潜意识。在一个宅院中容纳人格的三个层面，对中国古代人格的包容性有了更深的体会，也为这古典院落之深，增加了另一个层面的意义。

但就整个庄园来说，并非全都是如此。如果说一个庭院算作一个人的话，一座庄园则是许多个人，也即许多种人格的集合。这样的集合甚至可以是相反的。如主宅区的一个院落外部门头的石匾刻着“书忍字”，走进院中，就又看到一个门头石匾上写的是“如是我”。这两个相邻的匾额，也许是并列的关系：既能忍，又坚持自己的个性；或者是递进的关系，要先学会忍，然后再坚持自己的个性；也或者是面对外部世界时可以忍，在进入自己的空间之后，则会坚持自我。两种关系都可以说得通，但又都有些矛盾与分裂。也许中国古代文人的人格就是在矛盾中寻求和谐，在和谐中又透着矛盾。但大部分匾额和楹联都还是和谐而积极的。如主宅区正堂的“志欲光前惟是读书教子；心存裕后莫如勤俭持家”。庄园里大部分都是这种口气的楹联，而且数量多到惊人，甚至这也是中国古民居建筑中最为常见的楹联。从积极的层面来说，它具有教诲的作用；从消极的层面来说，它只不过是一种标榜。康家的财富传承了十几代，应该说这些楹联匾额起了一定的作用。它在日常生活中潜移默化地完成了对子孙的教育。康家最有名的匾额是一块叫“留余”的匾。康家先人也是拿它来教育甚至告诫后人的，因此也被称为家训匾。它的有名有两个原因：一是因为这样的内容体现在匾额上，是康家所独有的；二是因为它外形的独特和制作工艺的精美。这块匾不是普通的矩形，而是不规则的，仿佛一本打开的书，也如一面迎风飘扬的旗。“留余”两字配合匾中小字，集中体现了儒家“财不可露尽，势不可使尽”的中庸思想。

有人认为这是康家财富能够相传十几代而不败落的精神内核。身处康家的院落，我似乎也有相同的感受。虽然在其他古宅中见过类似的思想表达，但把它明确成为文字，并当作家训匾的只有康家。而这一思想也体现在康家庄园的建筑细节中。在院落中游走的时候，发现康家几乎每一道门槛都留有一个小洞。一开始，我甚至没有注意到它。后来听讲解员介绍，才知道这是康家为家里的小猫留下的“猫洞”。宁愿使自家建筑细节不那么完整，也要为一种小动物留下自由出入的门洞，是我在其他大院古宅中所没有见过的。这一小小的洞口，却将“势不可使尽”的思想体现到了极致。这个小小的细节，甚至比那些文采华丽的楹联更能够让我感受到康家人对留余思想的身体力行，也让我相信留余是康家家族精神的内核。

一定程度上，康家人想要通过建筑和装饰细节营造一个独特的精神空间，营造一个思想观念的小宇宙。他们以之和外在的世界相接轨，又相互对抗。与其说这是建筑的乌托邦，不如说是精神的乌托邦。其实留余思想也是一种乌托邦。它妄图用道德来保证家族富贵的长久，财富的流传，保证个人的健全与纯粹。如同封建社会想用儒家思想保证社会的健全、文明和昌盛一样，同样是一种乌托邦幻想。如同罗素以西方文化为背景所说的，在没有健全的社会制度的情况下依靠基督教实现个人拯救是不可能完成的一样，在东方文化背景下，想要在没有健全的社会制度的情况下，依靠道德完成个人拯救，同样是不可能真正完成的。事实上，恪守道德并不是康家发家的原因，最后家族的败落也不是因为道德沦丧。康家的发家史是从第六代康绍敬开始的。康绍敬却是一个管理地方水陆交通与官盐、税务、仓库的官员。康家利用康绍敬的官方身份进行庇护并提供方便，大规模地从事商业活动。尝到官商联合的好处之后，他们又通过种种方法，从官方那里获得棉花等商品的地方垄断经营权。明末清初，康家十一世康惠的“康朱联姻”，更为康家锦上添花：商人和皇族女子的婚礼，大大提升了康家的社会地位。与此同时，康家后代不断进入清政府做官。他们在一个中央集权的封建王朝以恰当的方式处理好了与政府的关系，并通过这种关系一步步扩大了自己的财源。借清军镇压白莲教起义之机，康家获得了清军十年的棉花和棉布供给订单，为康家带来了数不完的银子，康家生意经的核心“官商二重奏”也在此时达到了高潮。清廷和同乡两次给他们赠送“良田千顷”的牌匾，民间也开始流传“头枕泾阳、西安，脚踏临沂、济南，马跑千里不吃别家草，人行千里尽是康家田”的顺口溜。

与政府合作的官商联盟策略促使了康家生意的繁荣，却也是康家败落的起因。为了与清政府搞好关系，康家甚至扮演了政府应该出任的角色，多次为自然灾害捐赠大量白银。“毁家纾难”的匾额应该就是这时官府或乡人赠送的。这并不是康家纯粹出于善心的义举，而有讨好政府的因素在内。这样的讨好举动在后来达到了高潮，康家甚至遗忘了家族的“留余”训诫。在太平军起义时，为了协助官府抗击太平军，康家更烧毁了自己家族的所有船只，凿沉了对家族具有象征意义的“太平号”。因为康家从河运发家，河运在康家的商业体系里占据了重要的位置，这一举动，几乎切断了康家河运的命脉，使康家生意失去了半壁江山。

促使康家生意衰落的另一个事件是迎接慈禧并捐赠百万两白银。此时，大清王朝已经摇摇欲坠，慈禧是躲避八国联军入京西逃，通过割地赔款，签订不平等条约后，才换来了回銮北京。这时，靠与官府合作发家的康家并没有意识到清王朝的衰败，在意识中仍然希望能够攀附清朝最高统治者，以此来确保家族财富的延续。他们大肆铺张，花费了巨资准备了两套方案来迎接慈禧及光绪皇帝，最后还通过李莲英向慈禧进献了一百万两白银。这种付出并没有得到商业利益的回报，而只收获了慈禧一句“没承想，这山沟里还有百万之家”。康百万由此名扬天下，但却也只是一句虚名。从此，康家生意日渐衰落，在将自己的命运系于清王朝之后，他们也随着清王朝的衰落一起衰败。对于主要为农业物资贸易的家族传统生意的固守，使康家没有在之后的民族工业崛起中扮演任何角色。只注重和政府拉关系，而没有现代市场意识，使康家的生意最终走向了没落。

4

因为这一段历史，走在康百万庄园的院落中，在惊叹赞美之余，多少会有些惋惜。为康氏家族惋惜，更是为中国历史惋惜。康氏家族处在这样的历史之中，其盛开和凋谢都是意料之中的。以儒家思想为基础的德治，曾在以小农经济为主并且相对稳定的乡土社会中发挥了一定作用，但也并不能保证国家强盛，社会健康，个人健全，在社会发展和变革剧烈的近代社会中，它的缺陷更为明显。相反，在这些冠冕堂皇的仁义道德底下，时刻涌动着潜规则的暗流。康家既是这历史潜规则的受益者，也是它的受害者。在这些潜规则之上，康家想要通过道德和传统文化来完成家族的发展和完善，虽然已经做了足够的努力，但仍然难逃凋谢的命运。

不过，康家还是给我们留下了一个历史的、建筑的、文化的标本。这就是康家庄园。即使只是标本，它也仍然鲜活地打动了我。如果抛开那些历史和文化，只是从建筑的角度去看，几乎每个参观者都会被它的美所打动，都会有留在这里，居住、生活的想法。这的确是家园，不过在了解了康家的历史之后，我不愿意像旅游宣传语一样把它看作豫商的精神家园。因为现代豫商已经脱离了那时的历史环境，更多地把着眼点放在市场之中，以现代经营理念从事商业活动。但是，从建筑角度将它们称作人类的精神家园，尤其是中国人的精神家园，却是不显夸张而名副其实的。每个匆匆忙忙的都市人在这里住上几天，内心应该都会变得平静、安详而富有诗意。

王家大院：晋商巨宅的华丽与哀愁

经过了事先的预谋与临时的巧合，我抵达了王家大院。

这之前就听人说，看过灵石王家大院后山西的许多大院都不用再去了，因为王家大院几乎是山西古民居的一个集大成者；我在网上查询王家大院的信息时，还找到了王家大院的一个别称——“民间故宫”。这两种说法或者概念，让我产生了对王家大院的兴趣和抵达的愿望。这，算是预谋。巧合的是，我此次的山西之行，与几个大院擦肩而过，到平遥的第二天，却轻易坐上了去灵石的车，抵达了王家大院。

这类古宅大院比较有代表性的官宅我去过皇城相府。因为同在山西，我总是愿意拿它们来做对比。而在浮雕这个层面，王家大院与皇城相府不相上下。我印象中最深的皇城相府砖石浮雕是麒麟、狮子等瑞兽。这些象征祥瑞的符号王家大院也同样有。但是，王家大院的浮雕更夸张些。在高家崖，第一个院落正对的影壁墙上就是一个大型的狮子浮雕。除了大，它与皇城相府的狮子浮雕还有不同。皇城相府这样的官宅里，狮子不仅象征着祥瑞，更多则象征着权力，因为狮子本身就是百兽之王。于是那里的狮子总是飞扬跋扈，威武狰狞。因为使它取得百兽中王位的正是它的野性。

而王家大院里，这些狮子的权力意味则变得暧昧起来。虽然王家也有官员，修建高家崖的王氏兄弟就拥有官员身份，但这样的官职大多是靠捐输获得，也多是虚职，与皇城相府陈家靠科举取得功名，并在朝中担任重要职位甚至一品大员不同，王家的家族身份大体上还是商人，也算是民间背景。这种官商混杂的身份和民间背景让狮子这一权力的符号变得暧昧起来。经过这种身份和背景的改良，这个符号更多寓意着祥瑞。

确定了它们这种属性的，除了它们憨态可掬的外形，更重要的是一种道具的参与：绣球。绣球是一种略含脂粉气的球形玩具。它们最为人所熟悉的用途就是千金小姐闺楼选婿时的抛绣球。绣球的存在，暗示了它们自然野性的消失，进而与人结成的一种和谐美妙的关系。绣球让它们的野性变得暧昧，而显得更像是宠物。因此，绣球似乎成了它们走下兽坛的标志。于是从自然到官方，再到民间，狮子彻底完成了神兽的进化过程，而完全抛弃了自己最原始的属性。舞狮子是它们担任重要角色的民俗活动。它们在这一活动中，也摆脱了野性和权力的象征。如果说在这一活动中，它还有野性的话，它也只是一种表演的性质。

如果说狮子浮雕是王家大院民间属性的象征，那么二十四孝浮雕等则是民间属性的代表了。孝，虽然在中国儒家的强烈推崇下，从一种民间伦理上升为官方道德，但在民间有更大的市场。孝的提倡是民间的需求，更是官方的需求。古代家国一体的宗法制政体，决定了孝不仅仅是一种伦理道德，也同样是一种治国方略。孔子认为孝悌就是为政。儒家学说里的君臣关系就是一种家族主义式的政治关系。实际上，孝道在民间得到热烈呼应，一定程度上也体现了民间自身的需求。民间社会的权力结构依然是宗族主义的家长制。在这一权力结构背后，还有一个重要的因素，那就是不健全的社会保障体系。封建时代，养老制度只在官方体系内部才存在，而在广大的民间，政府无力顾及，社会也没有类似的保障体系。因此，要想解决养老问题，只有通过道德途径，即把孝作为社会道德最重要的组成部分。“百善孝为先”这样的道德话语，就是对官方价值体系的呼应，并在民间广为传播。

高家崖的几个大院里的二十四孝石雕，画面经过了精心布局，每一个人物和兽类都栩栩如生。它们镶嵌在墙壁的基座处，似乎也在暗示着孝在古代道德体系中的基石作用。而选用质地优良的石材雕刻，也在暗示它的不会腐朽。尤其和用砖作为材质的狮子浮雕相对比，它的石材质地用意则更加明显。经过了时间和风雨的打磨之后，这些石材并没有呈现出陈旧之相，反倒越发地明亮起来。当然，这种明亮的效果还经历了一道必不可少的工序，那就是人们的抚摸。

人的抚摸对于许多器物来说，具有神奇的作用，如玉器、木材，当然还有石头。古玩界鉴定古玩的一个重要依据就是器物的包浆，而这样的包浆很大程度上来自人的抚摸把玩。通过这样的抚摸把玩，将人体的温度、汗液等分泌物作用于器物之后，器物产生的神奇变化，就像是对于人的皮肤的呼应一样，它也生成了自己的皮肤：包浆。在众多的器物中，质地细腻的石头被多次抚摸之后，表面变得黝黑油亮，甚至呈现出玉般的质地。它们改变了人们对于石头粗糙坚硬的印象，仿佛这就是石头的皮肤。许多古宅大院里的石头雕塑都拥有这样的皮肤，王家大院的也不例外。这些石雕无疑是用质地坚硬细腻的石头雕刻而成。它们成就了那些雕塑本身的精致细腻，栩栩如生，也成就了表面的那一层皮肤。很大程度上，人们正是因为它们的栩栩如生，才忍不住去抚摸它们；由这抚摸而产生的皮肤，它们的栩栩如生更加鲜明起来。

与之相反，被人们踩在脚下的浮雕就没有这样与手接触的机会而获得皮肤，因而显得黯淡。但这黯淡是相对而言的。从纯粹的雕塑角度来看，它们比那些被踩在脚下的砖石要精美得多。能够在脚下放置这样精美的石雕，让我忍不住产生了山西建筑工匠过分的炫技感。但事实上，它们同样意义重大。这样的浮雕往往在正堂屋的门槛之下，而雕刻内容也大同小异，我在王家大院见到的都是“一路连科”，即封建科考一路高中之意。这个看起来虽然吉祥但并无多少诗情画意的词会怎样用雕刻去表达呢？古代工匠利用汉字一音多字的特点，用与这几个字谐音的更形象的事物来表达，即用一个鹭鸶来表示“一路”，用莲花来代表“连”，同时往往还有芦苇，来代表“胪”。科考之殿试由天子钦定并至殿宣唱，唱毕由阁门承接，传于阶下，侍卫齐声传名高呼，谓之“传胪”。于是，“连科”和“传胪”之意就都表达到了。而这个由多个象征物组合成的画面，却是一幅浑然天成的“池塘小景”。著名学者张柠曾说民间文化离不开福禄寿喜，在这里又一次得到验证。出现在这样古民居里的雕塑不可能是“为了艺术而艺术”，而是每一个雕塑都要与“福禄寿喜”的意义相关。“一路连科”就代表了这四个字中的“禄”字。因为科举考试是为了得到高官厚禄，它通过一种象征性的颇具美感的符号，看似隐晦，实则通过空间位置的设置，热烈地表达了对于权力和官职的渴望。虽然王家有足够的资本通过捐输获得官职，但通过科举的方式仍然具有不可代替的重要作用。一方面，捐输获得官职有一定的品级限制，也没有那么名正言顺；另一方面，通过科举取得的功名也是一种文化象征。如果说权力可以带来财富的增值，文化则可以为财富带来修饰，就像是一种锦上添花。

而“福”在这个宅院里也是寻常可见的，甚至飞得到处都是。在小影壁中用汉字来表现福还不够，还要用蝙蝠的雕刻来象征福。带有象征意义的蝙蝠不仅飞翔在砖头、石头上，木头上更多。这个面目有些狰狞的小动物，却因为谐音，在中国传统尤其是民间表意符号系统中获得了至高无上的地位。

那些房檐屋角的木雕之精美同样让我惊艳。但看多了之后，我也会渐渐麻木。因为每一座房屋除了某些细节的不同，大体上都有些相似，从建筑格局到雕塑细节。王家大院被称为民间紫禁城，大概一方面是因为它的雕刻等建筑细节的华丽，另一方面是因为它的房屋之多。据说紫禁城共有九千九百九十九间半房屋，但这种说法就是用这个数字来象征它的房间之多。而在我去过的民居大院里，王家大院的规模和房间数量的确是最多的。因为数量之多，又因为有些雷同，已足够让我在短短的一上午时间从惊艳而变得不足为奇。从高家崖进入红门堡之后，这种感觉才渐渐变成现实。这里的房间，几乎排列成了一个迷宫，让我几次以为走了很远，却又走回原地。但其实红门堡整体建筑布局并不凌乱，而是由横平竖直的街道小巷构筑成了一个王字。而我之所以感觉它是迷宫，还因为我愿意在其中迷路。不仅仅因为这些房屋细节有所不同，是因为一个建筑从不同的侧面和角度去看，都会产生不同的感受。这些感受统统属于古典的美感，于是我不厌其烦地让自己迷路。一座现实中已经够大的宅院因此而变得更大。

也是在这一次次的迷路中，我在某些房间的展览陈列里，更详细地了解了王家大院如此之大的原因。在横向的方面来说，它是因为王家的生意做得非常大。我在关于王家商号的图表上，看到了密密麻麻近百个商号的名称。这对许多家族来说，都是无法比拟且难以望其项背的。这在我到过宅院而了解的做生意的家族中，都是最多的。从纵向来说，王家大院从明万历年间至清嘉庆十六年，一直修了几百年，传承了几十代人。近百个商号的生意为他们提供了足够的修建宅院的财富，而不断繁衍兴旺的人口又为宅院的扩大提供了最直接的动力，因为宅院的用途就是让人住的。

在游览王家大院时，王家代表性的几个人物让我印象深刻。一个就是王家的祖先。他被供奉在高家崖一座大院的最深也是最高处的阁楼上。

讲解员介绍他的发家靠的是卖豆腐。很难想象象征着清贫的豆腐与后来家族的万贯家财有着怎样必然的联系，但他所代表的应该是这个家族白手起家的身世和一种筚路蓝缕的精神。这也应该是他被供奉起来的原因之一。不仅仅是因为血缘，还因为对后世精神的训诫作用。而在高家崖居住的王氏兄弟，也是其中的两个。他们本质上似乎没有区别，都是王家在做官与经商方面的代表。他们身上形象地展现了中国古代官商结合的商人特质：在商业成功之后通过捐输获得官职，进一步提高自己的社会地位，也促进自己的生意与政治的进一步融合。这种官商结合的身份反而展现出中国古代商人的依附性和弱势性：必须依附政治，才能获得更多的尊重，更高的地位，更多的利益。在皇权专制时代里，商业并不能给他们足够的独立和自由。整个王家大院最为精致的院落是他们兄弟二人的宅院，但他们给我留下的印象却并不深刻，也许就是因为这种官商双重身份的暧昧。虽然也看到了他们的塑像，但他们的形象在我记忆里却仍然模糊。

这几个人中我印象最深的，恰恰是讲解员提到的最后这一位。在游览红门堡一个不起眼的院落时，讲解员说这个院落的主人——王家的第十几代传人——是一个梁上君子。讲解员用不算贬损的词，向我揭示了这个家族历史上并不光彩的一页。衣食无忧的富裕家境，当然不需要用偷来糊口甚至发财，但家族财富在传承了十几代之后，他所缺少的恰恰是精神上的财富。他的偷其实是源于一种精神上的贫乏。这种精神上的贫乏也许并不是缺乏教育所造成的。事实上，王家非常重视子孙的教育。几个与大院毗邻的私塾给我留下过深刻的印象。高家崖一座院落的用石头雕刻的竹子环绕的私塾大门曾让我惊艳，而私塾院落里“马上封侯”“辈辈封侯”的石雕也被人抚摸得光滑油亮。宽敞的房间显然不只是容纳一两位公子。王家对子孙教育的重视由此可见一斑。此外，还有数不胜数的门匾楹联，都在彰显或垂训着儒家道德伦理。因此，这位梁上君子，应该不是因为教育的不足而精神贫乏。也许恰恰是因为教育太过规范，而让他的精神变得刻板而单调。人是具有能动性的，这尤其表现在人会反抗被安排的命运，想要让自己变得完善丰富。这位王氏后人的偷也许恰恰就是在试图用这种极端的方式完成自己精神上的反叛，用不同的存在方式让自己的人生体验变得丰富。

还有另一种可能就是这位王氏后人是一个绝对的守财奴，将财富看得异常重要，不惜用偷这种方式来增加自己的财富。只要能够增加财富，道德规范并不重要。都是对儒家道德伦理的反叛，都有物质财富的极大丰富背景，但它们本质上却完全不同。

当然这两种可能性都是猜测。从个性心理学的角度来说，每一个个体的行为都有独特的心理因素。这个出自富裕之家的梁上君子，也有太多心理上的可能性。但在拥有了更加丰富的心理体验之后，这位王氏后人却在一定程度上颠覆了家族物质财富的稳固传承。也许王家财富的衰落，就是从这样的子弟出现之后开始的。这位后人的宅院在整个王家大院中已经不再有特色，细腻、精美而独特的雕塑已难看到。王家大院的衰败之相，已经可以在这里看出。但王家的衰败，却又不只有王家子弟的个人原因。如同前面所说到的王家官商一体的身份，王氏家族大多生意都与朝廷相关，清王朝的鼎盛曾带给了他们数不尽的财源，清王朝的衰败也必然导致王家生意的衰落。一衰俱衰，这是时代发展的必然结果，也是许多“红顶商人”的最终结局。

抛开历史，单纯从审美角度来衡量红门堡，它仍然具有强大的吸引力。在红门堡，虽然明知每一个院落都有些雷同，但我还是每一个院落都进去看看。这不仅是因为我对古典民居的热情，还因为它们都在大门后深深地掩着。从大门无法一眼望穿这个宅院的一切。这样期望的目光往往被阻挡在直对大门的影壁墙上。从一定程度上来说，阻挡和遮掩是一种更深层次的诱惑。这种遮掩和诱惑是王家大院在游客的心境中安放的审美游戏，而我却一次次地被这个游戏规则所左右，就像一个真正在玩游戏并且已经上瘾的人。明明知道门后的一切并没有太大的不同，我仍然要一次次地走进去。每一次有些许失望地出来之后，又再一次进去。

但我并不是机械地被这个游戏所左右，因为我不再把相机一次次地对准那些建筑本身，而是把天空作为背景来拍摄它们或者说是以它们为背景来拍摄天空。因为那天天空一直在变化。从晴空万里，到黑云压顶，这两个词之间就可以说是变化万千的。以这种变化来映衬没有太大变化的事物，使没有太大变化的事物仿佛也获得了无穷的变化。相机其实是旅行者的第三只眼，它拓宽了我们观赏的范围和角度，因为我们的眼睛只能留下瞬间，而相片则是留下永恒。因为这种永恒的追求，相机观看事物的角度和我们肉眼观看事物的角度肯定有所不同。有的时候，相机会引领我们去从不同的角度来观看一个事物。在王家大院，我就这样被相机引领，一次次地以天空为背景来观看建筑，或者以建筑为背景来观看天空。它们各自的变化，是以乘法的关系加剧了它们共同的变化。

不久之后，乌云密布的天空就下起雨来，不过只是小雨。这使我的游览和观赏进入了另一种境界。雨与老房子相碰撞，最能发生审美的化学反应。这个化学反应的结果，就是时间变得暧昧，当下被一点点取消，已进入历史的时间一点一点被倒回。我所看见的雨，仿佛与许多年前这里的主人所看到的是同一场。这个主人是怎样的人，他在看雨时的想法是怎样的，我不得而知，却似乎能够感受到他拥有一种淡淡的哀愁。他也许同样凭借雨水看到了家族曾经辉煌的顶峰，又看到了这渐渐的衰落；也看到了这荣与衰背后的时代风云变幻，而这些都是个人所无力阻挡也无法改变的。这是哀愁的真正源头。

也许，这只是我一厢情愿的想象。不管怎么样，被雨水洗净或变锈的时间总会让人有种淡淡的哀伤之感。

同样变得柔软的还有空间。这对我来说，有更加切身而真实的体会。

因为雨取消了人们功利化的行动，不再是急急忙忙，为了名利和效率。人或者走在小雨之中，或者在屋檐门楼下避雨。这时，古典式住宅的好处再次彰显出来，因为它专门给人留下了避雨的空间。这比墙壁直上直下的高楼大厦显得要有人情味，也更显得有情调。屋檐和雨的关系，一定程度上就像乐器与音乐的关系一样。但这一次，我没有能够欣赏它们的演奏。雨滴像是一丝一丝地落下来，这时最合适的去处不是屋檐，而是天井。我没想到这北方的住宅里也有天井，虽然与南方民居如徽居的天井不同，但它的屋檐还是构成了天井的形状，最重要的是下面的一口大缸，里面盛满了水，雨滴落在上面，水面摇晃，把整个宅院都变得柔软。于是雨天的老宅，呈现出了与晴天完全不同的性格，就像是拥有了女性的阴柔感，因此变得像是一个家。从雨让游客停下匆匆的脚步，让院落不像是一条展示风景的路来说，雨就像是这些空置的院落的真正的主人。而站在这院落或者坐在这院落里看雨，都像是与院落主人的交谈。

落雨的时间很短，就像是我在王家大院里逗留的时间也很短一样。不到一天时间，想要悠闲地走完王家大院，是不够的。走的时候我加快脚步，想要再多看一些景观，想要用心把那些风景记在自己心上。但这样用力储存的记忆，却还没有我在老宅里静静看雨的记忆更深刻。也许因为在那一刻，我的心与老宅拥有了同样的节奏，也与老宅有了真正的交流。那也是我的整个老宅记忆中最柔软的地方。

第二辑　古村

寨卜昌：火焰中的村庄与家族

“寨卜昌”这个村庄名字的由来，就像它的周围“修武”县以及“待王”“承恩”等镇的命名一样，与武王伐纣有关。相传三千多年前，武王伐纣驻军于此，占卜前程后必昌盛，故得名“卜昌”。这个小小的村落有了一个辉煌的起点之后，却迎来了在历史上更为久远的沉默。武王对于它来说，只能是匆匆过客，而它要在接下来的两千多年里，默默守候着自己作为一个普通平原村落的命运。而谁也没有想到，这个此后一直默默无闻了两千多年的村庄，在清朝中晚期真的开始昌盛起来，也重新走进历史的书页。

帝制时代，中国乡村是宗族体制的直接承载者，一个村落的昌盛往往与在村落里世代居住的家族有关。让寨卜昌真正昌盛起来的家族就是王氏家族。与怀庆府的许多村落一样，王家的祖先于明初之时由山西迁到这里。明代末年，王家的生意开始从这个村子起步。最早家族生意较杂，并不是单一经营。这与怀庆府在明中后期形成的商业贸易体系有关。此时怀庆府是怀药、烟叶、竹货、铁器的贸易中心，王家的生意有较多的选择，据王氏族谱记载十二世王来贡才开始专营铁器。当时山西阳城是铁器的重要产区，王家族人就在农闲之时从阳城贩铁锅到周边村镇售卖。从最早的挑担儿叫卖，到后来赚了钱买来牲口驮运。从最初摆地摊到拥有自己的店铺，连接寨卜昌和最近的商业重镇——清化镇的乡村道路上镌刻下了铁锅的深深脚印。此时，王家族人也有了“品牌”意识，开始在铁锅上打上王家的记号。到了顺治、康熙年间，王家已经在清化镇和周边市镇上拥有多家商铺。经过了几十年的经营积累，大约在康熙五十年的时候，王来贡的孙子王问安在清化镇开设了最大的一家店铺“泰顺号”，算是“泰顺号”的正式创立。此后的几十年里，这个商号见证了王家的铁锅生意走向巅峰。

笨重的铁锅中为什么有如此巨大的商机，制造出一个商号的腾飞？这与康乾盛世人口的成倍增长有很大关系。清代初期，全国人口只有五六千万，到康熙中期，已经增长到1亿左右。后来又经雍正、乾隆两代皇帝，18世纪，全国人口从1亿增长到3亿。人口的增长使吃饭问题变得尤为重要，铁锅也因此有了大量的需求。从康熙开始，清代商业政策的调整促进商业恢复发展，到乾隆时期商业发展达到鼎盛。面对巨大的市场需求和商业政策的巨大利好，王家的生意逐步在这个黄金时期发展壮大。到了乾隆末年，“泰顺号”的连锁店在苏北、皖北、山东、河北、河南遍地开花，大大小小的门店加在一起有一百多处，当时有“泰顺子弟进京不宿外人客店”的说法。到了同治、光绪年间，“泰顺号”岁入百万两，成了一个铁锅上的商业帝国。

生意兴隆带来了巨额财富，也带来了王家人丁的兴旺。居住需求的增加，让王家开始在寨卜昌这个“泰顺号”的总后方大兴土木，扩修宅院。王家的宅院样式多为“二进二跨”，即二进院落，两个跨院。同家支相邻院落在跨院墙壁上开门洞，不出院门，即可相互往来，构成了一组既独立又相互联系的院落体系。这种住宅兴建持续上百年，到光绪年间最繁荣的时候，这里已经有豪华宅院六七十座，房屋达2000余间。各种建筑工匠常年住在寨卜昌，其中有工匠父子，师徒数代为王家修建房屋的，有些就在这里安家、定居，成为寨卜昌村中的外姓人。

但是，这个巨大的院落体系却并没有完整地保存下来。清后期到民国初期，“泰顺号”生意逐渐衰落，但并没有对这些宅院造成大的冲击。给这些古建民居最大打击的，是日本侵略者。1938年，日本侵占华北地区，寨卜昌地方武装在寨墙上打死了几名日本兵，引发了日军对村子周边的清剿。4月18日，日军开始点火焚烧寨卜昌的房屋，共焚毁房屋2000多间，大半个村庄化为乌有，王家300年积累的家业也破坏殆尽。

要想了解这些古建民居乃至这个家族，必须直面这场大火，直面这些被火焰焚烧过的古典空间。因为中国传统建筑多为木结构，所以中国的建筑文明被归结为木器文明，以区别于希腊、罗马为代表的西方石器文明。木结构建筑的天敌——火焰的存在，使中国古建筑成为一种脆弱的建筑，“火烧阿房宫”那样的戏码不断在历史中上演，也有许多火焰留下的建筑残骸，作为遗址存在，如圆明园等。火焰作为摧毁者的形象根深蒂固。中国建筑在建设的那天起，就要面临被焚烧的命运，这几乎成为一种宿命。一些建筑被火焰焚毁后，又不断重建，就像一种火焰与木材的拉锯战。相较之下，这些残骸也同样是重要的古典空间，比那些重修的建筑更具开放性的结构，而它所开放的对象就是历史。

历史是废墟或残骸美学的重要组成因素，一定程度上，事件的历史价值，决定了废墟或残骸的美学价值。圆明园就是这种废墟美学代表。而作为一个内陆的小村庄，即使有日本侵略者的暴行，也无法完全成为国仇家恨的象征。相较而言，寨卜昌中王氏家族本身的历史反而更具有意义和价值。这些历史就存在于那些残存的建筑中。

大火中残留的王家老宅集中在寨卜昌二街、三街还有一街的一部分。在经历过焚烧之后，这些古建筑依然保持了相当多的古典美感。穿过重重岁月和历史的火光看到它们，就像看到凤凰涅槃浴火重生一般。那些高大宏伟的房屋，那些一字排开的瓦檐，那些精美的石雕，那些莲花的垂柱，那些雅致的木雕，古香古色的木门木窗，宅院门口的石狮石鼓，那些内涵丰富的对联，都呈现着历史的悠远与厚重，暗示着民居主人曾经拥有过的家业昌盛和辉煌。这些宅院融工艺、木雕、石刻、书法及民俗风情为一体，兼有北方四合院与南方楼阁式建筑风格，具有独特的历史和审美价值。但这个总体的印象，仍是由相对残缺的个体院落拼凑而成。即使村中保存最为完好的院落，也都有或多或少的残缺。

文物保护部门将保存下来的古建筑编了号。我按照编号一一观看，就像是观看历史的标本。一号院最为引人注目的是两副镶嵌在墙体里的石对联。主联是“麟史标八业书香黼黻缵缨荣禄第；龙门衍六经教泽文章礼乐圣贤家”。对联将“书香、黼黻、六经、文章、荣禄、圣贤”融为一体，彰显的是一种官宦之家书香门第的气派。主联没有透露家族的商人身份，一方面也许是因为商人在封建时代地位并不高，另一方面也因为王家经商获取财富后，注重教育，有功名者逐渐增多。雍正一朝开河东捐例后，有更多族人通过捐输获得官职。虽然“泰顺号”十三世至十七世中只有王绍和其子王蕴彰的官职为实职，但那些功名还是改变了王家的社会地位，所以这副主联中标榜的“缵缨荣禄第”也算是名副其实。与这副对联内容的宏大气势相匹配的，是它的巨大体量。这副主联高 4 米，宽 38 厘米，厚 32 厘米，为通体石刻。

一号院大门上的副联是“溯天宝辋川图春荣大雅；垂永和兰亭序冠冕儒宗”。这副对联更能够彰显王家的书香风雅之气。这种风雅不仅从措辞上能够体现出来，更体现在内容上。王羲之和王维，一个是书圣，一个是诗佛，占尽风雅。王家之所以要追思唐代的王维、晋代的王羲之，是因为他们共有的一个王姓，算是借古耀今。但在这种借古中只借书家与诗人，已经体现出王家所借的，并不是财富与权位。这种借也并非只借虚名，不还以实，王家在子女教育上，确实非常重视，聘请怀庆府和清化镇品学俱佳的教书先生来开馆授学，王家“泰顺号”一支十七世至十九世共出举人三人，秀才十人，没有功名的子弟也都在家中私学读过书。

这两副气势磅礴又温文儒雅的对联虽然都没有提到王家的殷实财富，却已经彰显了王家的非凡实力，让人对大门之内的宅院充满想象。

但这种期待并不能够得到满足。一号院正房已被焚毁，原来的房屋基座上只余下野草繁茂，最高的有一人多高。一侧厢房是后来重建，保存下来的另一侧厢房，木结构部分也基本消失，只余下一个莲花垂柱，孤零零地垂落，让人生出一种“留得枯荷听雨声”的凄楚感。甚至还不如那满池枯荷，它应该是一枝枯荷，独立寒冬。这个一号院中只有后院保存较为完好，但大门紧闭，准确地说，应该是小门紧闭。这个门原为衔接客厅与后院之间的门，只为家人通行开放，所以与那两副石对联装饰的大门相比，显得小得多，也简朴得多。但这个小门之上仍有廊檐，与两侧房屋连起来。在两侧房屋高大的侧影衬托下，显得小巧而不失范。小门两侧房屋的高大并非只是与小门对比，它们本身即是两层。一号院是寨卜昌标准的前客后楼的二进院落格局。只是这二进院落中最重要的过厅，即主人会客之处，已成为一片废墟。从废墟之处可见，院落与旁边的二号院墙上，有一个拱门的痕迹。现在门已被砖封死。当年，这个门是通的。因为院落之间都是一个家族，以拱门相通，不用上街就能相互串门。这小小的拱门连接起了几个庞大的院落，形成院落群的格局。这种格局，我在山西大院中看到较多，但在寨卜昌没有能够保留下来。如果说鼎盛时期的相连，连接起的是荣耀，现在的相隔，隔断的是荒凉与衰败。那些疯狂生长的藤蔓植物爬上曾经是拱门的墙壁，仿佛也想把隔壁院落作为自己的地盘。但高墙一侧，二号院有属于自己的生活。

相较于一号院，二号院中生活的痕迹更加浓郁。但许多建筑都经过了现代的改造，不复当年的古典风貌。这个二号院略显狭小，因为它是三号院的跨院。三号院的主房面阔五间，这个二号院主房面阔只有三间。作为跨院，木质装饰也没有那么精致。它旁边的三号院作为当年的主院，保存相对完好，是真正具有代表性的寨卜昌民居院落。

三号院的正房不仅门窗是通体的镂空木结构，而且面向院落的整面墙壁都是木结构。其中隔扇窗的面积占了整面墙的三分之二。羸弱的镂空木结构是无法起到支撑屋顶的作用的，它所承担的作用是采光、通风，当然在我看来，更多的是审美。真正对房子正面起到支撑作用的，是屋墙前面的廊柱。高高的廊柱不仅擎举着屋顶，还擎举着正房的高大气派。

如果说隔扇窗营造出一种整体之美，廊柱擎起了宏伟气势，门上的雕刻则更加讲求细节之美。梅不光要雕出着花的几枝，还要刻出主干粗粗的虬枝，意在用笨拙照应花的轻灵。兰花和菊花不仅要刻出整个花朵，还要刻出与花相依的山石。菊花的山石在花朵之下，为之烘托，显得菊花越发高洁，仿佛背后就是悠然可见的南山；兰花的山石在花朵之侧，为之遮隐，显得兰花越发隐逸而幽香，仿佛没有雕出来的就是幽兰深处的空谷。竹子下面刻上不知名的野草，为了突出竹子的凌空高蹈。整个门扇必是不能完整呈现竹子全貌的，它只以茎秆的一部分呈现在画框之内，让人想到它未曾刻下的部分已虚空凌云。传统住宅中常见的题材“梅兰竹菊”在这里变得更有意境。梅兰竹菊形象的刻意营造如此讲究，不光有审美层面的原因，因为它们还象征着儒家道德，是一种道德植物，宅院的主人必定是读书或入仕之人，才会对这种道德宣示如此看重。

事实上，这个院子中也的确出过文人举子。宅主王启俊的下一代王大文即为甲子科举人。此外，这里还出过一个武举人王大漠。

这在三号院大门上的对联，尤其是副联上已有所透露：缵承武略志在报国；因循圣训书以传家。与一号院的副联崇文不同，这个副联将武放在上联，文武兼备之余显得尊武。“缵承武略”是王大漠武举人的身份使然。大门上也多出了一个大的匾额“梓里屏藩”。这是对武举人王大漠保家卫国、福荫乡里功德的赞扬。

虽然是文武举人兼具，这个宅院的气质仍然归于儒家文化传统。这是封建时代官方所弘扬和独尊的思想体系，文武皆不出其右。所以宅院正房的对联中才会有“耕读传家”“忠恕待人”的字眼。这是传统古宅中常见的对联内容，它的“千人一面”，正是因为封建时代主流文化的“唯儒独尊”。

与正房相对的街房为二层结构，木结构部分没有那么多，但也是悬挑式檐廊，莲花垂柱，让一座砖石结构的房屋尽显优雅的曲线与精美的雕工。庭院中的假山石初看也是瘦皱漏透，符合假山石的美学标准。但细看才会看清，原来这块石头是人为烧制而成。那些巧夺天工的瘦皱漏透原来真是人工所为，而透露出它为人工的是它破损的裂口。它在“文革”时被砸毁。不管是作为一种古代文人精神结构的补充，还是作为一种民间信仰，它都没有逃脱“四旧”的范畴。据说完好之时，其上绘有八仙图案，如今皮肉皆不存，残留的，唯有它的道家风骨。

庭院中透露出与文人审美趣味不同的是巨大的练功石，这是主人留下的习武的证据。它们的重量超过了一个普通参观者的力所能及，述说着遥远年代里的武术神话。

另一个较为独特之处，是这院中的喂马槽，槽上刻有似龙非龙的图案。相传乾隆年间有人拿这马槽状告王家欺君，后终因纹样似龙非龙而没有给王家定罪，但皇帝下令从此以后不许民间在马槽上雕刻此类图案。

传说不一定为真，但也透露出一些信息，那就是外人眼中王家拥有与皇家争锋所需要的底气与勇气。这底气就是王家的财大气粗，而勇气就在于地方宗族治理的背景下，地方乡绅的权力与自信。中国帝制时代，专制集权制度与宗法家族制度交织一体，并存在着两大权力体系，即皇权与绅权。由于皇权的鞭长莫及，地方乡村中是以乡绅为主导的宗法家族制度为主要治理方式。王氏家族在寨卜昌村治理中，扮演着重要的角色。用来防御匪患，保护乡里的寨墙就是以王家为首出资修建的，其中“泰顺号”一支出资占到了修建寨墙经费的百分之七十以上。寨墙修建的时代背景是咸丰、同治时期的社会动荡。白莲教、捻军、太平天国等农民起义不断，严重威胁了清王朝在地方的统治权力。太平天国北伐军曾攻占温县县城，攻打怀庆府城，与清军战于清化镇二十里铺一线。清化镇离寨卜昌已然很近，寨卜昌受到了实实在在的威胁。皖北捻军也曾多次攻入河南，抢掠富庶村镇。当时清政府防卫能力有限，只能与地方乡绅势力结合，督促各村镇修堡建寨。寨卜昌的寨墙就修建于这一时代背景下，将三个村落围合，保护寨内百姓安全。这一公共防卫事宜中，王氏家族扮演的重要角色，就是乡绅在地方治理中所起作用的一个表现。不光防卫，在赈灾方面，王氏家族也扮演了重要的角色。光绪初年，河南大旱，饿殍遍野。王家在寨墙东内设粥厂，惠及本村及周边几个村落的灾民。据碑刻记载每天来食粥的人达到千人。这个粥厂一直到次年九月清化镇官粥厂开设之后才停。这一行动更能体现王氏家族在官方力量无法到达之处，所起到的公共管理作用。这些行动都让王氏家族在周边村民眼中，具有举足轻重的社会地位。

这个传说一定程度上就是民间对王家社会权力的想象。在皇权相对薄弱之地，绅权在他们的想象中得到飞升，甚至敢于与皇家权力相抗衡。

三号院是寨卜昌宅院中保存最为完好的院落之一，但也遭到了重创，和二号院一样都没有了后院。而二号院左边的一座跨院，也消失于火焰之中，如今只余下荒土累累。事实上，这个院落是光绪年间，为缓解“泰顺号”一支家族人口剧增带来的居住压力而建，不能完全代表家族的实力。仅从廊柱柱础上就可以一叶知秋。这个院落正房廊柱石质柱础上雕刻的云纹，纹理深刻而又潇洒飘逸。这种飘逸之感经过了巧妙加工，构成了具有吉祥寓意的图案。但这并不是整个宅院中最讲究的柱础。院落一侧摆放的几个柱础，底部则雕刻成了狮子口衔祥云的图案，狮子在柱础四角，头部夸张硕大，雕工精致，有的柱础还雕刻有狮身，只是身体为相对较浅的浮雕，但同样纹路精细，勾勒出百兽之王的雄健身姿。每两只狮子的中间，是更为抽象的云纹，如商周青铜器上的抽象纹路。它们也许是已经被焚毁院落中留下的柱础。由这柱础可以想到那些更加气派的院落，想到这柱础之上更加绚丽的建筑结构，以及其上更加华丽的木雕。

这些想象在四号和五号院落中得到了部分的印证。

走进四号院之后，看到的是废墟与精美并存的宅院。这座二进四合院的过厅已经没有了，留下一片残迹。但一进院落，两侧的厢房和街房保存相对完好。墙面是巨大的青砖垒砌，严整精细。而在窗户之下的墙体里则镶嵌了长长的压窗石，石上雕刻了山石草木、花鸟虫鱼、耕读渔樵等共计二十余种图案，几乎勾勒出古典时代对于美好生活的全部想象。对于坚硬的顽石尚有如此巨大的耐心与细致，对于更易于雕琢的木头，则更加“穷形尽相”。这两座厢房的前廊是通体的木质隔扇窗，面积比下面的砖墙还要大，让房屋看起来木结构部分要多于砖石部分。不独隔扇窗，还有梁架、斗拱、枋子、垂莲柱、垂花门连起一个完整的木结构体系。这些木头上的雕刻都分外讲究。门上的雕刻图案与三号院所见还有不同。不再是梅兰竹菊，而是清供瓷瓶、香炉等。有的瓷瓶中插有花卉，香炉则比现实中所见还要精致考究。一个门扇的画框之内往往雕上几种器物，区别于三号院所见的那种单一，而两三个器物之间的留白呈现出一种独特的空间感，如中国画中的留白。而将雕刻围起的框也不是简单的直线，而是暗藏了蝙蝠等繁复的纹路，这纹路只在上下有，左右则是空白。这种雕框的留白更加艺术化。而在这个主画框的上下各有两个小框，雕刻着道家法器或抽象云纹。虽然所占空间较小，但同样精致。如果说三号院的梅兰竹菊带有道德意味，那么这些木雕体现得更多的则是一种道家自由的美学趣味。

这些门上的精致雕刻与压窗石上的精美雕刻相辉映，也与那些斗拱、梁架、枋子、垂柱上的雕刻交相辉映，让普通的厢房变成集古典雕刻艺术于一体的“殿堂”。这座殿堂因为丰富多元的木结构，而显得轻盈如鸟雀。那些木雕就是鸟雀羽毛上的花纹，而那些莲花垂柱、斗拱就像是一座房子的羽翼。如果要选择一种现实中的鸟雀来比喻，也许只有选择孔雀，孔雀尾羽上的花纹和色彩可与这些雕刻相比拟。虽然它们经历风吹雨打，曾有的彩绘都已消失，整体呈现出一种暗色调，但那些雕刻有如它们的色彩，斑斓繁复，让人迷醉。

寨卜昌民居拥有如此多的木结构筑件，和与现实功能完全无关的雕刻，成就了它们奢华繁复的美，却也为这种美的死亡埋下了种子。火永远是木头的天敌。如今四号院中的正房已经不在，难以想象如此美丽精致的厢房，将会对应怎样的正房。日寇那一场大火将它们变成历史的废墟，变成了美的悲剧。如今，被焚毁的正房之上是荒土垒垒。

五号院的大门外有两副石对联，主联比一号院的主联还要高，达420厘米，上书“门外拥珠旗报国曾持三尺剑；庭前罗玉树传家唯有五车书”。珠旗，指珠饰之旗。元代王旭《拟刘裕讨桓玄檄》中有“宝剑横乎秋霜，珠旗曳乎明月”。玉树，指神话传说中的仙树。唐李白《怀仙歌》中写道：“仙人浩歌望我来，应攀玉树长相待。”这副对联表现了一种气势恢宏的文治武功，王家敢于将这副对联雕刻于自己门前，并且制成如此高大的体量，可以窥出当年这个家族的气魄。次联则更加斯文，镶嵌在大门的木门两侧：

燕翼贻谋，缵承世泽；
圭璋器重，黼黻皇猷。

“燕翼贻谋”出自《诗经·大雅》：“武王岂不仕，诒厥孙谋，以燕翼子。”《宋史·乐志九》：“权舆光大，燕翼贻谋。”原指周武王谋及其孙而安抚其子，后泛指为后嗣做好打算。皇猷，指帝王的谋略或教化。唐代岑参《送颜平原》诗中道：“吾兄镇河朔，拜命宣皇猷。”

对联里不忘皇恩，激励后代效忠朝廷的字眼更像是来自官宦之家，口气与主联相似。两者与一号院的对联也大意相似。王家虽然以经商为主，但拥有巨额财富之后，也通过科举、捐输等方式积极获取功名，虽然大多只是虚衔，却也足以成为王家炫耀的资本。在帝制时代，商人的地位并不算高，参与政治除了想借此获取社会地位，同时也想要商业利益的最大化，最起码要为自己的生意提供一种庇护。

这种寻求庇护的心理并非空穴来风。“泰顺号”的生意曾经遭遇过权力的觊觎。据王家后人讲述，嘉庆年间（19 世纪初），“泰顺号”的生意发展到辽宁。当地有一知县知道“泰顺号”生意红火，想入股分红，遭到了“泰顺号”家族的拒绝。因为“泰顺号”不管生意兴衰，都是独家资本，绝不吸收别人资金。知县恼羞成怒，当即诬告“泰顺号”违反钢铁出口禁令。这一罪状在当时是死罪。“泰顺号”当时处于三同堂时期，王蕴绪、王蕴彩和王蕴彰共同执掌家族大权，兄弟三人纷纷争相前去应诉。老三王蕴彰和老大的儿子王启泰一起上公堂应诉，结果败诉，王蕴彰被判死刑，穿上了死囚的红布衫。王家不满一审，后来上诉到省城开封府。经过银钱打点和有关官员的帮助，他们才赢了这场官司。纯粹的商人在与权力机构的博弈中，总会处于下风。金钱换来的自由也总是有被动的意味。为了根本性地改变这种被动地位，直接参与权力则是一个更优的选项。

而在另一方面，他们也是想通过国家的正式职衔，更加名正言顺地参与到政治活动之中，而不仅满足于对所在乡村伦理秩序的治理。这是资产阶级和地方乡绅混合体的政治诉求。

科举是通往政治权力的一条重要路径。王家在获得巨额财富后，把很大一部分用来营建学堂，此风正是在三同堂时期最盛。与读书参加科举考试相比，王家的捐输之风从道光时期开始日渐鼎盛。道光至光绪年间，王氏家族“泰顺号”一支为自身捐官、捐衔者达二十余人，加上为已故先人和家族长辈所捐封赠，总数则更多。王大温就是“泰顺号”一支通过捐输获得功名的一个代表。他获得的官职是知府衔部选同知赏顶戴花翎。这一官职原为正四品，赏顶戴花翎后加半级，实为从三品。与此同时，他还领有山东盐运都转使一衔，为正四品，专司山东盐运事宜。这是王家通过捐输获得的并不多的实职。王大温是王家“泰顺号”一支所拥有官职品级最高的人，也是不多拥有实职的王氏族人，几乎可以说是达到王氏家族在政治道路上的顶峰。但他也是王氏家族由盛转衰的一个标志性人物。

寨卜昌十一、十二号院即是王大温的住宅。但是高大门庭之后，大部分建筑都已被烧毁，留下的不是残迹就是新盖的水泥建筑。要想了解王大温，还需要到他的住宅以外去寻找。

作为王家显赫一时的人物，王大温在寨卜昌留下了诸多的印迹。项羽曾经说过：“富贵不归乡，如锦衣夜行。”这于获得正四品实职的王大温来说，更多体现在“贵”上。作为“泰顺号”的传人之一，王大温已经拥有了巨额财富，富自不必说，而贵则是财富所无法彰显的。官职品衔对于官僚体系之外的百姓来说，也显得有点虚。如何彰显这种贵，就需要一整套的文化符号来表征。于是大至整个村落，小至家族分支，都留下了王大温的表征符号。它们兼实用与象征为一体，构成了一个庞大的工程体系。这个体系的最外层就是寨卜昌的寨墙了。寨卜昌的寨墙修建之时，王大温与兄弟王大有、王大伦每人各出资 14250 千文钱。三人的出资额超过了寨墙修建经费总额度的 71%。

虽然现今的寨墙已残破不堪，大多只剩荒土垒垒，断壁残垣，看不出当年的气象，但据相关资料记载，当时的寨墙高 9 米多，下部宽七八米，顶部宽 3 米，可跑马车。寨墙周长 2500 米，将三个村寨环拢其中。还有 4 座寨门和 12 座炮楼。四座寨门分别有石匾刻写“纳春融”“揽荣光”“挹秋浆”“迎叠翠”，据说这是将四方之瑞集于寨卜昌，“东纳春天紫气”“南揽黄（河）沁（河）之光”“西挹秋实累累”“北迎太行叠翠”。从石匾题字就可以看出当时寨墙的修建之用心，它不仅可以用来防“匪患”，更是一种豪气的彰显与文治的标榜。如今寨门中只有东门的石刻匾额存留下来，就存放在寨卜昌民俗博物馆中。“纳春融”三个正楷大字润泽饱满，大气端庄，可以想见它们赢得过多少人眼与心的仰望。

事实上，这个寨墙并没有实现营建时的现实功用。当初动摇清政府统治根基的捻军、太平军，并没有来到寨卜昌，攻打它的寨墙。也许它在这方面所起到的作用，只是一种震慑。与这种震慑的虚相比，炫耀就是一种更显实的功用。而在真正遭遇“悍匪”入侵时，这个寨墙如同虚设。日军就是轻松跨过寨墙进入村中焚烧那些房屋的。

如果说寨墙只是一种成功学的外围叙事，那么这种叙事的核心则是宗祠的营建。事实上，王氏家族的祠堂乾隆年间已经修建。光绪六年，王大温获得官职的那一年，他又开始修建一个新祠堂。这个祠堂只是王氏家族中王蕴绪一支的祠堂，而王蕴绪只是“泰顺号”一支三同堂时期执掌家业的族人之一。但这个分支的祠堂却比老祠堂修建得还要富丽堂皇。这是因为王大温属于王蕴绪这一支脉。相关资料中描述过这个新祠堂的胜景，雕梁画栋、斗拱飞檐等词汇皆属平常。老祠堂和其建筑格局相比，颇有些小巫见大巫之意。而要彰显这种权力体系，仅从建筑格局和华丽上做文章还不够，还需要更多的表征方式。牌匾、碑记这些文字性的材料更有说服力。王氏家庙的匾额即为时任吏部尚书、翰林院掌院学士、总理衙门总理各国事务的一品大员毛昶熙题写，而立祠碑记也由其亲自撰文。三年之后，维新派领袖、光绪皇帝的老师翁同龢为新宗祠题写了匾额“克昌厥后”。

如果说建筑格局的升级可以归结为财富，这些题字及撰文则是因为王大温所代表的不仅是地方富裕家族，更是国家权力体系的成员。事实上，两者是相辅相成、相得益彰的，它们共同把一个地方家族的宗祠上升到了国家权力体系的一部分。这正是地方乡绅所梦寐以求的社会地位。封建集权社会和官本位思想决定了人们对权力的崇拜，只有财富而没有权力是不够的；生意在全国范围的铺开，决定了只有对地方宗族式治理的话语权，而没有进入国家权力体系之列，没有对家乡之外的社会具有影响也是不够的。这些都促使王氏家族产生对国家权力体系的依附并获得合法政治地位的愿望。所以王氏家族才会有那么多人通过捐输去求取功名。但之前那些人所获的大多都是虚职，王大温得到的则是实职，而且在王氏家族中品级最高，所以将这种成功表征出来也就不难理解了。他之所以选择新修宗祠并用国家符号对它进行意义装修，因为宗祠是家族的象征，是宗族观念的表达，是血缘、情感的载体，更是一种记忆的存放装置。尤其是后者，宗祠能够得到更多族人的使用与维护，能够存在更长的时间，历史和记忆在这个独特的空间中能够留传得更久。我们仿佛能够想到王大温在修建这个新祠堂时，想象许多年后家族后裔仍然记得他官至四品时荣耀的情景，那时他一定满心喜悦，觉得个体的人生价值和整个家族荣耀都得以实现。但多年之后，这个新的祠堂已变成了一片荒土，连那些建筑的残骸也没有留下。那些铭刻了圣旨的石碑都被存放到了那个相对低矮的老祠堂中。气势恢宏的新祠堂已经倒塌成人们的传说，只有那些华丽的辞藻可以对它进行维护与修葺。

从表面看来，王氏家族至王大温一代，达到了辉煌的高峰。正是他实现了家族财富、地方宗族势力与国家权力体系的对接，但这种对接并没有带来家族真正的振兴与辉煌。正是因为实现了与国家的对接，国家衰落之后，家族也是一损俱损。在晚清的乱世之中，“泰顺号”的生意也一落千丈，再无法带来顶峰时期的进账数额，连锁店的数目也急剧下降。对于这个经商起家的家族来说，财富的缩水是致命的打击。

自以为将家族放入国家谱系之后，就可以荣耀与利益兼得的王大温没有想到事情会朝着另一面发展。一方面，国家的孱弱并没有给王家的生意带来转机；另一方面，他们还要面对外国经济势力的入侵。1898 年，英商福公司进入怀庆府地区开采煤矿，因为怀庆府一带北方山区蕴藏着大量的优质煤炭。虽然煤矿开采并不与王家的生意发生直接冲突，但已经拥有“国家人”身份的朝廷大员王大温也许不得不站在国家利益层面上来应对这件事。而更为重要的是，面对家族传统生意的缩水，他想要寻求新的商机。几个方面原因的综合，使他萌生了近水楼台先得月的念头。但近在咫尺的地利优势让他忘记了自己技术上的劣势与专业人才的匮乏，对外国经济势力既有抵制又想效仿的复杂心态让他们丢掉了属于商人的冷静，以王大温为首的王氏族人决定在怀庆府北山地区投资开采煤矿。这个匆匆做下的决定马上遭到技术和人才等多方面的考验，致使矿井一直不能出煤。王家生意的萎缩本就导致家族资产严重缩水，大规模修建祠堂又耗费了大量资财；而王家原来的生意也需要资金周转。在这种情况下，没有后续资金的支持，开采煤矿的行动不得不半途而废，基本上血本无归，而且留下了诸多债务与官司。据说王家将矿井转给别人之后，另一家人很快挖出煤来。王家人闻知气得半死。这件事成为王氏家族由盛转衰的标志。当然这件事还有另一种解释方法。那就是王氏家族勇于尝试转型，走现代化生产之路，但因运气不济而功败垂成。在这种推测里，那一点点运气，才是最为重要的部分。但我想说，许多时候历史就像多米诺骨牌，当我们看到最后一张牌倒下的时候，它的前面已经有许多张牌倒下。在这个事件中，技术牌倒下的后面，还有专业人才、后续资金、家族管理方式、民族企业群体、整个社会经济以及国家体制的倒下。

在时代崩溃的下坡路上一路狂奔的王家人到民国之后已经丢盔卸甲狼狈不堪。连绵战乱使民众生活日益艰难，民族工商业也举步维艰。“泰顺号”大量店铺关张、抵押、撤回，曾经的风光与荣耀早已不再。“泰顺号”一直沿袭的管理模式是所有权和经营权分离，实行掌柜负责制，不让子弟参与经营活动。这种管理模式制造出了巅峰时期的“泰顺号”，却也使家族后辈逐渐丧失了先辈的创业精神，抵抗不了大的风雨。在这种情况下，一些子弟吸食鸦片，将分家析产到手的田地房产变卖。

抗日战争的爆发可以说是压在这个骆驼身上的最后一根稻草，但这根稻草却有千钧之力。1938 年寨卜昌地方武装在多年前修筑的寨墙上开枪打死了几名日本士兵，以为祖先留下的寨墙能够给他们庇护的寨卜昌人遭到了日军残酷的清剿。祖先留下的寨墙没有挡住日军的铁蹄，它们昔日守护的荣耀变成了灰烬；事实上那个更伟大的墙——长城都没有能够挡住外敌的入侵。祖先留下的房屋被日军大部烧毁，如今留存下来的也大都残缺不全。处在社会动荡的大时代中，一个小家族想要苟延残喘也不再可能。

我静静地看着这些精致却又残破的古宅，在秋阳之下，它们呈现出一种超越了废墟的美。想着它们的历史，看着它们的现状，我写下了关于这个村落和家族的诗句：

石头的衰老
会留下一朵花的体温
供参观者寻找
雕刻者留下的一只手
而我的目光能够握住的
除了吹动屋顶野草的风
还有一场残留在
砖石中的大火

燃烧经历了半个多世纪
仍未熄灭
那些砖瓦把我的目光烧得通红
那些木雕又把我
种植进春天的胃中
我缓慢地消化着
那些骨头一样坚硬的花朵

家族史像一张病历
摆在我面前
时间的医院没有收留的患者
已经不可能被史书轻易治愈
那曾经的辉煌
就像月亮上的十万两银子一样
耀眼

铁锅生意中的火焰
点燃了锅底漆黑的夜
平原上的家族
用白银堆砌夜晚的星空
翁同龢的题字
毛昶熙的撰文
马槽上的仿龙纹
只是这星空的零件

王朝衰老的相貌

就像一棵梨树
在春天一夜白头
铁一样硬的家族
也无法抵挡时代的软
那纷纷倒塌的
是时间的多米诺骨牌
和在春天连锁的花园

在鸦片中醉去的
除了时间的后裔
还有门前的石狮
它们睁着黎明一样巨大的眼睛
把身体探进黑夜的瞳孔
曾经施舍下的粥饭
也无法再喂饱饥饿的土地

铁生长成白银
银子又慢慢萎缩成铁
那些气派的砖石
萎缩成火焰
一九三八年来自东瀛的大火
把平原上的村庄燃烧成
大地中的烟花
而陶瓷烧制的假山石
则破碎于一九六六年

如今展翅欲飞的
只有门窗上的鸟雀
它们经过曾经主人的喂养
在一棵树的枝头
留下过金子的粪便
如今它们的羽毛
被昏暗的电灯
打上30瓦的钢印

房子外墙上挂满了金色的玉米
就像排列着秋天的裸体
田野仍然包围着这个村庄
就像历史包围着
几位农妇饭后的闲谈
她们坐在巨大的石对联下
让馒头与稀饭
拥有舌头的包浆

夜缓慢地降临
把那些古宅拉上大幕
我就像一个来自星星的看客
看见历史漆黑地
驻进我闪光的胃中
而我期待看到的剧目
仍然在历史里
紧张地排练

婺源：徽乡的美学元素

徽　居

真正找到婺源徽居之美，是在思溪、延村。这是相距不远的两个村落。在同行的人乘车去思溪的时候，我和同行的一位画家选择乡间小路，步行去了延村。做出这个决定，并非是一种有意的特立独行，而是在水泥路和一条溪流边的乡村小路、在乘车与步行之间本能直觉的选择。乡村的距离概念，让我可以更加相信自己的脚，相信自己的本能和直觉。如果说城市让人对自身的本能加以怀疑，天性加以禁锢的话，那么在婺源，这个号称最美乡村的地方，人与自身的关系回归到了更为自然亲和的状态。当双脚踩在泥土之上，人并没有离旅行的目的地更远，而是离它更近，离乡村的本质更近。

我此行所要寻找的，就是“中国的最美乡村”。通往它的路，应该就是一条土路，路旁流着清澈的溪水，种植着金黄的油菜。美国诗人弗洛斯特在诗歌《两条路》里写道："一片树林里分出两条路——而我选择了人迹更少的一条/我的人生从此便不同。"而在这里，这句诗可以翻译为：我选择了人迹更少的一条，便走进了真正的乡村，而不是一个纯粹的旅游景点。

溪水清澈碧绿地流动着，我并不知道它的名字。在婺源，有许多条这样的河流，绕在一个个村庄旁边，为村庄提供水源，也提供清澈与宁静。是流水声提醒了我这里的宁静，而在城市里，是汽车的马达声、鸣笛声、临街店铺聒噪的歌声提醒我要为自己的内心保留一份宁静。在这里，我不用刻意为之，溪水自然就把身体中的噪音流走。除了宁静，它带给我的还有清澈与充盈。这种清澈与充盈不仅仅是因为溪水流经了金黄或碧绿的田野，倒映了古老的村落。更重要的是，这溪水仿佛是与它们一体的，而这里就是它的发源地。用朱熹的诗句"问渠那得清如许，为有源头活水来"来形容这些溪水再合适不过。这不仅是因为诗、景、情的完美契合，还因为朱熹的故乡就在婺源。虽然，他人生中大部分时光都在福建度过，只回过婺源数次，但故乡对于任何一个人来说，都是无法从人生中抹去的。如果说游子是河流的话，那么故乡就是它的源头，那么这诗句中溪水的源头，甚至这首诗的源头，应该就是婺源的这些溪流了。

溪水的清澈不光清洗着我关于河流的记忆，也在清洗着眼前油菜花的金黄。因为这种清洗，我远离了北方土地的广袤以及与之同在的干旱。在北方，映衬油菜金黄的是田野无尽的土黄。在这里，则成了水的嫩绿。嫩绿与金黄，构成了春天在这片田野上的色彩谱系。而紧挨着田野的村落建筑，用它宣纸般的白构成了这片彩色田野的底色。白墙是徽居的一大特色，在婺源的整个行程中，白色的墙壁几乎无处不在。尤其是一些新建的房屋，那些阳光下耀眼的白几乎呈咄咄逼人之势。而在延村这样的古村落中，那些白色的墙壁经过雨水长年的洗涤，色泽已经柔和许多。

雨水不仅洗去了它的白中刺目的部分，也为它涂上了一层岁月的色泽。在婺源那些白色墙壁的背景下，雨水的颜色似乎呈现墨绿色。墙壁上那些经它绘制的水墨画就是证明。而雨水经年累月的冲洗，让这幅水墨画更像是岁月的真迹。

步入延村，就像是步入了一幅立体的水墨之中。与之前去过的一些村落不同，这里不仅古居保存得完好，整个村落的布局也完好如初。没有新房与旧居的强烈对比，也就没有了直接从现代一步跨入古代的突兀与生硬。老房子之间都是由一些窄窄的小巷间隔与相连，宜于步行，宜于仰望着夹在高墙间的蓝色天空——如果是雨天，它就是真正的诗句中记载的“雨巷”；当然对于一个陌生的旅人来说，还易于迷路。也许对于一个现代旅人来说，只有通过迷路，才能真正到达这座古老的村落，到达它气质的核心。因为许多现代村庄，经过集体主义与重利主义的双重改造与洗礼，布局往往会格式化，通常是由一条大路贯穿整个村落，数条小路横穿村落，所有房屋院落都被这些笔直的道路统率而一览无余，私人空间—院落与公共空间—大街之间没有缓冲地带。而且所有私人空间都在公共空间的统领中，体现出鲜明的秩序。但在延村，代表私人空间的房屋院落，都是独立的，院落与院落之间的联系也是曲折的，没有一个统一的秩序能够统率这些院落。这些曲折的小巷即是证明。

走进这样的院落和房屋，对于它的独立性会有更深的感受。除了白墙黑瓦，高高的马头墙是徽居的另一大特色，或者几乎可以说是代表特色。它的功能不仅仅有实用意义上的防火和装饰意义上的美观，一个同样重要的作用是遮蔽。就像那些曲折的小巷遮蔽了院落的大门一样，它同样从高处遮蔽了与邻居之间的视觉往来。这样，不管是在地上，还是在空中，它都保留了自己的独立性。但它却不拒绝天空自身的窥视。天井就是这一只专门为天空预留的眼睛。即使最为狭窄局促的房舍中，都为天井留下了空间，即使只是“一线天”。因为天井的存在，院落、房屋中的人可以直接与天空交流，从更高的意义上来说，接受天空的审视。此外，它还通过天井接纳天空的祝福——雨水。通过天井接纳的雨水在民俗意义上就拥有财富的意味。学者张柠认为民间文化离不开福禄寿喜，但在这里，两者的联系并不能算牵强。事实上，水是农业文明不可或缺的重要元素。正是水与土地一起保证了农作物的正常生长，相较土地而言，水显得更加珍贵。从农业生产的角度来说，水是农业财富的保证。两种事物之间关系的紧密，使二者拥有了隐喻和象征的意味。而对农民来说，农业收成和财富是可以画等号的。在隐喻的不断生成中，水与财富就有了等同的含义。

从农业文明角度来解释，天井也符合农耕文化对人与自然沟通的重视，而发端于朱熹理学的风水学对这种沟通更加重视。天井即是最符合风水学的一种建筑样式。风水学是在这一农耕文明的自然观上的进一步拓展，而以住宅为聚焦点。风水学将风、水等自然元素进一步神化，甚至巫术化，营造了一种风水神学体系。风水学虽然将自然神话营造了种种有悖于真正的自然的禁忌，但在客观上还是强调建筑和自然融为一体，人居回归自然，使整体环境美化。从现代建筑学的角度来看，天井也是一种独特的充满智慧的建筑形式。而我在归来之后的诗作中，这样写天井：“雨水从天井落下 / 就是大地接住了天空 / 庭院接住了水的一次流泪。”

这样在居室中与天空、雨水的亲近，对于一个居住在北方城市的人来说，是可望而不可即的。正是因为如此，庭院和雨水在诗句中都具有了人格色彩。抛却各种学说的专业角度，这种建筑样式本身也为如何“诗意地栖居在大地上”提供了范本。

如果说天井沟通了人与天空、雨水的自然关系的话，那么徽居内的砖雕、木雕、石雕则沟通了人与万物之间的审美关系。这些雕刻内容涉及人物、山水、花卉、禽兽、虫鱼，无不错落有致，玲珑剔透，栩栩如生。在对于徽雕的介绍中，我看到它丰富的题材：云头、回纹、八宝博古、文字楹联，以及各种吉祥图案、世间万物、人伦物理，几乎都可入雕。虽然我所看到的雕刻内容有限，但那些把有限的内容赋予无限精美的雕刻技艺，似乎彰示着它可以承载内容的无限。于是，这些雕刻就彰示着一座房子可以拥有一套独立完整的审美体系。

与这些雕刻相互辉映的，是那些悬于正堂左右的楹联。楹联的内容彰示着儒家伦理和对诗书、自然的崇尚与喜爱。这样的楹联我在许多古镇的深宅大院中都见到过，而在这些小小的村落之中，这些楹联的内容并不逊色，与主流的文化体系和文学水平相接壤。婺源有“书乡”之称，自古文风鼎盛，自宋至清，出进士 552 人，著作 3100 多部，其中 172 部入选《四库全书》。这些楹联佐证了这里的文风之盛，彰显了书乡风范。

中国帝制时代的社会基本上是一个乡土社会，乡村与城市的差别远没有如今这样大。婺源的这些乡村就证明了古代乡村之中蕴含的文化能量之大。正是在这些文化能量基础上，才会诞生与专制皇权同时存在的绅权。与皇权以暴力机器为主的治理机制不同，绅权主要以儒家礼制为主要治理方式，这使儒家文化在民间有着巨大的市场。但在这里，儒家文化的兴盛，也许不仅与绅权相关。徽商在这里崛起之后，也许是想要通过儒家学说寻找政治的出口，也许是丰衣足食之后对文化的重视，当然也许还有人只是富裕后的附庸风雅。但同时，这里也为一些文人提供了一种陶渊明式生活的可能，在读书之余耕种，“既耕亦已种，时还读我书”。文致典雅的居舍与周围的田野都为他们提供了一种独特的文化空间。他们像陶渊明一样，践行与创造着中国古代独特的耕读文化。这种文化影响深远，我在许多地方的老宅子里都看到过“耕读传家”的字眼。而婺源的这些小村落，几乎是这种耕读文化的一个样板。初到婺源时，这里保存完好的自然生态，让我有恍生世外桃源之感；此外，这里还有一个文化上的世外桃源。

在找寻这样的知识分子的代表时，我遇到了辛弃疾。他在仕途失意后，曾隐居在江西上饶二十余年，把上饶带湖的新居命名为“稼轩”，坚持耕读，也写下了大量反映农村生活的诗词。婺源即属上饶，虽然他没有直接居住在婺源，但居住的环境应与婺源的这些村落相似。于是，这些村落与辛弃疾的词境是相合的。“明月别枝惊鹊，清风半夜鸣蝉。稻花香里说丰年，听取蛙声一片。七八个星天外，两三点雨山前。旧时茅店社林边，路转溪桥忽见。”这首《西江月 · 夜行黄沙道中》是词人代表性的词作，而词名中的黄沙，即是江西上饶的黄沙岭。地点是基本照应的，只是时间上有差异。徽商崛起在明清之际，远在辛弃疾之后，而徽居大多建立在徽商不俗财力的基础上。虽然不能说徽乡为辛弃疾提供了文化的港湾，但应该可以说辛弃疾为徽乡树立了文化典范。他的那些词作也属于这个地域空间生产出的永恒的文学财富。也许正是在这样的典范之下，徽乡才会拥有更加多元的文化选择。虽然没能切身感受这种徽乡的夏夜美景，但这些诗词依旧穿越悠悠时光隧道，仿佛成了我对婺源记忆的一部分。

廊　桥

抵达婺源之前，通过照片，就已熟悉了彩虹桥。一座横跨在溪水上的廊桥，也许比徽居更能代表江南水乡的气质。也许这是因为北方人对溪流的想象永远有着不竭的热情。桥，也是这种溪流想象的一部分。它把溪流变得更富于人文色彩。通过桥，人与溪流的关系不是变得更加遥远，而是更加亲近。

到达彩虹桥之后，首先让我惊艳的仍然是溪流。这条名为“新江”的溪流，宽阔、碧绿、平静，倒映、清洗着田野上的春天。这样的溪流在北方，应该可以算作大江大河了，也应该有与它身躯相应的大脾气。

但在这里，它却流得和缓、平静，甚至也可以说是谦逊。在它的身边就是开满油菜花的农田和不远处的白色徽居。溪水的碧绿、清澈与丰盈与它们相依相存，共同构成了婺源的乡村美学体系，就好像元曲中的句子“小桥流水人家”，三者相连，才能构成一幅完整的美景，不用任何修饰就能成为美本身。

在这种构成中，桥的作用无疑是巨大的。正是它把流水和人家联系了起来，在自然与人居之间起到了沟通的作用。而它自身的人工属性则显得暧昧，因为它是与溪流合为一体的。没有溪流的桥就好像是无源之水，这时才可以完全用人工的属性去定义。而在溪流之上时，它则成为一种沟通人与自然的媒介。从这个意义上说，它在实现自己现实功用的同时，也成为一种精神上或抽象意义上的桥。它不仅方便了河流两岸的来往，把河流对交通的阻隔抹去，同时也在精神意义上把一条河流对日常生活的阻隔虚拟化，甚至装饰化。因为桥，河流变成了大地的装饰，消解了土地的坚硬、静止、沉重；更成为日常生活的装饰，水的流动和清澈也消解了日常生活的沉闷、混浊。

在通常的意义上，桥是河流的装饰，但装饰一词本身的多义性，造成了被装饰物对装饰物的反哺功能。卞之琳的诗《断章》中写道：“你站在桥上看风景，看风景的人在楼上看你，明月装饰了你的窗子，你装饰了别人的梦。”这种装饰意义上的互文和观察角度的转换，构成了层出不穷的风景。而这首诗的入笔也是桥，它在各种风景中也起到了桥梁的作用。

彩虹桥就是一座富于装饰意味的桥梁。与普通的桥梁不同，它的桥上有廊，廊下还有“美人靠”。这使得它不仅有交通功能，还具有休息、避雨等生活功能，也增加了它的审美功能。首先，它提供了一个最舒适、安全的赏景之处，又因为它与溪水最为接近，所以成了观赏溪水的最佳所在。而在它为审美提供了平台的同时，它自身也变成了审美的对象。

正因为它这种独特的审美价值，人们对它格外眷顾，从它的命名即可以看出。彩虹经常被比喻为桥，而它无疑是最具奇幻色彩，最富想象力，也最美丽的桥。用彩虹来命名一座桥，就是把彩虹的这种属性赋予在它身上，使它的美既是现实的，又富于想象色彩。而现代人也不吝啬，在它的名字之上又赋予了“中国最美廊桥”的称号。

然而，它自身的这些审美属性，在这个时代里，也使它所构成的古典美学体系遭到了破坏。旅游的开发，使它成了游客如云的一个景点。桥还是那座桥，它本身的美没有减损，但“小桥流水人家”中的“人家”在这里已不是小桥的主体，桥上的人不是从这端的家到那端农田的农人，而是桥本身即是目的地的游客。桥的现实功能被削弱，它自身价值的突出与彰显，打破了“小桥流水人家”这古典美学图谱的均衡。

在这种失衡的状态中，桥上的行人也无法成为桥的装饰，而是成为桥的负担。我没有在桥上熙熙攘攘的人流中感受到那份古典美的意境。下桥之后，离它不远的一座小石桥吸引了我。没有游客走到这座桥上，因为它太小，太普通。这样的桥，在婺源乡村中几乎随处可见。它石质的朴拙的桥身，横跨过一条与新江相比几乎可以忽略的河流。但就是这样一座桥，也有它的名字：登云桥。给这样一座不起眼的小桥起这样一个名字，显示出了婺源人对桥的尊重与喜爱。它让我看到了桥的本义，也让我更接近婺源乡村生活的本来面目。

樟　树

进入严田，第一个感觉就是静。这种静，把我在李坑等村落感受到的热闹喧哗从婺源印象中剥离。而这静的原因，并不是说这里没有商铺摊贩，没有崭新的建筑。它同样有，只是大都位于古村落之外。而这里的静，就像安装了一个沉淀或过滤装置一样，把所有的嘈杂与喧嚣统统都沉淀过滤而去。

进入严田，首先映入眼中的是粗大的竹子，让我宛如有一种回乡的感觉。因为家乡也是盛产竹子的。但这并不足以解释严田的静。向严田深处走去，又看到了宽阔、平静、碧绿的河流。河流的对岸即是田野。田野中金黄的油菜花隔着一条河流，就仿佛成了电影中的远景，与现实世界拉开了距离。这是我们与美之间应有的距离。沿着河流向上，便看到一座石桥。桥洞撑起新月般的弧度，倒映在溪流中，便真如一弯新月。

这样的景致，与婺源的其他乡村相比，并不显得有太多本质上的不同。真正不同的是：它们都被笼罩在一种宁静安详的氛围里。中国有一个成语叫“宁静致远”，用到这里，则可以说是这种静，使它与现实产生了一定的距离，而这样的距离，让人情不自禁身处在一种审美的情境中。

从进入村落起，我就开始寻找这种静的源头，一路寻找，最终找到了它——那棵千年古樟。它静静地立在村落的中央，树胸围近 14 米，树冠幅达 3 亩，我所见到的小桥、流水、人家，甚至田野的边缘，都在它的荫覆之下。中国有句古话，“大树底下好乘凉”，这棵树也许是这句话最好的印证。

而事实上，大树底下不只是好乘凉。在中国乡村，一棵古树已经不仅是一棵树，而是村落原始宗教中的神灵，一个村落历史的见证者，更是村落自然生态的象征。在中国乡村，许多民间信仰都把古树当作神灵。一棵古树，不仅照顾着村子里的人丁繁衍，也决定着村子的祸福吉凶。严田这棵古樟在村落中便被称为“神樟”。同时，一棵古树还是村落历史的记录和见证者。中国乡村中的宗法伦理制度决定了它对历史的重视，因为一个乡村的历史往往就是由一个或几个家族史构成。村落历史的悠久也是家族历史悠久、源远流长的证明。而能证明这历史的，除了有形的文字，便是古树了。它用自己的年轮充当了书写历史的另一种文字。在许多书籍或影视资料中，农村召开重要的全体村民参加的会议往往在一棵古树底下。这样的会议往往是严肃、庄重的。因为古树的在场，讲话者要面对的不光是村民，还要面对村落的历史，甚至神灵。在这个意义上说，古树不仅记录着村落的历史，也见证着它的历史。

一棵古树同样是一个村落自然生态的象征。自然生态对于以农业为主要生产力的村落来说，是至关重要的。而树的生长所需要的阳光、水分以及土壤的肥力，都是自然生态中最重要的部分。于是一棵生长千余年的茂密古树，便是这片土地生态良好的证明。而树也反哺着村落的生态。严田的秀美，不仅有着这棵古树的直接功劳，也有它的间接功劳。

古树的这些意义也存在于其他村落，婺源的许多古村落中都有古树生长。这几乎是婺源古村落的一个特色。但在严田，除了上述的几点，我发现了古树的另一个作用，那就是：它也影响着一个村庄的精神气质。严田的气质就是宁静安详，甚至贩卖纪念品的村民身上也体现出了这种气质。樟树旁的空地上有几家贩卖纪念品的店铺，但却不显得喧嚣嘈杂。店铺的主人大多是本村的村民，他们没有像其他村落的商贩那样去喊客甚至拉客，而是静静地守着自己的摊位，温和平静，不急躁，甚至让人感觉不功利。仿佛该到来的终究会到来，不属于自己的，最终也不会属于自己。这种气质，也许就是长期生活在这棵古树之下，被它的宁静感染而致。

古樟树是那样的静，微风吹过无法让它晃动，时间也无法让它改变自己的姿态。它已生长了一千六百余年。无数的人世沧桑，只是它叶片上的一条条脉络。面对这样的古树，让人不禁生出对生命的敬畏，更让人萌发出对生命状态的思索。也许正是它的这种生命状态，感染了这里的村民，甚至感染了周围的花草溪流，它们宁静地生活，宁静地花开花落，宁静地流动，仿佛超越了时间，获得了永恒。这种宁静的美，便是婺源乡村之美的一个华彩乐章。

田　野

对婺源的印象，除了那些被开辟成景点的村落之外，更多的就是那些无遮无拦的田野。不仅仅因为油菜花。虽然油菜花海和徽居是婺源最具代表性的两个景观。但那无尽的田野深处，蕴藏了比油菜花更为丰富的事物和细节，就像油菜花无法代表江南的春天一样，也同样无法完全代表南方的田野。

但首先让人惊艳的仍然是那成片的油菜花。事实上，对婺源的旅行不只是从抵达某个被作为景点的古村落开始的，在这个抵达的过程中，就已经开始了。我对婺源的观赏，一是它的春色，二是“最美乡村”。这两者都无法脱离田野的语境。虽说徽居淡雅的白墙与金黄的油菜花构成了一幅浓淡相宜的水墨画卷，但单纯的田野也可以成为具有独特气质的画幅。事实上，这里更多的田野种植的是水稻，而不是油菜花。稻田此刻还没有呈现出绿油油的景观，显得有些黯淡。也许它与油菜花构成了另一种浓淡相宜。

因为乘坐的是汽车，在各个古村落间奔走，所以对连接各个村落的无尽田野的审美，一定程度上可以概括为在汽车上的审美。不同的审美方式，决定了不同的审美效果。在田野间奔走的时候，那些油菜花的金黄与稻田的黯淡不断地交织和变幻，原本静止的它们，因此形成了一种节奏。这种节奏也许就是大地在春天的节奏，对我来说，也是大地在南方的节奏。这些节奏的变换并不是单调的。婺源起起伏伏，出现又消失的丘陵也参与到这种节奏的变换里，给这里的大地增添了不同的韵律。这不仅是指这些丘陵的形态，更是指它上面那些茂密的植被。

在这些丘陵上人工种植最多的，就是茶树了。来到婺源之前，知道婺源盛产绿茶，并且颇有名气，与祁门红茶并称为“祁红婺绿”。这种印象在抵达婺源之前，肯定只流于字面。在到达婺源，见到那些丘陵山坡上郁郁葱葱的茶树之后，字面印象得到了印证。但只有真正品到婺源的绿茶之后，这种印象才真正落到实处。一种绿茶的品质所能达到的高度，只有在舌尖上才能体现出来。于是我在李坑古村里参观那些徽派建筑的间隙，就坐到了临街的小小茶舍之中。品上几杯之后，就略微对这里的绿茶有了些了解。这种品茗让舌尖有惊艳的感觉。因为平常我喝的绿茶大都是毛尖，并且是那种质量一般的毛尖，就颇以为乐了。但我品的婺源绿茶中的一款“茗眉”，与那种档次的毛尖茶比起来，口感要好上许多许多。也许是因为抵达婺源是在清明节前，所以便品上了这明前的茗眉，那种入口的柔嫩感，在我口腔里久久地逗留。后来我买上一罐，带回家喝，仍然是这种感觉。而在对婺源似乎云雾缭绕的绿的回忆中，这种茶仿佛越发柔嫩起来。

除了茶树，这些丘陵上还有另一种我司空见惯却又为之惊艳的植物，那就是竹子。司空见惯是因为我的家乡就有竹子，平原之上连绵着大片大片的竹林。但家乡是纬度最北的人工竹林种植区，与这南方漫山遍野的竹林是没法比的。原来看的时候，我以为这些丘陵上生长的都是树木，近了才看到，原来它们都是竹林。在大鄣山卧龙谷，我近距离地接触到了这在山上生长的南方的竹子，它们的粗壮超出我的想象，我这才恍然大悟：竹子本来就是在南方长的啊。后来我再在汽车上看那些丘陵上生长的竹林，便更确认了是它们，也更确认了它们的美。事实上，竹子伸展枝叶后所产生的视觉效果与一棵树并不相同。那些粗大的竹子远远看去，就像是插在山坡上的一支支羽毛一样，那些丘陵因此变得轻盈起来。

在婺源乡间的整个行走过程中，我很少看到工厂，那些在北方乡村里多见的大烟囱在这里仿佛没有了踪影，倒是有一条条河流包围着那些农田。这让北方长大的我同样艳羡。有些河流也汇成了小小的湖泊，最有名的大概就是月亮湾了，因为这个小湖泊所包围的一块陆地呈现出月牙形，所以就被称为月亮湾。这其实只是很普通的一个景观，最起码在河流众多的婺源是这样。但经过了命名之后，这里就成为一个著名的景点，游客们蜂拥而至。与之相比，反倒是那些无名河流，流动着绿色或黑色的波光，把田野包围，更能让我感动。这种感动并不只是虚言，因为我生长在干旱的北方，知道河流与田野之间的那种甚至可以说是相濡以沫的关系。

因为这些河流的存在，所以这里的田地大部分都是水田，而耕种的作物也大都为水稻。因为是初春，水稻还没有长成，但我看到了劳作的农人与同样劳作的水牛。也许是因为汽车行走的速度快，我只能看到它们的一些瞬间，所以我看到的水牛几乎都是静止的，它们静止在田野的某个角落，却让一片田野活了过来。事实上，水牛的行动本身就是有些缓慢的，在这比旱田阻力更大的水田之中，慢不仅是一种行走方式，同样也是一种哲学。这是北方的黄牛所无法“体会”的。因为这种慢，让水牛拥有了一种独特的气质；也因为这种哲学，水牛仿佛就成了一个哲学家。大大的眼睛，让它们抬头时仿佛在顾盼，扭头时仿佛在回眸，站立时仿佛在遥望，低头时仿佛是一个深情的俯视。我所路过它们的一个个瞬间，把它们的这些片段记录下来，也更凸显出来。虽然它们不像北方的黄牛有金黄的毛发，而是有着泥一样的黑，但它们却是异常美丽的。因为与它们相匹配的，是这大片大片的水田。它们的静，它们的黑，它们的饱含力度的牛角，在这一片片水田的映衬下，显得那样美丽。

而这乡野的精神和气质，与水牛也是那样地相合。慢与静，是熙攘快速的城市生活所难以抵达的，但它们是这乡村田野最自然的特征。因为这慢与静，乡野拥有了一种独特的美，也拥了自己独特的关于生活的哲学。水牛，以它慢与静的气质，成了这种乡野哲学的一部分。

如果非要说出一个事物来代表这南方的田野，我想不是那些金灿灿的油菜花，甚至也不是茶树和竹子，而是这些水牛。在路过那些田野的一个个瞬间，我看到一个个如同雕塑般矗立在田野中的水牛，忽然觉得，它们就是这南方水田中的雕塑。它们代表着这片土地的气质，也同样代表着它的哲学。

卫坡：时光雕刻的河洛古村

抵达洛阳卫坡村，是一个意外的惊喜。我原来的旅行计划是要去山西看大院。但朋友说为什么要舍近求远，洛阳旁边就有一座古村落，有许多深宅大院，这让其时身在洛阳的我有些心动，但同时也有疑虑：洛阳来过多次，都没有听说过这个名叫卫坡的村落，与那些山西大院相比，它显得寂寂无闻。但对中原古村落的兴趣还是占了上风，也许对一个旅行者来说，意料之外比意料之中的事情更有吸引力。

卫坡村离洛阳市区很近，坐落在邙山之上，北魏孝文帝陵的旁边。不用驱车远途，古迹星罗棋布在身边，一座城市的文脉由此彰显。我们从公交车上下来，首先去拜谒了北魏孝文帝陵。这座陵墓像一座小山一样高高耸立，却没有石人、石马等惯见的古陵“标配”。文治武功都堪称一代英主的孝文帝就这样朴素地沉睡在洛阳城边。相较而言，卫坡村也同样显得朴素。那些古建筑就深藏在村落中那些现代建筑深处，没有一点山西大院奢华的炫耀，而多了一分古典的内敛。尤其是那些院落的大门，如果不走进去，会以为这只是普通的民房。而那些山西大院的大门则要华丽、气派得多，乍一看，都会知道这是一个巨富之家。这也是卫坡古民居和那些山西大院的不同的地方之一。除了身处河洛之地这样空间的原因，还有历史的原因。卫坡村的这些古代民居院落基本上都是属于一个大的家族，这个家族祖上主要是官员，而不是商人。而这个家族最高品级的官员是四品武官，并不算太高。因此，这些宅第大门，也没有让人感觉到森然肃穆的官气。虽然品级不算太高，这个家族中的官员却是数量颇多。整个清代，卫氏家族七品以上官员有26位，担任过儒林郎、九品登仕郎、五品武略骑尉同修职郎、千总武略骑尉、户部事务等诸多官职，还出过4位诰命夫人。对于一个仅百余户的小小村落来说，这个数字堪称庞大，也堪称辉煌，这些古建筑也堪称一种历史的繁华了。

村落中的民居古建主要坐落在一条大街的南北两侧。说是大街，其实也很窄，仅容一辆轿车通行。这样的街道在现代城市交通体系中，甚至可以称为小巷。但在这窄窄的街道两侧，却坐落着面积庞大的院落，足以令现代城市人叹为观止。进入街道北侧的一个大门，就仿佛武陵人钻过山洞豁然开朗的感觉。对一个寻古访幽的人来说，这里也的确像一个桃花源。院落房屋都是清代建造，传统院落格局保存完好，踏入门内，古典气息就扑面而来。虽然数量不多，但木雕、砖雕同样将原本普通的门楣、墙壁装饰得精致、典雅，即使一个简单的雕花，也能起到画龙点睛的作用。月台之上，客厅高大轩敞，两根木柱矗立，撑起廊檐。木柱的柱础为石礅，雕有简单深刻的纹路。而柱子的雀替则为潇洒飘逸的云纹，仿佛廊柱之上的屋檐皆在云端。

也正因有了这廊柱和雀替的衬托，客厅的房檐屋脊勾勒出端庄、大气、凝重的天际线。这种线条仿佛拥有着一种紧绷的力，将我一下拽进了古典时代。这条线上还点缀有更为复杂的曲线，那就是五脊六兽。狮子、海马等瑞兽，端坐屋脊之上，虽然个头不大，但却神态毕现威风凛凛，与屋脊檐瓴简洁飘逸的线条一起构成了一个和谐的整体。这整体的线条凝重，甚至使我想起了一些官衙中的殿堂房舍，让人在它的面前不得不变得肃穆。也许这正是官宅所特有的凝重感，而客厅这个功能外向的建筑又将这种凝重感放大了。它向外的一面墙全部都是木制的门，打开的只有正中的两扇。每一扇门上方的窗户，窗棂都是方形，以中国结般的交错构成一幅繁复却又严正的图案。而门的下方，都有精致的木雕，如梅、兰、竹、菊等。这些雕刻经过年岁风霜的打磨，精致中又平添一分粗粝的厚重。有些院落客厅大门的正上方，还有木雕而成的题字，如“卤园翰墨林”，透露出一种儒家式的自谦。走进客厅，仍然需要抬头，屋子正上方悬挂的是高高的牌匾。房子主人和牌匾题写者的官职名讳也赫然在上。有的院落客厅里是一块，如“望重兰台”，有的是两块，如在“袭庆承休”牌匾下方，还有“执德堂”的牌匾。从“执德堂”这样的堂号名称上也能够看出主人对儒家思想的推崇，而这正是封建时代官方主流价值体系。虽然这些价值体系也在那些纯粹的商人宅第中有所体现，但在这官宅中，更加彰显。

这种敬意对封建时代拜访这座宅院的客人来说尤甚。在这个特殊的时空氛围中，我不得不以他们的视角来看待这些牌匾。也许这正是为官的主人所需要的。一定程度上，客厅就是主人官方身份在住宅里的延续，就是衙门的一种变体。

客厅里的陈设简单，保留了八仙桌和两侧的官帽椅，上方是一幅中堂。中堂字画却不需要像匾额那样严肃，大都是文人诗画，即使这个宅院的主人是武官。中国传统文化中喜欢将文武并称，并放在相互对称的位置上，但其实武官也从属于儒家思想体系。中国封建时代，统治者将儒家思想改造成为整个官僚体系存在的价值坐标。当然，在儒、释、道并存的文化结构体系中，道家文化元素也渗透到了日常生活之中。中堂文人字画中，即有一些道家思想元素，如一个客厅里的中堂对联“呼猿向萝月；招鹤下松云”。宅院主人就在这狭窄却又似乎宽阔的文化空间中，开拓着自己的生存空间。

穿过客厅，就走进了下一进院落。准确地说，这里更像一条小巷，将横向排列的五六个院落连在一起，成为客厅与后院的缓冲地带。要走进后院，还需要再进一扇门。这扇门要小得多，门的上面却都有砖雕的大字“福禄寿”“祝三多”等。这些题字内容已与前厅不同，而是更多属于家庭伦理，官方色彩变淡，更具民间色彩。客厅和后院之间的缓冲地带虽然可以称作小巷，但又与小巷不同，每个院落与另一个院落之间，都有小拱门相隔。前厅部分这横向的五六个院落也是以月亮门相连。这些门，让整个庭院变得更深，而不是一览无余。它们保证了一个大家族的生活既相互联系，又有各自的私密性。

私密性最强的，莫过于后院。与前院的月亮门门洞相比，这里的门不仅有形状，而且有着实实在在的木门用来隔绝前面的世界。两个世界的不同，让建筑范式也存在着明显的差异。后院厦房两开，院门正对堂屋。堂屋两侧有左、右栈道分达裙院。裙院里又有供下人居住的厦房和堂屋。总体而言，后院的建筑显得朴素，大多房间都不再有砖雕或木雕，窗棂也不再是繁复的图案。但仅仅是菱形的不断重复叠加，也能够呈现出另一种精致感。后院的堂屋却都不大，内部是窑洞式构造。但从外面看来，这些窑洞式房屋却有着木结构的楼层，显得并不局促而美观大方。

这种窑洞式构造的房屋，我在康百万庄园也看到过，应该是河洛民居中的一个特点。我在卫坡村中就见过几座地坑窑院。窑院深深低于村庄的地平面，进去需要走一段台阶。有的窑院比较朴素，有的窑院却有木雕和砖雕装饰，时间应该可以归到清代，精美程度和地面上那些古宅里的不相上下。可见窑院并不只是贫穷者才居住，而是一种较为普遍的居住方式。那些古典装饰让这窑院显得别有风情，宽敞的院子中栽种着竹子花木，也挺拔多姿。我以前一直以为地坑窑院是豫西三门峡地区和山西、陕西地区特有的建筑，没想到在洛阳也看到了。看着脚下的土地，我仿佛知道了其中的缘由。卫坡村地处邙山之上，而邙山是黄土丘陵地貌，山上干燥而沉实的黄土上不仅生长了可以饱腹的庄稼，也同样提供了天然的安居之所。也许是因为这些窑院所造就的居住习惯，地面上的房屋也才同样修建成窑洞式的内部结构。

与街北院落相邻的是卫氏宗祠。祠堂并不大，却建得较高，需要两次拾级而上。祠堂也许是因为修缮，内部已经空空荡荡。但卫氏后人依然在生活，追忆着往昔的辉煌。来到祠堂厦房的楼上，可以通过圆圆的窗户望见街北院落那些规格严整的屋顶。瓦片如鱼鳞般排列得紧致工整。屋脊上的瑞兽近在咫尺。从它们的神情中看不到疲惫，虽然它们已经守望这些宅院数百年。在那些成片相连的院落之上，它们仍然精神抖擞。

与街北房屋的大气、朴素相比，街南的院落要更加小巧、精致。从大门进入，无法直接看到院落，只能看到二门。大门两侧的厦房有颇为精致的木雕。梅、兰、竹、菊这样较为普遍的图案，在这里也有独特之处，如兰草要配上奇石。方寸之间的木头上，怪石嶙峋的层次感也很强。而回过头来望向门洞上方，是一大幅牡丹的砖雕。这个图案我在山西的大院中并没有见过，应该是这河洛民居中的特色，因为这里正是牡丹之都。从二门进入，院落就呈现在眼前。与街北院落相比，这里的院落显得窄了一些，在两侧厦房的簇拥下，几乎成了一个天井小院。而走到客厅的月台是需要拾级而上的，客厅的建制几乎是与北院相同的，却因为院落的狭窄，不像北院那般大气。那些木雕同样精致，屋门的正上方是五个大字“谈笑有鸿儒”。与北院的卤园翰墨林有相似之处，但标榜的意味也更加浓烈。学者朱大可认为，题写是士大夫对自己存在方式的证明。士大夫们试图用题写标榜自己的身份，同时也想标榜自己的趣味。不过中国传统文人士大夫宅院中常见的题写，是如流水线工业产品般由儒家学说生产出来的，已经成为一种符号，也暴露了这种趣味的单一。但这些乡村中官绅宅院更注重的是进行纵向对比。它们的主人更在意的是与普通村民的住宅进行的对比。经由这样的对比之后，一种文化意味被彰显，进而触发了权力的彰显。这种权力主要是面对普通村民的绅权。由于皇权专制时代，皇权的派出机构到县为止，县以下的乡村便是绅权的权力空间。乡绅以礼制为主要方式对村民进行治理。这些儒家话语便是官权向绅权转换的武器，或称为一种权力密码。这是这些儒家话语成为这类士大夫的住宅标配的一个原因，从中可以看到士（绅士）与大夫（官）之间的紧密关系，也可以看到这种转化的路径。

客厅有通向后院的门，中间又是一道小巷相隔，但后院的门没有开，门缝中能看到院落深深。南院是五进院落，比北院有更强的纵深感。而横向上，与主院落相连的院落有两座，分列左右，没有北院那么宽阔。可惜的是，两侧院落损坏较为严重，不复古典精致之美。但这正是时间的原作。这是有时候废墟能给我们更大震撼的原因。事实上，那些保存较好的古民居同样也是另一种层面上的废墟，是生活方式和文化的废墟。那些权力结构和长幼尊卑、男尊女卑的伦理秩序，连同那些儒家文化话语运作机制，甚至那些古雅气质，都一同被埋在时间中。

在这道主街的周围，还有一些街道留存古典的院落，但保存得都不如这条街两侧的房屋。衰败的屋舍述说着时间的脚步，如此轻飘，又如此沉重。

当那些曾经的文化和社会环境渐渐消失，它们就成了历史的承载者，它们本身也成了历史，在建筑史、民俗史中具有重要的意义。从这道古街出来，就又回到了那些现代建筑的包围中，这种意义体会得更加明显。这个村落里的古建筑虽然数量相对较少，无论规模还是精致程度上都无法与王家大院那样的富商豪宅相提并论，但因为地处中原，保存相对完好，还有着历史与地理空间上独特的意义。它们的一些独特建筑形态，成为中原民居古建的重要组成部分，也为河洛历史和文化增加了一些具体可触的物质细节。

第三辑　古镇

榆次县衙：幽深的历史迷宫

1

我对榆次县衙的深入观察，是从牢狱开始的。

其实，按正常的顺序，进入县衙大门之后，接着要进的是二门，即仪门。它们都在县衙的中轴线上。我进入榆次县衙大门之后，首先看到的就是端庄大气的仪门。仪门上方悬挂着“晋藩首辅”的匾额，雕刻精致美观。匾额下，仪门大开，将我的目光引到门内深深的甬道和甬道尽头的大堂。这种视觉上的景深，给了我一种历史的幽深之感。也许是我刚从喧嚣的大街上走进来，身体里的噪音还未安静，无法抵达这种幽深；也许是因为不想循规蹈矩，让自己的观察按照被安排好的路线和角度；也许是因为害怕这仪门太过堂皇，会遮蔽住历史真实的细节——我并没有轻易走进去，而是走向了仪门旁边的一个小门。这里通向牢狱，是正常参观顺序的最后一个点。在下意识里，我走进了这个不起眼的小门。

相较仪门的精美雕刻，这个又窄又小的门，几乎没有太多装饰。但正对着门口的影壁墙，却浮雕了一个身穿盔甲的武士。武士几乎有真人大小，细节雕刻得非常写实、细致，而整体气势则肃穆威武。我以往见到的石雕人像大多为神话或宗教人物，这种石雕武士的造型还是第一次见到。它出现在牢狱之中，自是有震慑犯人的用意。但它同样震慑了我，以它精湛的雕刻工艺。走进牢狱，我看到了牢房——这是一座牢狱的核心和本质，然而它们并没有观赏的价值。这是我第一次见到明清时代的牢房，牢房的室内空间狭小、阴暗，直身站起似乎都困难。我无法想象被关押在这里是怎样的滋味。在通往死牢的小门上，一个巨大的兽头被刻在门洞上方，獠牙夸张触目，也许死刑犯走进这个门，就会产生死亡的错觉：自己会被这只野兽吃掉。

古代权力体系除了要在肉体上囚禁犯人，还要在精神上恐吓他。恐吓也是囚禁的一种方式。在中国古代，能够掌管人精神世界的除了道德伦理，就是宗教神灵了。这座牢狱正中，坐北朝南的大殿，就是狱神堂，里面供奉着狱神。权力体系在牢狱中修建神堂的心机自不待言：供在庙堂中的神赋予了官吏和狱卒形而上的权力。就像君王称自己是天子一样，他们都是在借神来赋予自己的权力以合法性。因此，从犯人的角度而言，被他们关押，就像是被神灵所关押。犯人是无法以平等的心态来对待神灵的。

古代权力机构之所以要用这物质和精神双重的牢狱来囚禁犯人，是因为中国古代的法律体系并不健全，也未深入人心。法律只是统治者维护自己利益的工具，现代法律体系中的民法，在古代并没有被发展壮大。老百姓心中并没有清晰的法律概念，清晰的只有道德与神灵。于是这种精神恐吓和囚禁，便成为对付他们的重要武器。

一定程度上，一座牢狱才是一个衙门的核心。在具有审判职能的衙门的办事程序中，牢狱是它的最后一个步骤，作为中间程序的审判因为健全法律体系的缺席而显得暧昧。但我的游览却颠倒了顺序，把它放在了首位。也许这是因为我的游览本身就是对时间的逆向行走——从现代进入古代；我在无意中让游览从牢狱开始，也进一步把这种逆向的游览进行了下去：从它的内核到它的表面。因为我后来的游览看到衙门所要呈现的威严与公正，一定程度上就是为了赋予这种审判与监禁以合法性与合理性。而我的写作，事实上也是逆向的，它是在对这个景观的追忆中完成的。

重新回到我的记忆，然后顺着记忆回到这座衙门，我踏进了它的仪门。连接仪门的，是一条甬道。甬道两侧，是类似庭院的广场。它把我的整个视野拓宽，而它真正的作用，却是为了烘托立在中央的戒石坊和大堂。这样，大堂的轴心位置才会更加凸显。中轴线的存在，似乎也在以空间上的“不偏不倚”暗示着它的司法公正性。而甬道上的戒石坊则用文字将这种公正的寓意表达了出来。坊上书写了三个大字：“廉生威”，两侧立着两块石碑，右边那块，刻着宋太祖赵匡胤晓谕官吏的话：“尔俸尔禄，民膏民脂，下民易虐，上天难欺。”书法来自黄庭坚的手笔，瘦硬苍劲的风格与这句话的语义正好契合。左边那块，刻的是明代郭允礼所写的“官箴”：“吏不畏吾严，而畏吾廉。民不服吾能，而服吾公。廉则吏不敢慢，公则民不敢欺。公生明，廉生威。”这些话语被放置在衙门的中轴线上，似乎在表明它们是中国官场文化的核心和精髓。

但这却是一种假象。它们真正的意义与其说是对于官员的劝诫，不如说是向百姓暗示官员的清廉公正。百姓们初看到这些文字时，无疑都会被震动，并且生出希望：每天面对这些训诫的官员，怎么会不清廉公正？同样，大堂的匾额和楹联也将儒家伦理道德放在了县衙最重要的位置。悬山顶的大堂檐下悬挂着“牧爱堂”的匾额，两边的楹联题的是：“得一官不荣，失一官不辱，勿说一官无用，地方全靠一官；吃百姓之饭，穿百姓之衣，莫道百姓可欺，自己也是百姓。”也许它们在一定程度上可以对官员起到劝勉作用，但更多的仍是一种冠冕堂皇。它们更大的作用是用来迷惑百姓。当然，也迷惑了一些现代参观者，我看到有些参观者就对这些匾额和楹联赞不绝口，似乎将它们照搬到现在，就会造就出一色清廉的公仆。

历史学家黄仁宇曾有一个关于中国古代社会结构的生动比喻：“潜水艇夹肉面包”，意思就是：底层庞大的农民群体和上层的官僚组织的二元结构，两者看似紧贴，却是相互分离的。法家没有提供健全和公正的法律来规范二者的关系，甚至农民之间的关系。官僚阶层对底层百姓的管理和统治一方面依靠残忍严苛的刑罚，另一方面主要依靠孔孟伦理道德。后者甚至更加重要，一定程度上，是孔孟伦理道德维系了整个封建时代中国社会的安定。正因为儒家伦理的重要性，封建统治者在基层衙署中才如此冠冕堂皇地提倡甚至标榜这种伦理道德。

而在这伦理道德的背后，官场则有着自身的规则以及潜规则。就在大堂庭院的两侧，坐落着明清时代州县下设的六个办公机构：六房。左侧三房为吏、户、礼，右侧三房为兵、刑、工。六房的建筑相对大堂来说简朴一些，但仍然精雕细刻，古意盎然。木柱与屋檐间镶着精美的木雕雀替，两侧是精致的官员模样的人像石雕。工匠精湛的刀法，赋予了雕像以生动的表情和庄重的气质。在想象这官员雕刻的作用时，我想到了镜子。古代中国，玻璃是稀罕的物件，由玻璃所做成的镜子当然也不可能普及。也许这雕像所起的作用之一，就是充当石质的镜子。官员以它为范本，虽然映不出自己的容颜服饰，但这种审视在官员内心里完成。通过这齐整精美的建筑可以想象当初这里作为衙署时官员兵吏们的言谈举止。除了那些文字，雕刻等艺术形式也在规范着官员的言行、着装。

但现在六房里面的陈设已不复当时的旧貌，管理者将它设置成了古代官制和古代官场文化的展览。而最吸引我的是在右三房展出的古代官场文化展览。展览前言引用了鲁迅先生的话：中国人的官瘾实在太深，汉重孝廉有埋儿刻木，宋重理学有高帽破靴……总而言之："那魂灵就有做官——行官势，摆官腔，打官话。"与鲁迅的话相匹配，这个展览的具体内容就是官势、官腔和官话，其中的孔孟伦理道德自是不少。看过了这个展览，再想起那些楹联、匾额、碑刻，不由生出一种滑稽感和虚无感。中国封建社会就是这样在义正词严的官腔中透出滑稽和虚无，又从滑稽和虚无中透出残酷的本质。

2

继续向后走，才知道大堂仅仅是这座衙门的一个开始。它拥有二十六个院落，与北京紫禁城一样有着前堂后寝的格局，仅中轴线上的建筑就有五堂六进，完全颠覆了我的印象中衙门仅仅是大堂的概念。这座占地 21000 平方米的巨大衙门构成了一座迷宫，不仅让我在空间中迷失，也同样让我迷失在对于历史的想象中。大堂、二堂、三堂、四堂、五堂，这些处在同一中轴线上的建筑，不仅是建筑风格上的不同，也被严格划分了各自不同的功能。大堂审理大案、要案，二堂主要审理民事纠纷，又称第二法庭。三堂是知县日常办公的地方。过了三堂，就到了知县的内宅。内宅又分为四堂和五堂。四堂主要是知县生活的地方，五堂则是知县家眷起居之所。中轴线建筑的两旁，前面是属官和兵吏衙役的办公场所及居所。而进入内宅之后，中轴线两旁就成了花园。

每一座院落的功能区划不同，它们在建筑形态和布局上也都有所差别。内宅的主体建筑四堂与五堂，与前院的不同尤为明显。这里建筑形态已有了民居化倾向，五堂甚至是两层的雕花阁楼，而这两进院落也比前面拥有更多花木。如果说前堂的办公空间是坚硬的话，那么在这里，空间一下变得柔软起来。庭院里的草木就是坚硬与柔软的分野。四堂和五堂的院落中央还放了盛接雨水的大缸。水波的荡漾与那些花木交相辉映，化解了前院的杀伐之气，营造出柔软的精神空间。它们在外在形态与内在气质上，都与我曾到过的民居大院相同。所不同的，大概只有楹联，仍然在提醒着居住者的身份。

建筑是人类精神情感的外在体现，同样，这座官衙建筑的复杂也是中国官场文人人格复杂性的体现。但不同的是，这种封建官衙、宫殿的前朝后寝结构又巧妙地将因这种复杂而产生的人格裂缝予以修补。也许这些官员在前朝冷酷、严苛、贪婪，或者狡诈、阴险、工于心计，但他们马上都可以在后院回归到一个普通人，或者文人、墨客的身份，或者转换为丈夫、父亲的角色。一定程度上，它们有力地遏止了官员的精神分裂。建筑因此而承担了居住和办公之外的功用，即心理调适作用。

除了容纳下了办公、日常生活，这座县衙还容纳下神的居所。除了前面提到的狱神，这里还有马王殿、衙神庙等。这些殿宇除了有体现权力神授的功能，一定程度上，对官员也起到了一定的监督作用。除了健全的法律制度和监督体制，封建社会的官僚阶层运用了各种方法来完成自我改良和净化。儒家伦理、鬼神信仰，都被烩在官场这锅粥里。因此，这座官衙一定程度上也像一口大锅，为我们展示了官场形形色色的精神食材。

如果说建筑物是食材中的“硬货”的话，上面附着的那些文字就是佐料了。佐料不可能改变主要食材的本质，却可以改变它的味道。如果说县衙内许多主体建筑的风格似曾相识的话，那么这些匾额楹联则给它打上了独特的标签。（这里说到的独特，当然是与民居大院相比，在同样的官衙里，它们也是相似的。）即使是整座衙门最后的一进院落，供知县家属起居的拥有阁楼的五堂，门柱上的楹联依旧是：“堂上一官称父母，莫言当官易，要广施父母之恩典；眼前百姓即儿孙，应知为民难，须多照儿孙以福星。”这样的儒家官场伦理规范，一直贯穿了整个衙门的中轴线。如果说它们在前堂还算是适得其所的话，出现在后院，标榜的气息就更加明显和浓重了。

这座县衙建筑的众多精神食材中，与那些匾额楹联同样作为佐料的，是各种各样的雕刻，包括木雕、石雕、砖雕。但与匾额楹联过分明显的意识形态化相比，雕刻显然更具有艺术色彩，意识形态的成分也弱一些。但从建筑美学的角度来说，它们更加重要。

在这座县衙里，建筑的不同部件之间，房屋与房屋之间，院落与院落之间，都有无数精美的雕刻来衔接。最为出彩的雕刻出现在那些衔接院落的影壁上。即使没有专门的影壁墙，与大门相对的墙壁也会被借用为影壁，在上面布置下精美的雕刻。与门相互构成、相互依偎的撇山影壁也为数不少。这些影壁就像为那些精美的砖雕、石雕提供了一个九十度倾斜的舞台一样。如果说那些门洞、墙角、屋檐、柱础的雕刻算是对主体建筑的装饰的话，那么它们则像是完全独立的，没有任何实用色彩。关于影壁的由来，传说最早是人们为了阻止小鬼进家而修建。它最初的产生即是非实用的，而带有宗教色彩。在建筑中，宗教功用是能与实用性相抗衡的少数元素之一。后来，这个由原始神话和宗教所开辟的空间逐渐向审美和装饰过渡，为中国古典建筑营造了一份独特的美学空间。

我在这个县衙看到的影壁数量颇多，而且题材多样，比民居建筑影壁题材还要多。一位文化学者曾经将民间文化概括为福、禄、寿、喜四个主题，古代民居里的砖雕、石雕大都围绕这四个主题展开。而在这个县衙的官宦文化空间里，石雕、砖雕主题相对集中，但同时又得到了扩展。“禄”作为最重要的主题被集中地、隆重地呈现，福、寿、喜的主题明显减少，甚至消失。刚进县衙大门时，我就看到门内的撇山影壁上一只大大的鹿，后来又在后堂的影壁上见到了不同形态但同样巨大的鹿。它的形制是我在民居的影壁浮雕中没有见到过的。如果民居中的鹿只能算是一种希望的蓓蕾的话，那么在这里，它已经结成了正果。鹿通

"禄"，其意不言自明。这是中国古代工匠从造字法中吸取的灵感，借用语音的相通来完成雕刻的象征意味。这种象征手法后来被运用到多种民间艺术作品中，体现了民众在艺术背后的现实诉求。从这个角度说，中国古代的雕塑艺术并不纯粹，主要原因就是题材的局限性。但中国工匠还是在题材的局限性中完成了他们作品艺术的超越性。即通过赋予雷同的题材以不同的细节和形态，乃至气质，来实现对这种雷同的超越。而细节正是艺术的真谛。因此，面对中国古建筑中题材熟悉的砖雕、石雕，我仍然一次次被打动。

仅仅一只鹿，毕竟无法填补县衙几十扇门所打开的空白。除了麒麟等象征祥瑞之物，更多的文人元素涌进了影壁的雕塑题材。这些文人元素包括松、竹、梅，也有它们的另一个版本梅、兰、竹、菊；还包括书法，占据了众多的影壁空间。文人元素出现在这个官宦空间里，并不突兀。这是因为中国的文职官员大都是文人出身。这些科举制度选拔出来的官员自是不可能忘了自己的出身，会将文人的趣味带到建筑中来。从另一个角度来说，他们提升了影壁这个建筑空间的艺术含量。在县衙中出现的书法影壁，在书写内容上，就完全摆脱了"福、寿"等字眼。我曾在一个民居中见过以书法为主题的影壁，但内容都是不同形状的"寿"字的组合。而在这个县衙的影壁中，它们表现的是真正的书法艺术，不管是内容还是形式。与文人气质更加契合的行书占据了主要的篇幅，同时也有隶书等其他书体；它们呈现的内容，如果我对书法精通，一定能够辨认出属于某个碑帖。这些书法从二维空间变成三维空间之后，艺术性并没有缩减。雕刻工匠对书法作品做了进一步的加工，保证了它的艺术性。所以这些书法影壁所展现的不只是书法艺术，更是雕刻艺术。

松、竹、梅主题的含义不需要过多解释，"岁寒三友"的名称应该就是源自文人之手。它们所象征的品格和气节，正是文人赋予又刻意追求的。同样，被誉为"四君子"的梅、兰、竹、菊，也是文人品格和气节的象征。在这里，它们被雕刻在影壁上，不光成为建筑的装饰，同时也成为主政期间的官员的精神装饰。

如若抽空历史和意识形态，从单纯的建筑美学角度来看这些雕塑和建筑，无疑会让人由衷赞叹。我就是在赞美和惊叹中完成了这个参观的过程的。这个过程中，它们惊人的美已经让我忘记了那些历史。但历史终归是不容忽略的，归根结底，衙门内的大部分雕刻与那些匾额楹联一样，仍然是作为官员的精神装饰而存在的。仿佛借由它们可以推断出一个官员的品位和品质。这正是主持修建它们的官员的意图。它们的装饰性还体现在，等级越高的官员越在意这种装饰。在儒家伦理作为治国纲略的中国封建官僚体制内，与儒家伦理契合度越高，意味着这个官员的水平也越高，等级越高也就自然而然了。然而这种水平又是难以量化来检测的，于是装饰便可以参与水平的构成，成为其中的一个元素。因为没有去过更高等级的衙署，所以我无法纵向比较，而只能横向比较。在我后来去的平遥县衙，这些雕塑几乎消失了踪影，当然，不可能完全消失，只是少了太多。平遥县衙的房屋廊柱与屋檐相连接的部分，也没有雀替。雀替的消失，一下子取消了建筑远观的华丽感；而近观，又没有更细致的雕塑，所以平遥县衙给人一种过分朴素的印象。它的院落数量也大大少于榆次县衙。这让我大失所望，感觉它与平遥古城的声名并不相配。但经过了仔细考察之后，我又理解了这种不同。

回到榆次县衙仪门上的“晋藩首辅”匾额上来，就可以找到它们相异的依据。这要从榆次的历史说起。宋太平兴国四年（公元979年），宋太宗赵光义灭北汉，晋阳城被毁，就把榆次作为并州治所，榆次县衙也就扩大为州府衙的规模，所以榆次又称“古并州治”。榆次县衙“五堂”从那时起沿袭。明朝初年，朱元璋把他的三儿子朱棡封在了太原，榆次作为封国三个辅城中的第一个，就被称为“晋藩首辅”。首辅的政治地位直接促成了它内部精美的装饰。而平遥，虽然经济发达，却并没有这样的政治地位。至清代，平遥的金融业发达起来，成为山西的重镇，但也不是政治意义上的。相反，平遥金融经济的发达促成了市民阶层的崛起，这种崛起体现在建筑上，是那些商号、民居的华美精致，同样，还有市民信仰的归属地——城隍庙的华丽。虽然榆次的城隍庙同样是国家级文保单位，但我觉得平遥的城隍庙更加华丽美观，规模也更大。而作为官宦文化代表的平遥县衙，与城内的这些商业、市井、宗教建筑相比，则显得朴素。政治和经济就是这样直接地作用于建筑本身，并造成了完全不同的结果。

3

榆次县衙的历史与政治意义不止于此，历史在这里还留下了似乎更加重要的篇章。清朝初年，康熙皇帝曾经下榻于这座衙门。能够迎接皇帝，也许是一座县衙的最高荣誉了。当年康熙是为暗查反清复明之事来到榆次的。因为明末清初，反清复明的重要人物顾炎武和傅山曾来榆次，和家住榆次南关的名士王介石筹划复明之事。康熙早有耳闻，但直到公元 1703 年，待朝局平稳后，康熙才来巡示晋地。这时，榆次的反清复明活动随着明朝遗老的去世，已经烟消云散。当时谋划反清的王介石的儿子也考取了功名，做了清朝的官员。康熙得知这些情况，高兴之余，写下了“剧暑悲难度，清秋喜却回”的匾额，赐给了时任榆次知县祖良才。康熙的高兴，不仅仅是反清复明活动在榆次的消失，更深层次的原因也许是他的王朝延续了汉族的科考制度和相关文化，以儒家伦理作为治理国家的方略。这个方法不仅打消了汉族文人的反清图谋，而且带来了繁荣的盛世。这位对汉学颇有研究的异族皇帝，在欣赏这座县衙的时候，一定是佩服又欣慰的。为儒家伦理的精妙而钦佩，为自己民族、家族的政权能够以儒家伦理为用而欣慰。

但伦理道德毕竟不是治国的长久方略和繁荣兴盛的根本保障。当康乾盛世像流星一样滑过历史的天空，西方国家用坚船利炮敲开清政府闭关锁国的大门之时，儒家伦理道德就像清政府仓促应敌的小木船一样开始毁灭和崩溃。

在榆次县衙下榻过的另一个人，见证了这段历史。他就是张之洞。大清王朝经过了康、雍、乾三代的繁荣之后，开始走下坡路。光绪初年，山西财政混乱，官吏贪污成风，民间苛捐杂税繁多，人民怨声载道。光绪八年，张之洞任山西巡抚，决心整顿财政，严惩贪官污吏。然而，当时山西银库竟然三十年没有清账。为了清理三十年积累的糊涂账，张之洞从解州书院请来了还乡多年的户部尚书阎敬铭，共讨良策。两人途经榆次时天色已晚，就住在了榆次县衙。不知道张之洞见到这座被儒家伦理精心包装修饰的县衙，心情是怎样的。对它们的装饰意义，也许张之洞有最深的体会吧。也许正因如此，张之洞后来才广开新学、改革军政、振兴实业，想要以此拯救这个濒临崩溃的王朝。虽然这个愿望没能实现，但张之洞的历史贡献毋庸置疑，尤其是促进封建教育的现代化转向，兴建新学方面，为近代中国留下了不朽的财富。

看着县衙二堂内张之洞的蜡像，我想象着他在榆次县衙下榻的那一夜，是否也曾像我这样参观过它。也许他面对这个把儒家伦理在建筑上几乎体现到极致的县衙，曾经有感而发地思考过什么；也许这座县衙和那些官场腐败一起给他的记忆打上了深深的烙印，激发了他的改革思维；也许他甚至没有来得及仔细地参观。这些，对于处身于历史之外的人来说，都是无法下定论的。

对于历史的揣测也许注定是无用功，但身在那个古色古香的环境里，历史之思还是不由得涌上我的心头。在为这些历史碎片和建筑整体感慨的时候，不断有飞机飞过我的头顶。这个场景让陷入思考的我瞬间产生了这样的错觉：历史与现代就这样交织而过。我试图用摄影机镜头捕捉住飞机与县衙建筑交相辉映的场景，但效果并不理想。后来走出衙门，来到大街上之后，喧闹和繁华重又把我包围，那些把历史当作创意和商品出售的小贩、商人和他们的叫卖声又把我包围。刚从那座历史的迷宫中走出来，种种现代和古代交织的场景构成了另一种迷宫，让我陷入似迷惑又似明朗的状态之中。那些古老的建筑和装饰让我着迷，那些新建筑中仿古的部分让我有些疑惑，那些老建筑中崭新的部分则让我有些诧异。更多的在老字号里售卖着崭新的旅游纪念品的商铺，则给我一种披着羊皮的狼一样的感觉。这一切让我就像进入了一个古老和现代符号设置成的迷宫。

也许理解当下从来都比理解历史更难。那些曾在县衙居住和为官的人也许同样有过这种想法。他们并非没有意识到那些装饰的虚伪乃至官场本身的虚伪，但久居其中，自己的思想和行为也变得暧昧起来。从这个意义上说，走出历史的迷宫是容易的，因为可以置身世外地理性分析；而走出现实的迷宫，则是困难的，因为理性和欲望的双重在场，以及其他因素，会让这个迷宫变得更加复杂；尤其是欲望的重量无法使我们上升到一个高度，去俯瞰这一切，然后找到它的出口。于是，我从县衙这座历史的迷宫走出来，却并未豁然开朗。

平遥：一座古城的三种形态

漂浮的家乡

千里迢迢抵达平遥古城之后，我脑袋中出现的，竟然是家乡那个逐渐淹没在我记忆中，我少年时代居住的古镇。

乘长途汽车抵达平遥古城之后，我顺着司机指的方向，向平遥古城走去。这座古城是易于辨识的，因为它那将整个古城包围的城墙。不管从古城的哪个角落，都可以被城墙指引到正确的地点。从城门侧面进入古城之后，仿佛进入了另一个世界。一道墙分割出了两个完全不同的世界，或者说切割了两个不同的时代。这个时代并不像我所想象的那样完全古色古香，而像是只倒流回去三四十年。只是三四十年对于当代中国来说，便塑造了完全不同的两个世界。这里见不到高楼，即使只是四五层的小楼。但想象中古老的房屋并没有鳞次栉比。在古城主干道东西大街之外，几处普通的房屋才能见到一座古老的门墙。有人在不宽的小街上骑着自行车，小贩把食物摆在熙攘的街上叫卖。这种感觉让我一下想起了我少年时代居住的那座古镇。那同样是一个商业古镇，只是与平遥不可同日而语。平遥在衰落之后修造的建筑与格局，倒与它有些相似。后来我专门租了自行车在平遥古城里骑行，仿佛一下骑到了许多年前，那时我正是这样骑着自行车，在家乡的那座古镇里寻找古迹和仿佛可以穿过时光的静谧。许多年后，我又在平遥古城找到了这种感觉，就像是平遥上空的云朵一下撞进了我的心里。

在平遥的几天，天总是分外晴朗。天空格外蓝，云朵格外白。在家乡古镇骑行穿梭寻觅，我往往会选择雨天，雨水仿佛可以洗去小镇世俗的一面，把它透彻的一面倒映出来。这样的晴天白云，正好是雨天的反面，是它的另一种极端。但它们同样能够去除那些古老建筑的世俗感，它们的陈旧因为这种晴朗而产生了油画般的质感；而雨天赋予它们的质感则是国画。蓝天白云之下，它们的陈旧显得耀眼夺目。也许平遥和家乡那座古镇的区别就在这里，国画只需寥寥的意象便可勾勒出一番独特的意境，而油画则可以呈现层出不穷的崭新事物。我在平遥古城背街小巷里的骑行，就是不断遇到新事物的过程。当然，这是陈旧的新事物。那些古老的青砖片片风化的城墙，那些隐藏在小巷里的高门大户，那些镶嵌在朴素建筑里精致的砖雕、石雕，都给我的寻找以惊喜。这样的寻找不只是就平遥古城而言，而是可以追溯到许多年前，从少年时代居住的小镇开始，到后来我所生活过的几个城市。每到一个地方，我都想去寻找那里的古迹，寻找属于它的历史。在有历史的地方居住，像在时光中也找到了落脚点。这种寻找并不完全包括被圈定的风景区。这些地方被圈定之后，就像成了风景的标本，也成为历史的化石。虽然精致，却丧失了与当下生活相连的血脉，而显得没有生命力。

但日常生活中的城市或小镇，古迹都在慢慢地消失，要么，就被旅游业进行过度开发或破坏性保护。平遥古城正好处于两者之间，它是作为一个古城，而不是作为一个单纯的景点，也不只是把一些个单纯的景点保存了下来，是中国仅有的以整座古城申报世界文化遗产获得成功的两座古县城之一。这座古城基本保留下了一种古典生活的全貌。于是在那几条商业气息浓重的街道之外，这个古城的其他角落仍然是较为质朴古典的形态。我就在这样的街道里走进了古城，后来也是骑着自行车在这样的街道里行走、寻觅。虽然没有像主干道东西大街那样密集的票号等古迹，但一些更为日常的住宅或其他建筑样式，还是散落在这样有些空旷的巷道里。

这里说的空旷，当然是与那几条商业街相比较的。在那几条街上，因为行人太多，骑自行车往往还不如走路的速度快。在它们之外，我的骑行获得了加速度。当我的脚步在车轮上飞起来的时刻，我知道我又用这个感到亲切的交通工具帮我找到了以往“寻找”的感觉。

它们帮我找到了这个古城的宁静，找到了这座古城曾经的生活。事实上，建立在这宁静和真实生活之上的古迹才真正动人。我在一个小巷里停下来，被几个门楼的典雅所震慑，久久地驻足。这样的小巷，基本可以算作古城的阑尾，一般的游客不会轻易抵达这样的地方，所以它们安静得仿佛被世界所遗忘。一个晚上，我在城墙旁的一个老房子外停下来，驻足了很长时间。老房子不仅用适当的遮蔽让人无法看见内部，同时，又以它典雅的外观让人对它的庭院房舍浮想联翩。尤其是昏黄的灯光打在大门上，让我在瞬间仿佛迷惑于家园本身的含义，而觉得也许那可以算作一种归宿。

一般来说，骑自行车和步行能够将人们从概念化的旅行中解脱出来。按说步行是最接近于人的自然状态的。它将人从交通工具中解脱出来，使旅行的含义也变得轻便轻松。但在平遥古城，步行还不能算是让人超越常规旅行概念的方式。因为这里真的被开辟为步行区域的街巷，也真的像是城市里的“商业步行街”。在这一文化古迹资源最丰富的街区，商业也最为发达。各类店铺鳞次栉比，除了售卖的货物有些不同外，整体形态与大都市里的商业街并没有不同。这样的街道对步行的定义，更多是商业意义上的，而非旅行意义上的。因此，步行的趣味也丢失了许多。刚进入古城时，我还走得饶有趣味，但后来，就慢慢失去了兴趣。熙攘的行人，雷同的铺面，让我多少有些麻木起来。尤其在晚上，这样的行走因为不是抵达某个票号或古宅的过程，而只是成了脚步的重复，成为被人流裹挟的一朵浪花。

因此，可以说，我对这座古城的浏览，基本上是在自行车上完成的。车轮在古城里飞动的时候，我的内心也动起来，其中有一小部分是感动。我似乎在这熟悉的交通工具上，在这特殊的速度里，有了身在家乡古镇的感觉。

青春乌托邦

但那自行车所承载的慢生活，只是这座古城诸多生活方式中日渐萎缩的一种。旅游业的发展让这座古城在节假日期间的生活节奏比大都市还要快。虽然古城的外在建筑形态没有太大改变，但古城中的人都已经改变。很多时候，我愿意把这个古城叫作矛盾之城。

这种矛盾的印象，在我到达平遥之前，即已存在。作为闻名遐迩的古城，它的古老是毋庸置疑的。但因为对摄影的接触，我深入了解了平遥国际摄影节。在翻看摄影节参展作品的画册时，一种强烈的现代感、国际性、先锋色彩充溢了我的眼睛，并在我内心中留下了深刻的印象。这种印象之所以如此深刻，也许有好几个原因。一是这是我第一次真正地接触现代摄影节，而它的举办地竟然不是大都市，而是一个古城，它们形成了鲜明的对比。二是因为我所在的城市，有几位青年摄影师连续入展平遥国际摄影节，其中一位获得过平遥国际摄影节优秀摄影师大奖。

他的摄影作品，既有十足的现代性，又与现实生活接壤；既先锋，又大气。我曾经较深地了解过它们。对它们了解得越多，事实上也就对平遥了解得越多。它们构成了对原始的古城印象的颠覆，但这种颠覆却也是一种完善。它们构成了强烈的矛盾，而平遥成了这矛盾的统一体：既古老又具有十足的现代性。这现代性体现在艺术层面上，是最合适的，它不但不破坏小城原来的构架和古老，反而在它的映衬下，小城的古老似乎也具有了艺术性。事实上平遥古城发展最为迅速的明清两代，的确把中国古典建筑艺术包括雕刻、家具等都推上了一个顶峰。在现代语境中说古城具有艺术性并不过分。

我抵达平遥的时候，正值初夏的五月。古城里自然没有国际摄影节。而我所到的第一个收取门票的景点，就是日升昌票号。因为时间已晚，日升昌里已经没有了太多的游客。这使我得以在这个并不大的地方享受到安静。中国古典艺术所追求的最高境界之一就是静，而只有在宁静中才能真正感受到古典建筑的美，也才能想到历史。我一人待在第二进院落里，看天空由醒目的蓝变成暗淡的蓝。许多燕子尖叫着飞来飞去，就像是一股股潮水一样，拍打在屋檐上。这当然是好听的声音。天色的暗淡似乎还原了这里应有的颜色，淡淡的暗让历史浮现了出来。飞来飞去的燕子，却言说了它的当下。与屋子里那些摆放的蜡像相比，它们才是这里真正的主人。它们的到来，也让我对这些古老建筑产生了仍然活着的感觉。没过多长时间，管理人员就催促我离开了，但在天井里独自观看夜色一点一点黑下来的几个画面，却留在了我的脑海。仿佛我的这种观看，是在照应着许多年前这里主人的观看。

在这样的地方，我的历史感和时间感陡然地强烈起来。从日升昌出来，我也就没有再去其他票号。因为它们都关了门。为了寄托我的这份思古之情，我在吃过饭后，有很长时间都坐在大街上几个票号镖局的门前。这里的现代商店相对少了些，也就没有那么嘈杂。我坐在门前的台阶上，仿佛就能与历史靠得近一些。坐在这里看街上的行人，也仿佛才会产生距离感。我通过抚摸那油漆斑驳的大门，抚摸那被磨得油亮的青石台阶，想让自己与历史靠得更近，仿佛拥有一番温存。但在熙攘繁华的大街上，这种想法多少有些失重。

夜晚的古城，拥有着另一番情景与生态。仿佛与白昼的古城完全不在一个时空中。灯光刷新了那些古老的事物，或者说灯光的粒子像一层漆一样将那些古老的事物粉刷一新；古城因此而变得年轻、时尚。而在夜晚的古城中熙攘的也大多是年轻人。我坐在台阶上，看到了数不清的年轻人从身边走过。在古城游逛的时候，我看到的也大多是年轻人。这就是这座古城另一个矛盾之处。它以它的古老，召唤来了无数的年轻人，以古老承载了青春。古城的夜晚，几乎成了一场青春的嘉年华。

我坐在台阶上，看着数不清的年轻人，思古之情没过多久，就被拽进了人群。也许是我想知道他们在这座古城里寻找着什么。晚上，那些票号和古宅等景点都已关闭，但却是各种咖啡馆、酒吧，各种商店最为热闹的时候。它们构成了一个古城夜晚的乌托邦。这时的古城，为年轻人提供了一种生活方式。这种生活方式，以自由为核心，以慢为节奏，以流浪等意象作为花边来装饰。古城的建筑当然更是一种装饰。就像历史往往都是当下现时的装饰一样，古城几百年的历史，也是为了这场青春的乌托邦提供装饰。这种装饰构成的语义，是青春是无所不能的，青春可以反叛城市生活，反叛现代生活，可以抵达历史，可以永恒。这使这里成为一种青春的乌托邦。而我也为这样的乌托邦迷醉过。那些卖非洲手鼓的店前，往往聚集着许多人，看着店主在门口打着手鼓。虽然这并不是平遥真正的特产，但却是这种青春乌托邦的有效构成形式。鼓声似乎成了自由奔放的象征，与青春拥有同样的含义。怀旧主题的咖啡馆和酒吧里，也聚集了大量的人，有相当多的是年轻人。怀旧这一事件对于青春来说，拥有着游戏的性质。因为青春拥有最多的大概就是时间，时间的流逝并没有在他们心上留下太深刻的痛感，因此怀旧就不会产生痛楚、悔恨、人生易逝等负面情绪。对于他们来说，这种怀旧更多的像一种时髦的游戏。甚至对于整个平遥古城的旅行，也像一种怀旧的游戏。在怀旧的同时，他们也参与了由商业所营造的青春乌托邦，进行着一种超越时间的狂欢，仿佛青春在这些古老的事物面前，本身就是一种胜利一样。

我走在平遥夜晚的街道上，被人群带到一个又一个地点。让我有些惊讶的是，这里的邮局竟营业到晚上将近零点。无数的年轻人买着明信片，填写之后，在这里寄出。重重的邮戳盖下去，就像为他们的青春盖下了“到此一游”的标签，并且让别人来见证。这是另一种形式的“到此一游”，比书写在景物上要文明得多。

而让我印象最为深刻的是一个名为“一朵一果”的店。这样的店名应该是深得文艺青年喜爱的。因为一个喜欢写文章的朋友在向我讲述平遥时就专门提到了这个店。我在平遥的街道上逛时见到，就走了进去。它所经营的业务叫悠悠慢递。也同样是购买明信片，或者写信，然后让店家帮忙邮寄。这仍然是一种怀旧的形式。我本无太大兴趣，但因为朋友的提及而多待了些时间。然后我就看到店里墙上密密麻麻的留言便签。它们让我的目光和脚步都停住了。

在那一张张的纸条便签上，写满了各种各样对爱的表达，很多都是对幸福的赞美或者憧憬。它们美好得让我自惭形秽，因为我是一个人来这里的。果然，我在满墙的便签上找到了和我有同感的人，他在纸条上表达了一个人来平遥旅游的孤独和伤感。一个人可以去很多地方，但也许不会有这种孤独感，但在平遥，这种孤独感变得强烈起来。因为有太多的年轻人，太多的情侣在这里，构成了一种强大的气场，把孤独者剔出古城乌托邦的行列。我坐在平遥的街道上，一下变得异常伤感。我想我无法融入这古城的青春乌托邦中，同时，我也无法融进这古城的历史，即使我坐在那些票号的门口，我也融入不进去，我甚至不知道在这里发生的故事，曾经在这里生活过的人。

在这种状态里，我似乎被双重抛弃了。既被古城的历史抛弃，也被古城的现在抛弃。我不属于它的古老，也不再属于这里的年轻。但后来，我才想到，那些甜蜜的爱情，那些纯洁的憧憬也许很大程度上，都只是一种商业布景。我想起朋友说过类似的那些便签也许很多都是商家自己操作。即使是游客们所写，很大程度上，也只是一种被商业炒作和烘托出来的情调所感染，写下的激情或浪漫的语录，很可能与真实生活是脱节的。但那一晚，不仅独自一人的我有这种情感，同时我在墙上的便签里也见到了大意为“孤独者是可耻的”的留言。它们在一墙的甜言蜜语里，显得格外冷清。其中有一个写道：“李小黑在平遥，想谈恋爱。郁闷的平遥之行。”平遥古城和恋爱，在没有去过的人看来，是风马牛不相及的事情，但它们的确又有很深的联系，这里几乎成了恋人们扎堆的地方，于是孤独在这里自然就是“郁闷”的。但平遥这样的古城为什么会成为恋爱目的地呢？

它的古老造成了人们对于现实生活经验的脱节，而年轻人所追求的“浪漫”感同样是一种超越平淡平庸现实的感受，而浪漫又是爱情的标志性情感。于是，这样一座与钢筋水泥的都市完全不同的古城，从空间上轻易就超脱了日常生活，同时似乎也从时间上超越了日常生活。这种双重的超越一下就把人们空降进了“浪漫”里。相识时间不长的情侣，经由这次古城之旅，就仿佛在一起经历过了数十年的时光一样。两个人的情感，仿佛也由之弥深了。

但在很大程度上，这似乎更多只是假象。空间上的超越的确完成了，但时间上的超越，却像一种背景真实的情景剧一样。在这种古代建筑的背景里，时间依然是现代，也拥有现代商业所提供的种种便利和舒适，还有更多的东西足以满足现代人的欲望和虚荣。而由古建筑所提供的历史感，也像是速成的一样。因为现代游客太多了，面对这种拥挤和热闹，思古的幽情自然不会深沉悠长。就像许多景点里，人们排队等待和古老的具有代表性的建筑合影一样，以此来证明自己来过，以此来占有这个风景和它所象征的时间。之所以需要排队，是因为需要在画面上留下一种“独占”的假象。这种占有的确发生了，但它很多时候却只有几秒，和历史真正的长度，以及思想真正抵达这种历史所需要的长度，构成了一种巨大的反差。虽然表面上这种抵达已经完成，但这确乎就像一个背景真实的情景剧一样。

由这种情景剧的虚假性，似乎可以推导出这种“浪漫”的肤浅性。在这墙上留言的游客中，也有人没有因为这种浪漫而感觉自己的孤独可耻，或者至少像上面的李小黑一样郁闷。有一张纸条上写道：“一个人活着，一个人上路。草料场老军。”这个留言者将上路与活着置于同等的位置，修饰语也都是“一个人”，虽然没有说究竟是高兴的还是悲伤的，但是最起码对这种生活状态是一种确认。简单的话语似乎流露出一种宿命感。而面对这种命运，老军像是坦然接受的，这种坦然也许就是流行的诗句里所写到的“不悲不喜”那样吧。而草料场这个古老的词语在这些青春话语的包围中，具有一种奇怪的错置感，也许正是用来营造那种超脱于现实生活的文艺感。还有一些纸条的话语也都太过书面化，文艺范，让人怀疑是商家自己抄下放在这里的。那天晚上，我也想在这里留下字条写下我的不适感，但也许是因为觉得贴在这里有些矫情，没有写出来。

但一个人在这街道上的游荡，仍然受到这种情绪的感染，而没有第一天来时那样高兴。主干道上，仍然人来人往，熙熙攘攘。如果用不夜城来形容节假日里的平遥古城，是合适的。古城里的景点晚上都不开放，但并不影响游客们在这里游逛。在晚上盛装登场，扮演主角的是那些店铺。生意最为火爆的，是饭店，打着各种特色小吃等旗号的饭店，几乎都是人满为患。其次是各种酒吧，然后是咖啡馆，再然后是各个古镇都能见到的一些店铺，比如卖非洲手鼓的店、卖火柴的店，比如悠悠慢递。最后是古城本地的一些特产店，如漆器店等。与一般的城市相比，节假日期间，晚上零点以后，有些店铺才开始打烊，最中心地带的店铺，也许会通宵营业。这样一座形态上、基本上保持历史原貌的古城，却在这个时代，成了一个不夜城。古老的生活习惯早已被颠覆了。这是商业营造的奇观，是一种和历史无关的乌托邦。

历史的遗骸

相较于晚上古城的现代意味，白天的古城更加古典。阳光不仅把古城更多的地方打开，更打开了那些重要的古迹，它们已经作为景点在这个古城存在。相较于商业性的大街，小巷民宅，这些保存更为完好的古迹，是平遥古城真正的核心。

这些核心并非真正处于古城空间意义上的中心地带，而是相对较为分散的。它们只是古城历史的核心。平遥古迹的数量和保存完好程度都是我在古县城中见到最多的，甚至超过了许多作为古代都城的城市。这当然首先是因为平遥明清时期经济的发达，在清代更成为金融中心。其次就是因为清朝之后，平遥金融业的衰落，造成了整个古城的衰败，又因为深处内地，现代化建设的步伐没有在这座古城中大踏步前进。在大拆大建的当代城市发展模式兴起前，人们及时意识到了保护，古城才幸免于难，我因此才能见到如此之多的古迹留存。这些古迹中首推的当然是票号。这是平遥繁荣的基石，也是它繁盛的王冠。最早进入的日升昌票号当然印象深刻，但它却并不是规模最大最好的票号。在白昼间进入也和傍晚进入的感觉完全不同。在蔚泰厚票号，我得以像在他们工作时间进入一样，参观了票号的构成以及运作。当然并不是真正的时光倒流，而是依靠蜡像和场景的还原。与我想象中不同的是，这些账房及相关的场所并没有那么宽敞，而是呈现出竖窄的长方形。票号的院落也并不宽敞。除了生活和居住的习惯之外，这种建筑结构留给我晋商谦逊、严谨的印象。但在这金钱汇聚之地，怎么可能没有奢侈。在一处过厅之中，我就见到了两座巨大的红木雕塔。塔雕工艺之精，让我叹服，而它的价值也超出常人所能预料。类似这样的宝贝我在几处票号或商号中都见到了，它们彰显着这些晋商的富有甚至奢侈。一定程度上，票号商人比实业商人更热衷于展示自己的富有，因为巨额财富往往就是金融信用的保障。而票号商人如何展示自己的富有？并不是将金银显露于外，那样显得没有内涵。通过几件奢侈品来表现这种富有，则可以起到事半功倍的效果。除了这红木雕塔，还有一处票号里的一个木雕精美程度应该可以和我在故宫所见的同类题材雕刻相媲美。“富可敌国”正是商人追求财富的终极状态。虽然这并不容易达到，但通过一两件器物表达这种象征，对晋商来说却是容易的，也是有内涵的。

建筑同样是展示这种富裕的有效手段。这种手段是晋商最为熟悉的，甚至已经不是一种展示的手段，而是一种生活习惯。平遥的票号往往会有较为精美的建筑，精美程度往往随着院落进数的增加而递增。越往后走，院落越开阔，建筑越复杂多样，色彩越丰富。后院并不是所有人都能抵达的，它们是与重要客人会谈之所，也是票号主人起居之所。会客之所的精美华丽可以理解为展示，而生活起居之所的精美华丽则是因为这些票号商人真的富有。正是因为这种富有，才能够使华美居室成为一种生活必需品。而最能证明这种富有的，则是票号的地下银库，它们的面积巨大。我曾在河南的康百万庄园中见识过康家货栈的地下银库，这里要比康家地下银库面积大得多。毕竟这是票号生意，比康家的实体生意现金流要大得多。因此，这个储存黄金白银的地下银库才修得面积如此之大，也更加讲究。机关暗道当然必不可少，这是在物质层面上确保安全的方法；与此同时，守护银库的神像也雕刻得栩栩如生，这是银库安全的一种精神和信仰层面的保证。有了巨大财富的支持，虽然身处地下，这些神像依然能够享用到最为精细繁复的雕刻工艺。

平遥的票号和镖局数量众多，可以看出当年平遥金融业规模之大。这些留存下来的票号中，除了一些大的票号之外，许多票号都被改作他用，如商会、博物馆等。原有的建筑格局之内，填充了其他内容。在这样的建筑之内走动，却仍能体会到属于晋商，属于历史的那种兴味。这些建筑不管被改成什么博物馆，它们首先都是建筑本身的博物馆，值得让人流连忘返地欣赏。但这种欣赏很容易因眼花缭乱而迷失。平遥城里有数量众多的保存较好的古建筑，在其他地方值得惊艳的院落，在平遥却很常见。这应该就是清代金融中心的魅力。正是晋商的聪明才智，让票号业务得以汇通天下，几乎整个中国的财富都在这样一个小县城集中，铸就了这个小县城的辉煌。这数量众多的票号、商铺与宅院构成了一个强大的古典的气场，让我不断地在其中迷失而无法突围。

平遥古城更加可贵的地方在于，不仅这些商业和住宅类的古迹保存完好，还有更多公共空间同样完好地保存了下来，政治、军事、教育、宗教等设施和建筑的遗存，让这一座古城几乎拥有着一种完整的历史生态和古典生态。那俯视整个古城的城墙算是它的军事设施了。中国古代拥有城墙的城池数不胜数，然而保存下来相对完好的并不多。而一个县城的城墙能够保存得如此完好，并不多见。作为古代用来防御的城墙竟保存完好，让我产生了一种错觉：它们也抵御了时间大潮的涌来，抵御了现代的入侵。千城一面的现代城建模式，让我不得不把它比喻为一种入侵，而平遥得以较为完整的保存，就像是一种军事对抗的胜利。这至今仍然绵延的城墙因此而拥有了一种形而上的军事意义。

而平遥的政治建筑最具代表性的就是县衙了。平遥县衙拥有很高的知名度，可以算作游览平遥古城必到的景点之一，在全国现存县衙建筑中都有很高的地位。但因为去过榆次县衙，平遥县衙并没有让我感到惊喜，反而有些失望，因为这种对比太过强烈。在榆次县衙雕梁画栋的建筑，精雕细刻的装饰映衬之下，平遥县衙显得太过朴素，也有些单调。对这种不同的原因，并不难想到。榆次靠近太原，被称为“晋藩首辅”，政治地位更高，此地最高政治权力象征的县衙也便富丽堂皇了。平遥远离山西政治中心太原，虽然经济发达，但政治地位并没有那么高，政治权力最高机构——县衙的朴素也就可以理解了。

但县衙的朴素并不代表其他公共建筑设施的朴素，除了那些商业设施之外，平遥的孔庙甚至城隍庙我觉得都要好于榆次。与衙门的官方属性不同，城隍庙更富于民间意味。在汉族民俗语境中，城隍是冥界的地方官，职权相当于阳界的市长。这个宗教形象产生于古代儒教祭祀，又经道教演衍，成了古代城市守护神。虽然获得官方认可，但城隍庙相较县衙来说，显然不具有公共政治权力，而更多是一种宗教安慰。对于处于政治权力末端的民众来说，这是政治诉求对象最好的替代品。因此，繁盛的商业造就了繁荣的市民文化，也造就了平遥面积更大的城隍庙。虽然榆次的城隍庙是国家级文保单位，拥有精美的雕刻和悠久的历史，但在规模上，平遥城隍庙更胜一筹。因为建筑规模的庞大，平遥城隍庙呈现出一种宏大的气势和历史氛围。

也许是因为殿宇庞大，而又没有灯火照明，进入其中，暗淡的光线催生了一种独特的幽晦之感。大殿墙壁上是清代的壁画，但因为光线暗淡，影影绰绰，无法看清。无人之时，我打亮了手中的光源，一幅精美的宗教壁画呈现在眼前。精美的线条，鲜艳的色彩，奇异的想象，构成了一个栩栩如生的鬼神世界。但这鬼神世界却并不让人心生恐怖，而是让人生出一种肃穆庄严的感受。这是因为城隍所代表的鬼神体系，与人类社会权力体系的参照和对应。因为这种参照和对应，这些壁画才不会营造恐怖和血腥，而是呈现一种秩序，表明阴间同样存在的秩序。这种秩序一方面强化了阳间的政治秩序，是对它的一种再确认；同时又是对它的一种解构甚至替换，人们在对现实中的政治清明失望之时，还可以来这里求助于阴间的政治力量来完成自己的公平或清明愿望。这种二元色彩，让城隍庙同时满足了官方和民间的双重需求，而使它在古代城市中具有重要的地位。在平遥这个市民文化发达的地方，又有雄厚财力的支撑，它的宏大和华丽就顺理成章了。

平遥的文庙也同样超出了我的预料。这里说到的文庙不光是祭祀孔子的场所，还包括两旁的东学和西学，南至魁星楼、文昌阁，北至尊经阁、九龙壁，共同组成了庞大的文系建筑群。原以为平遥会重商而轻文，以之推测文庙不会太大。根据我之前对晋商的了解，知道许多晋商更愿意自己的后代经商，而非从文。但这并不能说明晋商整体对儒学、对教育的态度。还有许多晋商都特别重视后代的教育，而这种教育也是以儒学为主体的。我去过的许多晋商大院，都有专门的私塾和家学。这种重视一定程度上是因为儒学是进仕为官的途径。封建制度下的晋商当然知道官商结合所带来的，是更大的商业利益。

于是，走进平遥文庙，我的眼界大开。它的规模甚至超过了县衙，单是主体部分就有前后纵深五进院落。主入口的棂星门气势恢宏，并非简单的大门，而是歇山式的木构牌楼，四柱三间，精致壮观。古人认为棂星为文星，负责选拔人才，而这棂星门的寓意就是孔子是文星下凡。因此，这个建筑更多是一个象征符号，具有形而上的意义。孔子在文庙建筑的独特寓意中，具有了一种超凡脱俗的神性。这是文庙之所以为“庙”的一个原因吧。事实上，整个建筑群因为这一定程度的宗教性，都有了形而上的象征色彩。走进棂星门就进入了第一进院落，院落里的泮池，也不仅仅是一个小池塘，它的围栏上精雕各种图案：琴、棋、书、画、辈辈封侯、犀牛望月……这当然是具有象征意味的，单单上面刻下的桃榴，都蕴含着孔子桃李满天下之意。接着是大成门，虽然只是一个大门，但也是孔庙建筑体系中不可或缺的一个环节。因为它的含义取自孟子评价孔子“孔子之谓集大成”之语。经过这层层的表意之后，第二进院落才正式进入主题，因为这里坐落着大成殿，这是供奉孔子像的殿堂。大殿始建于宋代，重修于金代，有一番不同于明清建筑的豪放阔大之感。殿中供奉的除了正中的孔子像，还有“四配”：述圣孔伋、宗圣曾参、复圣颜回、亚圣孟轲；以及“十哲”：分别为仲由、卜商、冉雍、冉耕、冉求、宰予、端木赐、闵损、言偃、颛孙师。此院的配殿东庑、西庑还供奉了七十二贤人。这么庞大的孔子及弟子彩塑群在国内孔庙中都首屈一指。而从中，我感受到的是一种强烈的儒学宗教化意味。这众多的造像所拱卫的都是孔子，他们的存在，甚至都是为了进一步彰显孔子的地位。这种拱卫就像佛教造像中一百零八罗汉对佛主的拱卫一样。而这种四配、十哲、七十二贤的级别鲜明，也像是佛教菩萨、天王、力士、罗汉等鲜明级别的模仿。

走出大成殿，向后走去，会发现大成殿后墙上有一个硕大的“魁”字。在第三进院落中向后看，能够清楚地看到这个“魁”字。传说当地如有高中的状元，从棂星门中间甬道进入大成殿，即可打开“魁”字门，寓“一举夺魁”之意。文字在这里也参与了整个建筑的表意系统。第三进院落的主体建筑是明伦堂，取“存天时，明人伦”之意，是古代讲习儒学之所。中轴线第四进院落主体建筑是敬一亭，是古代祭天之所。祭天是古代崇拜自然的宗教活动，在这文庙之中设立祭天之所，进一步彰显了文庙的宗教性质。儒学在这里已经不仅是一个学说，而是与中国人的阴阳五行等观念相互融合，成了一种宗教。

古人说到儒家，有时候会把它与佛、道两个宗教并列成儒、释、道三教，在这文庙之中，我才更深地体会到了“儒教”的含义。不过，与其他两教相比，儒教有更多世俗意味。如这文庙之中更多的是和科举制度、文官制度相关的种种表意与象征，而缺乏的是对彼岸世界的勾勒刻画，对死亡的进一步阐释。如同孔子所说的“未知生，焉知死”一样，儒学缺少这种终极关怀，而更多经世致用。但这并没有妨碍它成为一种宗教。因为统治者拿儒学用来巩固自己统治的封建体制就有政教合一的倾向。皇帝们都说自己是真龙天子，就是一种宗教性的手段，为自己的统治增加合法性。而官本位的社会机制里，一个寒门学子通过考试而成为官员，也像是由人到神的变化，“鲤鱼跳龙门”的故事就是这样的寓意。这样一个为封建统治所用的学说，因此才会成为一种宗教，与佛道共同构成一个互补的宗教体系。而这，应该也是平遥文庙如此盛大的原因之一。封建时代的儒学并不只是意味着“从文”，而且还是通向仕途的一个重要路径。见多识广的平遥商人不会不知道官本位时代的“官”意味着什么，“士农工商”这样封建时代阶层的划分应该也曾给他们带来过耻辱。而更多的商家都会意识到，只有和政治权力结合，他们的商业才能够真正做大。事实上，平遥许多票号生意的巅峰，正是因为与政府官员维持着较好的关系，做政府的生意，汇兑官饷甚至赔款。

从文庙后门出来之后，向北不多远，便看到了一个九龙壁，这同样是文庙建筑群的一部分。壁高约 4 米，长约 20 米，由琉璃瓦拼接而成。壁的下方是波涛汹涌的大海，上方是漫无边际的云层。在这云山沧海之间，九条色彩和姿势各异的巨龙腾飞咆哮，威风凛凛而又气象万千。在这平遥县城之中，有这九龙照壁确实不合常理。在封建时代，龙的形象一般都为皇家所垄断。也许这是因为它之前是一座寺院所有，表达的是宗教含义；也许是因为紧邻文庙，寓意着“鲤鱼跳龙门”吧。

除了这些票号、县衙、城隍庙、文庙，平遥古城中还留存下了更多类型的古建筑。古迹之多，让我屡次迷路，就像一艘航船在大海中迷失方向一样。虽然平遥古城规模并不大，但我还是愿意用古迹的大海来形容这座古城。而这座大海与现实中的大海不同，它有一个源头，那就是历史。在这座古城的每一处，我都能感受到这个源头的存在。而我的寻访也最终从这些大海浪花般的古迹中走向历史深处。越向这个源头靠近，平遥商人的形象就越立体。他们以敏锐的商业头脑，在平遥这个小县城中发明了票号这种金融形式，成了现代银行的乡下祖父，并最终实现“汇通天下”，在全国开展了汇兑业务。他们巧妙地处理好了与清政府的关系，并最终汇兑起政府官饷，走向了辉煌。但这种官商结合，既带给了票号巨大的收益，也让它们慢慢沉沦。过于依靠清政府，让平遥商人们满足于现有形势，没有了足够的危机感和创新意识。而大清垮台之后，各级政府欠了票号共700多万两白银，而民国政府并不认可这个债务。这给了票号致命的打击。

在这致命的打击前后，晋商本有多次机会将票号组建成现代银行，但每一次都痛失机会。这同样与整日待在平遥、祁县这些小县城中的晋商的封闭与短视不无关系。远离国家政治、经济的中心，更远离世界的发展潮流，一个小县城想要一直成为“金融中心”，是不可能的事情。这也是平遥最终衰落的一个重要原因。

来到平遥，亲眼看到那曾经的辉煌，才会对这辉煌的衰落有切身的感触。但身在平遥，又不仅仅是这种咏怀历史的心情。在这里，既有对历史遗迹的大开眼界，也有对古典生活范式的重温，更能感受到商业文化的巨大冲击。一座古城因此时而古典，时而充满烟火味，时而又放荡不羁。这种历史、生活和商业的多重并置让这种古城充满矛盾，就像三种不同的音乐曲调，一起同时奏响，构成一曲驳杂的现代噪音。它们的相互碰撞甚至像原子核聚变反应，让一座古城在我大脑中的印象如核爆炸一般不可描述。也许真正了解这个古城，需要一种更为深入的思考，这种思考就像历史的另一极——未来一样，没有尽头。

清化镇：中原古镇关键词

节　日

近几年，每次春节回到清化镇，我都要去拍摄这个小镇的老街和老房子。之所以喜欢选择这个时间拍摄，一个重要原因是，春联的张贴就像是给那些老建筑贴上了一道审美的符。在新与旧，鲜红和暗淡的强烈对比中，一个小镇古老的生命仿佛瞬间被激活。

那些春联就像是时间赠送给我的参观券。在这个时间里，我可以以较为放松的心情走进一户人家，不用太担心打扰了他们的生活。新年原本就是个特殊的时间节点，让人们的生活呈现出一种特殊的开放性。在新年里走亲戚的习俗就是这种开放性的一个注释。因此，人们不会因为一个陌生人的闯入而过分警惕甚至生气。节日的喜庆和开放包容就像是给人们心上增添了一道光晕。在这道光晕的掩护下，我甚至可以大摇大摆地走进一座老房子，一户人家。有一次我甚至走得更远，和老房子的居住者进行了较深入的交谈，还走进了室内。那次我见到了这些老房子的内部结构和陈设，而大部分时候我只能让想象去练就穿墙术。在颜色鲜艳的中堂画像映衬下，屋子里的陈设简陋陈旧，但那同样陈旧的雕栅或屏风，却让我惊艳。外间与里间的整个隔板是竹子编成的，还雕刻了许多古典纹饰。这竹子和工艺应该就来自清化镇周边的乡镇，这里自古有面积巨大的竹林，也有精湛的竹编竹刻工艺。只是现在，我已经很少能见到了。它们应该和这老房子拥有同样的年岁。在岁月和生活的烟熏火燎中，它们像那些暖水瓶、脸盆、塑料梳子一样，被打磨并且上色。但那些竹子和雕刻又能够从这份粗糙中突显出一种雅致，从烟火气中突显出一种古典况味来。

这次的室内之旅，让我不敢轻视清化镇的这些老房子。它们是古镇商业鼎盛历史的标本。越多次翻阅那些关于古镇的史料，那些老房子越多次出现在我的记忆中。没有它们，那些文字在我内心里的分量也许会轻很多，也虚无很多。

而我在这些老房子里，不光看到了历史，也看到了历史的转弯。我之前走进室内的那个房子，是被租出去的。被改造过的四合院里，在这里打工的老人指给我哪间房子是被租出去的，出租者又是干什么的。大都是来这城里做生意的外地人。我在另一个院落看见一个更加古典而气派的房子外面，白色的门帘上是两个大红的字："理发"。我问老人院子的主人在哪里呢？她说早就去住商品房了。语气里仿佛商品房是高档舒适的代名词。这些都算是还不错的，还有很多的老房子倾颓倒塌。我走进其中，就像是走进了一个文明的废墟。这样说也许有点夸张，但这种情绪在一座庞大的院落前被坐实。那是我上中学时经常路过的一个庞大院落。那时我经常看着那青砖高墙，想象它究竟围着一种怎样的生活。但近几年，我都没有看见它气势恢宏的大门上贴过春联。我绕到旁边的高处，看见里面几间房子已经坍塌。我希望这不是全部，更希望有人在这里继续住，它的主人只是在外打工，暂时没有回来。但我不知道这样的愿望是否是在自欺欺人。

这已经是一座空宅，住在里面的，唯有历史和我许多年前的想象。也许它像那些拆掉盖上新房的古老院落一样，墙上贴满白色的瓷砖，我的心情会更好受些。这样一座空宅，就像一个空中楼阁一样，时时悬在我为这个小镇绘制的历史图纸上空。

诗　境

与有些凋零的现实场景相比，历史图纸上的清化镇则灼灼其华。我从书籍上对清化镇的寻访，从志书开始。志书上对它的历史有详细的记载：清化镇，是晋豫交通要道上著名的商业古镇。清化是由古葵城演变而来，竹书记载，战国梁惠王元年（公元前 370 年）有葵城，唐初为太行县治，宋朝时更名为清化镇，沿用至今。古镇历经八百年沧桑，清末时达到繁荣巅峰，跻身河南名镇。当时店铺林立，商贾云集，可书可记的有一百二十余家，是豫晋货物集散地，也是商家必争的宝地。民国十六年，沁、博分治后，为博爱县政府驻地。

如果说志书的记载过于理性，还有其他文本更加感性地勾勒出了这个古镇的历史图景。明代“后七子”的领袖之一王世贞曾作诗《由宁郭抵清化镇即事》二首：

阴沟清泚复弯环，桃李成阴桑柘间。
道是江南好风景，举头如戟太行山。

夹溪修竹带青葱，便拟移家住此中。
却忆乡园浑未乏，不知何事厌江东。

第一首诗勾勒了清化镇及周边优美的自然环境。这里自古水资源丰沛，溪流众多，土地肥沃，所以有清溪环绕，桃李成荫的江南景观呈现。但当王世贞将这里误认为是江南之时，太行山如戟一样戳穿了这个江南幻觉。事实上，打破这种梦幻的“元凶”一定程度上恰恰就是这种梦幻的营造者。连绵的太行山阻挡了来自北方的寒流，提供了一种相对温暖的小气候，丰沛的水资源也大都从太行山中流出。而南太行本身也提供了优美的风景，为这灵秀润致的“江南”风景增添了一种雄浑苍茫的意境。南北风景的组合，便是清化镇的自然环境得天独厚之处。

第二首诗中写到的竹子也是这种江南意境中的点睛之笔，至今仍是博爱县的一个特产。这里的竹林是我国纬度最高的竹林，也是我国北方地区靠人工灌溉的最大竹林。它的栽种历史悠久，据说《山海经·北次三经》记载的“虫尾之山，其上多金玉；其下多竹，多青碧；丹水出焉，南流注于河”指的就是这里。魏晋时期这里也是竹林七贤的活动地之一，清化西北部的村落里曾经出土过记载竹林七贤活动的石碑。因为竹林七贤，竹林不仅为这里秀丽的自然风光增添了一份江南的灵气，更增添了一种既厚重又飘逸的人文气息。东坡有云：“宁可食无肉，不可居无竹。”竹林成为这里美好自然环境的点睛之笔，是构成一个文人家园梦想的一部分。这是王世贞“不知何事厌江东”的自然和人文背景，但还不是全部。这里自古发达的商业亦营造了一个小镇经济的繁荣与兴盛。发达的商业也给这里的居民提供了一种衣食无忧、祥和安宁的社会环境。一个文坛巨子想要“便拟移家住此中”，便显得是发自内心了。这种自然与人文，经济与社会的多重辉映，真正成就了一个几百年前的梦想家园。

寻找心灵故乡是中国诗人心中一个很重的情结。古今许多诗人都表达过身在故乡却更加思乡的一种情感。之所以会产生这样的情感，是因为对诗人而言，真正的故乡并不仅仅是一种地理上的故乡，更多是一种心灵上的归宿之地，是一种内心对美好环境与生活的世外桃源般的想象之所。于是李白有“但使主人能醉客，不知何处是他乡”，是因为兰陵美酒让他有了这种归宿感。而王世贞的这两首诗则通过故乡与清化镇的对比更加确切地表达出这里就是自己心灵的归宿地。

诗人的梦想虽然会不切实际，但一定意义上能够表达出人类理想主义的生活状态。正是因为有了诗人的描绘和人类对美好的追求，人类的生活才得以渐趋完善而又趋向完美。而这首诗所表达的诗人对于理想生活状态的想象是以现实之中的清化镇作为载体的，一个小镇的美丽由此也被提升到了理想主义的高度。

瓷　片

清化镇的自然与人文有诗词文本作见证，它的商业繁荣也有物质文本的见证。古瓷碎片，就是这物质文本中的细微片段，但它们依然能够折射出一个小镇的繁荣景象。2003 年 7 月，清化镇中心基建工地挖出了大量古瓷片。经过鉴定，这些瓷片的年代从五代起一直延续到清朝雍正年间，品类丰富。根据相关资料显示：属五代至北宋早期的有唐三彩类、白瓷点绿彩类。属北宋中期至金元时期的瓷器类有白瓷、白底黑花、白底褐花、白底铁锈花、红绿彩绘、酱釉、黑釉、褐釉、茶叶末釉、钧瓷类、宋官窑类；陶器类有宋三彩刻花、孔雀蓝釉、孔雀蓝绞粉、褐黄绞粉等。属明朝至清朝早期的有龙泉瓷类、景德镇青花瓷类、德化窑青花瓷类、青花釉里红等，其中以明朝的青花瓷数量最多，品种最全，瓷质、青花发色、画工最优秀。从器物品种看，以民间用的碗、盘、瓶、罐、盒、壶、枕、杯等为主，还有一些冥器、玩具及佛事用品，附着物有宋、金、元时期的一些窑具、制瓷工具，制瓷业的附带产品料质（玻璃）头簪也有大量出土。专家根据现有宋、金、元陶瓷标本推测出，这些瓷器以离清化镇不远的柏山、月山、王封、当阳峪等窑的陶瓷产品为主，该工地窑址生产为附带。工地上还有两个雕刻着莲花的唐代青石柱础，可以推测出该工地位置应为唐代某大型建筑所在地。

据此有专家推断最初此处为柏山、月山与当阳峪等窑陶瓷产品的销售点，大约到北宋后期以后，这里还开始对以上诸窑的一些产品进行深加工，同时生产宋、金时期使用的料质头簪。到了元代末期至明朝早期，南方景德镇生产的青花瓷和浙江龙泉生产的龙泉青瓷大量进入北方，取代了本地生产的粗糙陶瓷，这个地方又成了一个民用陶瓷的批发集散地。到清朝雍正以后，这个陶瓷集散地消失。

一个小镇有品种和数量如此丰富的陶瓷，显然不是仅仅满足本地居民需要的。那么作为一个陶瓷集散地，这些陶瓷又销往何处呢？这需要从地理位置来了解了。清化镇地处晋豫咽喉，距沁河、黄河较近，离太行山最近，著名的太行八陉之一的太行陉，就离清化镇不远。南方用船只运来的陶瓷及其他商品可直达太行山脚下的清化镇，清化镇东西方向几十公里内以及更远的古城镇都不具备该条件。所以元代以后，这里成了南方陶瓷进入晋东南的转运地，其他商品如南方的茶叶、丝绸等也一并涌至，从这里进入晋东南。到了近代，道清铁路修建就以清化镇为终点，清孟铁路以此为起点。这都证明了清化镇地理区位的重要性。

一片片碎去的古瓷器拼贴组成了一个古镇曾经繁荣的商业贸易景象。而清化商业的繁荣并不只是因为这些瓷器，它只是组成这里的商业体系很小的一部分。明清时期，因为重要的地理位置，清化镇周边华北最大竹林的形成，烟叶的种植与引进，使怀庆府形成了以怀药、烟叶、竹货、铁货转运业为主，北抵天津南至苏杭的商业贸易体系。怀帮也成了中原商帮最杰出的代表。禹州覃怀会馆有“十三帮（汉口帮、陕西帮、四川帮、广帮、宁波帮、江西帮、老河口帮、祁州帮、怀帮、药行帮、药棚帮、甘草帮、党参帮）一大片，不如怀帮一个殿”的说法。

清化镇作为怀庆府最重要的商贸古镇，成为这个商贸体系最重要的承载者。以经营铁锅而发家的“泰顺号”就在清化镇立足而逐步成长起来。明清时期，山西阳城是铁器的重要产区，而清化镇成为阳城铁器由山西南下的重要中转站，许多铁器就是从这里走向全国的。当时清化镇上就有许多来自阳城的铁器商人。清化镇附近村落寨卜昌的王家人看到商机，就在农闲之时从阳城贩铁锅到周边村镇售卖。从最早的挑担儿叫卖，到后来赚了钱买来牲口驮运，从最初摆地摊到在清化镇上拥有自己的店铺，王家人的铁锅生意逐渐做大，也开始有了“品牌”意识，在铁锅上打上王家的记号。到了顺治、康熙年间，王家已经在清化镇上拥有多家商铺。经过了几十年的经营积累，大约在康熙五十年的时候，王来贡孙子王问安在清化镇开设了最大的一家店铺“泰顺号”，创立了“泰顺号”品牌。到了乾隆末年，“泰顺号”的连锁店在苏北、皖北、山东、河北、河南遍地开花，大大小小的门店加在一起有一百多处，当时有“泰顺子弟进京不宿外人客店”的说法。到了同治、光绪年间，“泰顺号”岁入百万两，成了一个铁锅上的商业帝国。郑昌在《明清农村商品经济》中记述清同治年间的河南鄢陵县“铁器自河内清化镇来”，从中可以管窥出清化镇铁器贸易情况。

除了“泰顺号”之外，清化镇上还汇聚了众多知名商号，如“杜盛兴”“协盛全”等，它们皆来自清化镇周围的今博爱县地区。可以说一定程度上，商业繁荣的清化镇是怀帮兴起的一个重要源头，是他们走向全国的重要跳板。

庙　宇

而在南商北进，怀商兴起的同时，清化镇也成为晋商们南来北往的聚集地，一直延续至清代。清化镇上留下了一些晋商活动的遗存，其中最重要的，是现存的一座大王庙。大王庙斗拱飞檐，雕梁画栋，十分气派。据史料记载，大王庙始建于明隆庆五年，距今已有四百五十多年的历史。庙内现存古碑 16 通，3 块为国家二级文物，5 块为国家三级文物。庙内供奉着金龙四大王。金龙四大王其实就是被民间尊为河神的南宋人谢绪。现在也有人敬谢绪为“金龙大王”、朱之锡（清朝）为“朱大王”、黄守才（明末清初）为“黄大王”、白英为“白大王”，合称“四大王”。

一个内陆小镇为何供奉河神？答案不仅仅藏在清化镇周边的河流中，我们仍然需要从清化镇的商业说起。清化镇作为晋豫交通要道上的咽喉重地，怀庆府商贸重镇，不仅有众多的外地客商在此经营，由陆路、水路南来北往的客商也都会在此歇脚。其中有一名叫刘尚科的晋商，与同乡人到外地做生意，货船从河道返回时遇到风浪，情形十分凶险。此时刘尚科念诵大王经卷，祈祷神灵护佑，后来货船平安返回。这次有惊无险的经历，使船上客商们十分感激神灵，都愿建个安神的地方，以求神灵长久护佑。刘尚科就在清化镇买到信士孙秉德的一段地基，联合其他商人出资建成了大王庙。

庙前戏楼的建造则经历了一番曲折。他们本打算在庙前建戏楼，但庙已临近大街，庙前是王家的住宅，王家不愿出卖房产，所以没有建成。据康熙七年所立《大王庙创建戏楼碑记》载，到了康熙己巳年，晋商宋云程按前人的遗愿又找王家商议，后终于买下了王家的地。戏楼建于康熙四年腊月，落成于康熙五年九月。

康熙四十一年，清化镇金龙四大王庙前立旗杆时，参与捐财物的商家有广平府永年县信商、顺天府信商、真定府灵寿县信商、山东青州府沂水信商、莒州信商、江南淮安府海州信商、山西泽州府信商以及怀庆府清化镇信商等，商人来自燕都、淮海、青兖、临淄、渠丘、太原等地。从这些文字记载中，能够想象出当时众商云集的盛况，仿佛一场商业嘉年华，成了清化古镇商业史上最具代表性的图景。

大王庙内的整修碑及功德碑中记载了大王庙的整修过程从古至今从未停止过，一有损坏，马上有人出资整修，体现了古清化镇人对于这座庙宇的重视。在庙宇其他的碑刻里，还可以看到许多关于为人与经商理念的文字，如“作恶者必有报应，行善者俱享亨通”；“商贩财货亦必于道义中求之”，否则，“虽祷而未必应，虽求而未必佑”；“人有善念，天必从之；人有善行，天必佑之”。这些文字透露出古清化镇的商人们将信义、布德施仁看作为人的重要信条，道义诚信看作经商做买卖的重要理念。从这里可以看出商业历史悠久的清化镇已经形成了一定的经商理念和共识，而这种经商理念又构成了这里的商业文化的最重要的部分。

如今，大王庙仍巍然屹立在清化镇最主要的商业街道上。这座数百年的古庙宇，在周围无数新建筑的包围中，仍然熠熠生辉，似乎仍在诉说着这里悠久繁荣的商贸历史和渊远流长的商业文化。

驸　马

清化镇可书可记的历史人物有很多，故事也有很多，其中一则关于谢驸马的传说流传甚广。

相传明朝嘉靖年间，河内县清化镇有一谢姓人家，谢家有一公子名诏，自幼聪明好学。传说他刚出生时，恰巧何塘在他家门口避雨，于是何塘便认他为干儿子。这公子到了十六岁便满腹经纶，因他一脸麻坑，又秃了脑壳，人们都称他谢秃子。

谢诏父母想起他的干爹在京为官，就让他去京城一趟，找他干爹为他寻点事干，谢诏风尘仆仆到京城找到了何塘。何大人对他很热情，闲聊之后，心里老琢磨给他找点啥事干。俗话说“事有凑巧，物有偶然”，偏巧这时皇上下诏，让何大人奉旨领诏，监考天下才子，为公主选婿。

何大人想：我这谢诏儿有福气，看来要当驸马了，就让谢诏进了考场。谢诏进考场后，略加思索，不到一个时辰就答完试卷，出了考场，监考人员惊讶不已。结果谢诏一举夺魁。

考试过后，公主还要面选郎君。这一次谢诏的心凉了半截，他有自知之明，他知道自己相貌丑陋，肯定不会被公主看中。心里忐忑不安，忧心忡忡。何塘也为他捏一把汗，因为他实在太“与众不同”了。猛然间，何大人眉头一皱，眼珠一转，对干儿子附耳嘀咕了一阵“如此这般”，谢诏一听，面露笑容。

公主要面选郎君，宫中大摆酒宴庆祝。酒席上那谢诏赤膊卷袖，站在椅凳上，扔下筷子，用手抓吃，吃得狼吞虎咽，丑态百出。公主见此情景，忍不住用手一指，弯腰大笑。她忘了今天是干什么的，她这一指一笑，非同小可，所谓“千金一笑定终身”，一笑即为选中，何况她又指准了人家。

何大人见此机会，对谢诏说：“还不谢万岁？”“谢主隆恩！”谢诏倒身便拜，“我主万岁，万万岁。”众大臣和才子们也趁势恭维，齐呼万岁。

随即，丫鬟、侍女拥上前去，给谢诏披红挂绿，公主见事已至此，懊悔不已。

公主就这么稀里糊涂与谢诏拜堂成亲，心中有苦难言。经过一段时间相处，公主觉得谢诏长相丑陋，却很有才华，又会体贴人，慢慢地对他有了好感。一次，谢诏对公主说：“我出来已经几年了，家中母亲也不知身体可好，我实在放心不下，想回去看望看望。”公主想：“这秃子还是个孝子呢。”就说：“驸马爷，等明天禀告父皇，我随你一同回去。”谢驸马又高兴又感激。

第二天，公主对她父皇说：“听驸马说怀庆府山清水秀，胜比江南，孩儿想和驸马爷一同回去。”嘉靖皇帝一听，知道是女儿任性，耍孩子脾气，不过已长大成人，就让她做主吧！随口说：“好！去吧！”

公主与驸马告别父皇，回到了清化镇。公主毕竟是金枝玉叶，到了清化镇，给父王写了封信，请求拨款修城。皇帝也不愿女儿受苦，立刻拨款，为女儿修城墙，建花园。这样，谢驸马与公主就在清化镇居住下来了。

虽然谢驸马是真实的历史人物，但传说只是传说，并不能作为历史的事实。作为民间想象，它可以折射出古代清化镇居民的幽默气质，调侃皇家权威的勇气，一种属于民间的智慧。而真实的史实与传说有很大出入。据《明世宗实录》记载，永淳公主应为明世宗即嘉靖皇帝之妹。所以永淳公主应为长公主。因为公主与长公主的夫婿统称为“驸马都尉”，百姓知道谢诏是驸马，就把皇帝的妹妹长公主误以为了是皇帝的女儿。为长公主择婿自有严密的皇家规矩，断不会如此轻率，对驸马人选也是经过了严格的考察。史载永淳公主经过两次选婿，才选中谢诏，而真正选定谢诏为驸马的，也不是永淳公主，而是当朝皇太后。

《明世宗实录》卷七十九载：礼部尚书吴一鹏等言：“近选子弟谢诏，虽家世清白，资性明敏，然一旦骤致富贵，恐昧骄盈之戒。请于尚主礼成后，责其讲明居处伦义，写习仿书，讲解小学，记诵故事。”上善其言，寻谕阁臣曰：“公主乃我皇考亲女，为朕亲妹；驸马都尉谢诏作国家亲臣，焉可使之不读书知礼乎？”谢诏在成为驸马之后，也还要接受更加严格的规训，断没有那般的轻率荒唐。不过谢诏确实是有才华的。清化镇北的月山寺有藏碑一通，上有谢诏题诗《登明月山述怀》：“丁亥离家今始还，遥望楼阁总依然。咫尺田园亲故少，方信人生聚会难。”诗中语言较为浅显，但情感深挚，写出了一种亘古不变的人生困境。这首诗还透露了一处与传说不同的史实。诗中言明，谢诏“丁亥离家今始还”，谢诏所言丁亥年为嘉靖六年（1527 年），也就是说谢诏自嘉靖六年中驸马后，直到这首诗的写作时间嘉靖庚戌年（1550 年）才回来故乡。而此时，永淳长公主早已过世了。《明世宗实录》卷二百三十五载：“嘉靖十九年（1540 年）三月庚子，永淳长公主薨，讣闻，辍视朝一日，赐祭葬如例，给坟价银二万三千一百九十两有奇。”

传说中永淳长公主与谢诏同回故乡的情景，也只是清化镇百姓一厢情愿的美好愿景。公主能到一个中原小镇上生活，就像凤凰栖于梧桐一样，是对这个小镇身价的抬升，也是一种吉祥的祈愿。

如今清化镇仍有谢驸马的踪迹，老人们都说西大街上的几座住宅就是谢驸马院。不过谢驸马院主要院落已被拆除盖上了新的建筑，只余门前明代的石狮仍然守护着已经失落的侯门荣耀。在谢驸马院周围的几个老的院落里仍然散居着谢氏的后人，还保存着一些高大气派的古建筑，是清化镇古建筑的典型代表。那个像哈哈镜一样有些滑稽的传说，所照见的是它们的沧桑无语。

老　街

经历过时间的沧桑，那些曾经的繁华与辉煌都已落幕。尤其是现代交通体系贯通之后，清化镇曾经的区位优势也渐渐不再。这个内陆小镇重新归于绚烂之后的平淡，还有平淡之后的落寞。只有那些渐渐消失的古建筑和残留的老街仍然依稀可辨当年的身影。

商业街无疑是这个古镇曾经留下印痕最深的地方。清化老商业街以西大街为主要街道，东西长达数里，本地居民习惯称之为清化街。而清化街与另一条老街的交叉路口被称为“大十字”。我有好几年都搞错了大十字的具体位置，因为它与现在镇上众多的十字路口相比，已经绝对不能称之为“大”。但从这个地名里，却可以显示出老商业街曾经是古清化镇的中心街道。老街两侧店铺林立，有一些古老的店面被保存了下来。虽然古镇历史上记载的“店铺林立，商贾云集，可书可记者达一百二十余家”的辉煌已无法再现，曾经显赫一时的“泰顺号”等商铺已无处可寻，但这些古老店面仍然透露出当年的景象。厚重的门板、高高的廊柱、漆黑的瓦檐、考究的店面风格，似乎都是古代的繁华在这里留下的背影，供我去凭吊，供我去怀想。

事实上，经历了明清时期的繁华之后，到了 20 世纪 30 年代，清化镇的丝绸、鞭炮、烟丝、竹器、生姜、怀药等仍在全国享有盛名，当时的主要商铺就集中在老商业街上。老街的繁荣一直延续到新中国成立后，街上尚存的老新华书店，清化炮扇合作社等建筑，表明了它仍是那个时代小镇的商业中心。目前，老商业街里的店铺以土特产、小食品批发、小饭馆、菜市、肉铺等传统店铺为主，保留了一些传统商业项目。虽然在节假日期间，街上依然人潮涌动，非常热闹，但它已经不再是镇上的商业中心，也不是主要购物街区。小镇商业中心的转移，让古老的商业街呈现出一种落寞的表情。

清化镇的古民居建筑主要是围绕在老商业街周围的。老街两侧的民居古建，大户人家如“谢驸马院”周围几个院落，大门上的雕刻精巧别致，院落有的多达四进，院落之间的门楣石联均保存完好，雕工精湛。房屋建筑样式有的高大宏伟，有的精巧别致，体现了中原古建的特色。走进这样的院落，仿佛穿越了时间的大门，走进了数百年前小镇居民的生活之中。富庶、祥和、雅致、安康，都是描摹这种生活的关键词。但这样的院落毕竟有限。这种有限不只说这样的建筑形态，更是说它的保存状况。与这些被完好保存的院落产生鲜明对照的，是那些坍塌的墙壁，蒙尘的门楣，结网的窗户，新老建筑的混杂……

除了大户人家的深宅大院，清化镇里还有另一种典型的市井民居，即“过路院”。这是清化镇民居的一个特色，许多连在一起的房屋并无专门的院落，而是相互打通，通道即是院落，从前街一直通到后街，有的长达近千米。过路院中也有石雕等古迹，有月亮门等古典民居的特色，不过更多的是普通民居。我曾经听人说过，清化镇的人口密度远远大过周围其他县城。人口密度较大恰恰反映出它商业的发达，因为农业是最需要土地的产业，需要人口与土地面积符合规定的比例，而商业则最大限度地将人集中到有限的空间中。过路院就是清化镇经济发达，人口稠密，人均居住面积较小的反映。它没有大家闺秀的品格，却有小家碧玉的气质。我第一次被同学领着去看过路院，就被它所惊艳。这是另一种庭院深深，与大户人家的庭院深深不同，但也别有风味。这是独属于清化镇的庭院深深，因为我还没有在其他地方见过这种过路院。后来我不断地专门路过这些过路院，感受古镇的别样风情。但近几年，我再专门路过，发现的却是过路院里贴瓷片的新房越来越多，仍然通畅的过路院越来越少……

虽然老建筑在快速地消失，但现在的清化镇，与西大街相连的数条街道，如阁前路等，还基本上保留着古老街道和建筑的原貌。随意由这些老街道进入两旁的一些小巷，如曲径巷等，都可以见到众多的古建民居。其中曲径巷在我的印象中最为深刻。读高中时，我总是通过这条小路抵达在广场旁边的博爱一中。如同它的名字一样，这条小巷窄小弯曲，如果不熟悉，也许会认为它是死胡同。但它却“曲径通幽”，通向了这个小镇曾经的广场。而这窄小的巷子里深藏的几座围墙高高的深宅大院，是最让我惊艳又惊奇的。好几年里，我都一直在猜想那高大的院墙后到底有几进院落，是什么模样。直到最近几年春节，我看到老房子大门紧闭，也没有张贴春联。它已经无人居住。我在旁边看到里面的房子有许多已经坍塌。那曾经在我想象里存在了很久的典雅生活，也一并坍塌了。

这座千年古镇，有太多太多历史细节仍然被岁月所尘封，我所能触及的只是它表面的灰尘。它是一篇宏文，而我所能写到的，只是它的一个个单词。它们就像通往历史浩瀚庭院的一道道窄门。

第四辑　古城

西安：夜晚的历史叙事

最早听到的一个关于陕西的顺口溜就是“地上看山西，地下看陕西”。我在参观过秦始皇陵兵马俑和乾陵之后，相信了地下的确可能有比地上更加丰富的景观。这是传统旅行和风景的悖论。在此之外，我在西安的旅行还确立了另一个悖论，那就是夜晚的景观有可能比白天还要丰富多彩。这样的情景，也许只有西安这样的城市才可能上演：现代化的大都市具备了将功能性的夜晚向后无限推迟的物理条件；西安深厚悠久的历史文化又为这样的夜晚注入了独特的内容，成为这样的夜晚产生的人文条件。西安的几次夜行，使我看到了一道迥异于白天，贯穿历史与民俗的独特风景。

1

抵达西安的第一夜，我去了西安知名的地标——大雁塔，还有钟鼓楼、大雁塔广场和旁边的曲江公园等。之所以没有白天去，是因为我在白天去看了西安周边的地下景观，这些西安的地上景观，我则留到了晚上。

这应该是适合的观景选择。我难以想象自己敢在晚上走进乾陵地下墓穴，或者在晚上跑到秦始皇的墓上走一圈，事实上这也不可能。而西安的这几个地上景观，在夜晚仍然可以进入。这几个地方是与历史有关的，但却并非完全是历史的本来面目。这是经历了千余年时间洗刷后的历史，有些地方甚至因此而变得簇新。因为翻修和新建都可能是时间洗刷历史的方式，后者尤其是现代人所擅长的。但在西安，这样的新建也可以作为一道景观，仅仅因为这里是西安，那些历史原始的发生地。这种空间地理崇拜可能会淡化对那些簇新或翻修建筑的不适感。但这种淡化毕竟有限，当在西安待上几天，发现这里白天人们的生活和其他地方没有太大差别之后，这种神秘感和崇拜感就会减弱。在这种情况下，能让西安这个现实中的城市重新产生光环的办法之一，就是当夜晚来临之后，用人造的光线缩小新旧建筑之间的区别和差距，让它们成为人造光线下的统一体，用现实的光为它们戴上光环。历史与现实的界限因此而变得模糊。

我看到的大雁塔，就笼罩在这样的光芒下。事实上，我也难以想象大雁塔没有被灯光照耀，在夜晚漆黑一团。如果那些著名的古建筑在夜晚变得漆黑不可见，只剩下高楼大厦灯火辉煌，这个城市似乎就在夜晚失去了自己的历史。而大雁塔的重要性在于，这座城市最辉煌的历史就是在唐朝。因为唐朝曾经的宫阙大都已消失，在西安地面上留下的古建筑并不多，曾几何时，大雁塔就成为唐朝的象征。这座城市在夜晚用灯光照亮大雁塔，就是照亮了这种象征。

城市的夜晚总是灯火辉煌的。这灯光首先有着实用的功能，同时还是城市现代文明的体现。前者是空间意义上的文明，而后者是时间意义上的文明。但当灯光照亮了那些古建筑之后，它所彰显的不仅仅是现代文明，同时还有古代文明。时间意义上的文明得以延伸。而大雁塔就是这些古建筑中最重要的一个，因为它把时间引向了唐朝，引向了长安。仅从这个意义上，那些灯光就不能熄灭。

事实上，大雁塔能代表唐朝，不仅因为它是唐代建筑，也不仅因为它的高大、雄伟、壮观以及风格可以代表唐朝的风范；还因为与大雁塔有关的一个人——玄奘——这个因为志怪小说《西游记》而家喻户晓的人物。大慈恩寺就是玄奘曾经翻译佛经的地方，大雁塔就是用来收藏他从印度带回的经卷与佛像的。虽然在大雁塔的象征意义上，并没有体现出玄奘，那个大雁塔的标志设计里也没有玄奘的影子，但他就是那个大雁塔背后的男人。在通常的认识里，一个僧人无法代表一个朝代，况且玄奘在大众文化中的形象并不那么高大上。但玄奘却是有这种气度与精神的。

很难说有多少人不是因为《西游记》而知道玄奘的，而且对他的认识也停留在《西游记》那个层次上。也许很多人都是以《西游记》中那个迂腐、好坏不辨、手无缚鸡之力的僧人形象来定义他的。这就是他在大众文化中的形象。事实上，玄奘的勇气、胆识和能力都超出了常人想象，超越了那个被大众文化“建构”了的形象。他为求真知，只身赴印度，游历五十余个国家，修习佛法。十七年后他才回国，带回 657 部经论，然后穷尽一生来翻译佛经，共翻译了 1335 卷，并留下了著述《大唐西域记》。这个成就几乎是空前绝后的，后世把他尊为思想家、宗教家、翻译家、外交家。他的旅程同样超越了常人的想象：五万公里的路程，恶劣的地理环境，十七个寒暑，五十多个名字古怪的国家……这一切都在国人心中成为一个传奇。也许正是这一连串数字和文字的传奇色彩，激发了普通百姓和民间知识分子的想象力，再加上宗教的心理作用和对宗教教义的引用，与玄奘一起旅行的人数不断增加，《西游记》的故事也不断成形。最后，吴承恩对民间传说进行加工，以完整的小说形式写下了一个名扬天下的神话故事。小说出于情节和故事的需要对现实中的人物形象进行了颠覆。但如果从寓言的层面来理解，这个故事依然在一定程度上还原了现实，那就是：小说中的师徒四人都是玄奘内在人格的化身。他以自己孤单的身体为强烈的戏剧冲突提供了载体，以自己孤独的传奇制造了一个传世的神话，以文化的交流为后世提供了丰富的意义阐释空间。

在现实与小说的众多不同之中，有一件事还值得一提：与小说中玄奘受唐太宗之托西天取经不同，当初玄奘西行的请求是被唐太宗拒绝了的。但为了信仰，他一个人“偷渡”出国，以个人身份游历了西域诸国。虽然是这样，但我还是想说，玄奘之所以能有这样的成就，不仅是个人的原因，还有更多社会政治文化因素。正是唐朝较高的社会自由度和政治包容度，才会促使玄奘违抗皇命而“私自西行”，而且归来之后，不仅没有因为私自西行而受到处罚，反倒受到了皇帝的嘉奖。不独如此，唐朝社会的开放性，文化的多元化也胜过许多朝代。当时长安的大街上有数量众多的各国胡人往来，就是例证。也正是这些胡人在与唐朝的通商贸易中持续将丝绸之路贯通，玄奘的西行才会相对顺利。如果靠玄奘一个人去摸索这条道路，他的旅程将会增添更多的未知数。也许正因为这诸多的因素，玄奘也和大雁塔一样，有足够的资格来代表唐朝；因为有二者的同时存在，这个古建筑才能够标示出那个时代的独特气场。

我绕着大雁塔一圈，走到了大慈恩寺正门。时间已晚，大慈恩寺早已关门，我无缘进入寺庙，去更近距离地接触大雁塔。但并没有太大遗憾，因为它的高大壮观，我在寺院围墙外不管怎样走，都能看到它；还因为它是西安市的标志，我对它的形状已烂熟于心。此刻的看，不是为了确认它，而更像是为了确认我的在场，确认我就在这个古代被称为长安的地方。在这个地方，历史成了主体，而我成了一个客体。我的自我需要通过对主体的确认来确认我这个客体。这种主客体的颠倒是因为主体的过于强大。而大雁塔是有这个气场的，它可以完成这种历史的象征。而对于象征之物，我需要追索的，不是它的细节，而是它的真实以及附着在真实上的光晕。于夜晚处身这大雁塔广场上，这两者都得以完成。而在这广场上，还有玄奘的塑像，我在寺院之外就可以完成致敬。后来，我也没有再在白天进入大慈恩寺，没有像韩东诗里写到的那样："我们爬上去，看看周围的风景，然后再下来。"

虽然在大雁塔时没有想到那么多，但不可否认，韩东的这首《有关大雁塔》因为在中国现代诗歌史上独特的地位，已经成为大雁塔文化语境的一部分。作为一个现代诗的写作者，我当然对它耳熟能详。人们都说它与杨炼对大雁塔充满文化崇拜的书写恰恰相反，进行了解构。但我却觉得韩东这样的书写不是在讽刺文化，解构文化，而恰恰是在讽刺没文化，讽刺附庸风雅。甚至我有时还会想到它讽刺的是一种旅行方式。这种旅行方式就是那些跟着旅行团，被导游规定了参观时间及参观路线的游客所采取的方式。这些游客对大雁塔，不需要知道更多，而只是为了证明自己到过大雁塔，所以要登上去看看，合个影然后再下来。这与他们对待玄奘的态度也是相似的，他们甚至不想知道历史中的玄奘与影视剧中的玄奘有什么不同。苦行与好笑之间，他们宁愿选择后者。在这个娱乐至死的年代，崇高和深刻都已不再是人们追逐甚至认同的价值。

因为大雁塔的象征意义和古长安的历史荣耀，西安这座现代化大都市，并没有止于将灯光照亮大雁塔。城市管理者不满足唐朝只是象征性地存在于这个城市，他们还要建设更多的仿古建筑，让长安变得更加具象。中国古建筑的木结构决定了它的易毁性，所以唐朝屋宇建筑在西安城中很少留存，大雁塔作为砖石结构建筑才得以幸存至今。宫廷屋宇建筑选择木结构有很大一部分原因是古人的实用性思想，不求千秋万代，只求现世安稳。古人反倒对自己的陵墓建筑选用了更为坚固的砖石结构。

这种建筑思想导致了陕西文物旅游结构的失重，地下陵墓占据了半壁江山。为了扭转这种结构失衡，当代城市建设者重兴土木，试图营造出崭新的盛唐气象。这种崭新的盛唐气象当然是一场视觉骗局，但很多人却甘心于“受骗”。这很大程度上是因为当代大众文化就是一种视觉文化，当那些历史变得视觉化之后，人们才仿佛更加相信这就是那个历史上的长安城。

于是大雁塔的旁边，兴建起了数量众多的仿古建筑，与大雁塔连为一体。这种相互连接，是为了让大雁塔这个真实的唐朝建筑赋予这些仿唐建筑以意义上的合法性。经过这种赋予，它们的存在仿佛就拥有了意义。但缺陷是，它们由于过于簇新并没有历史意味，在白天看来尤其明显。

但到了晚上，灯光奇妙地改变了这种情况，就像让这些建筑物拥有了穿越时空的力量，同时还拥有了一番历史之外的味道——梦幻的味道。这种历史和梦幻味道的混合，就是灯光所调制的视觉的美味佳肴。这样的效果不仅出现在大雁塔上，同样出现在钟楼与鼓楼上。它们在灯光下甚至比在白天时更有立体感，更古典。现代灯光技术就像一个魔术师，甚至让大雁塔广场那些崭新的建筑也拥有了与大雁塔、钟鼓楼一样的历史感、古典感。那些在白天可以一眼识破的仿古建筑，在灯光下可以让人产生奇妙的古典幻觉。

当然，并不仅仅是这些建筑，贯穿了广场中轴线的雕塑起了更重要的作用。不知道白天人们来到这里会不会驻足观看，但在夜晚，灯光不断把人们视线的焦点引到这些惟妙惟肖的雕塑上。这些雕塑虽然形式上多种多样，但内容却都指向了长安，时间也都指向了唐朝。我也是第一次见到如此多的唐朝主题雕塑，它们不断地把我引向历史之思。这些雕塑是如此的栩栩如生，以至面对那些唐朝大诗人，会让人顿起膜拜之心；看着武则天的銮驾，我甚至生出了想要上前看看武则天真实模样的想法。雕塑群的最后，很多高大的柱子上的 LED 屏展示出壮观的唐朝古典图像。仿古建筑、雕塑和灯光、大屏共同组合成了一个立体的唐朝盛景。

灯光原本是现代城市生活的开启者，照亮了现代人夜晚的生活，也照亮了他们的欲望。但在这里，灯光不仅增加了白昼的长度，甚至延长了历史的寿命，让历史场景和人物仿佛得以复活。虽然是一种仿制，甚至是一种旅游业营造的视觉乌托邦，但它们还是让一座城市的现代和古代拥有了一个交会点。

我在另一个曾作为唐朝都城的城市——洛阳，就没有见到这样壮观的夜景。彼时洛阳的繁华一度超过长安，但到了现代，洛阳却远远落在了西安之后。不必去做那些宏观的比较，仅从入夜之后老城的灯火辉煌与灯火阑珊相对比，就能够看到这种差别。与相对暗淡的洛阳相比，西安用一种现代的城市景观，维系了它的古老记忆。对这个广场的游历，就像我在梦幻之中进入唐朝一样。

这种感觉让我想起唐朝乐队的《梦回唐朝》。我想要以这首歌曲来表述这种进入，但却又不完全相同。虽然这首歌是极致的古典和极致的摇滚的合二为一，同夜西安也一样，在营造古典和现代的融合上有相似之处。但《梦回唐朝》进入唐朝是以对现代的批判，作为这种进入前提的。而夜西安中许多仿古建筑中呈现的却是现代性的歌舞升平。那些灯光试图消解古典与现代的差异，但这种差异甚至矛盾却仍然存在，它们无法达到内部的统一。

2

我在夜晚抵达的，还有鼓楼后的回民街。这是一座在现代仍然保存甚至运转如昨的古老城市街巷。它与那些仿古建筑有着明显的不同，成为西安民俗的承载街区。而且它主要承载的是民俗中传承性最强的饮食。饮食对中国人来说可谓重要，在“衣食住行”这生活四大事务中的排序即可以看出端倪。而且味道具有一定的特殊性，作为一种记忆，它甚至像集体潜意识那样可以得到有效的传承。相较那些不断翻新的木构建筑，食物的味道也许更加稳定。尤其是一些著名的小吃，一经大众的味蕾加冕，它们的味道也就被限定，与它们的声名一起向后世流传。而这样的限定不乏“正宗”这样褒义的词汇。羊肉泡馍就是这样的美食。回民街因为传承了这些美食的“正宗”味道，盛名甚至盖过了许多景点，成了西安自助游的必选项。我在抵达回民街之后，发现这里的确有着久远的传承，而不是现代城市临时构建的美食街。这是有悠久历史的“吃货”天堂，种种传说中的食物一一登场，不过价格却超乎了我的想象。但真正品尝之后，也感觉物有所值。西安羊肉泡馍的肉汤是如此的浓郁，以至我想口味清淡的南方人不一定会喜欢。也许只有西北人才会以如此浓烈的肉汁来浸泡最为普通的馍，使之几乎发生质变。这种口味对于习惯了五谷杂粮的中原人来说，也是有些不适应的。只有在畜牧业与种植业同样发达的西北，肉，这种动物蛋白与植物蛋白、碳水化合物才是平分秋色的。于是，肉的大量运用，肉汤的浓郁让外地人重新认识了羊肉泡馍这种食物，并成为西安的特色饮食，甚至成为西安的代表。

这条回民街我在白天也来过，但并没有夜晚的感觉好。夜晚不仅是自然的时间划分，还是功能性的，将人从工作和种种规则中解放，比白昼更具娱乐性。也许因为夜晚时间的充裕，才能够让人去从容面对那数量众多的小吃。除了那些灯火通明，热气腾腾的美食店铺，还有更多在大街小巷摆卖陕西纪念品的小摊或店铺。皮影、剪纸、布老虎、泥塑这些陕西民间符号，琳琅满目地进入我的眼中。这里也与大雁塔肃穆的气场完全不同，就像是西安的两个极端：一个指向了伟大的历史，一个指向了世俗民间生活。

在这众多的店铺中闲逛时，我发现了一处古宅，“榜眼及第”的匾额高悬门上。从仍然开着的大门望进去，里面像是别有洞天。我还没有在晚上游过古宅大院，所以当即就买票进去。之所以没有在晚上游过古宅大院，是因为它们往往在晚上都要关门。也许因为夜晚才是回民街最为热闹的时刻，所以它仍然开放。它正式的名称是北院门 144 号民居，别称高家大院。进去之后，我才知道它的规模并不能跟那些动辄几条街的山西大院相比。也许因为这是寸土寸金的西安城，而那些山西大院大都在乡镇村落之中。虽然不是很大，但却很是古典和雅致。

进入大院就是一个精致的石雕屏风，工艺一点不亚于我在山西与徽州见过的晋雕与徽雕。而进入院子之后，看到院子主体建筑都是二层的阁楼样式，还有方方正正的天井。那些雕花的窗棂和廊柱等精致木雕，以及整个院落的布局，都有一种南方小巧玲珑、细腻精致的美。也许是因为我在西安见到的多是大雁塔、钟鼓楼等较为宏大的建筑，或是兵马俑、秦陵等太过沉重的事物，进入这样一个普通的宅院，让我的感觉一下子没有调整过来，才会误以为这是南方。其实，古城历史虽然悠久而沉重，又有着粗犷豪放的一面，但对于古城市民来说，却依然可以选择精致典雅的生活。这个古宅，正是这种生活方式所留下来的标本。

因为是在夜间，院子里挂着红色的灯笼。这是一种完全不同的灯光。它把白昼生硬的光线软化，又让漆黑的夜晚拥有了温度；同样也把时间变得柔软，现时与古代之间，仿佛只有一层窗户纸那样薄的距离，又仿佛这种古典生活的余温尚未退去。

我不断地从一进院落进入下一进院落。屋外的灯笼和里面的灯光仿佛制造了这座宅子依然在呼吸，在美好地活着一般的感觉。院子与刚才在街上的那般拥挤热闹完全不同，仅是一墙之隔，便隔开了现代和古代，隔开了喧嚣与宁静；也应该与白天完全不同，是另一重天地。柔软的灯光照耀着古宅里的物件，屋子里一切摆设如旧，清晰在目，让人想起那种古典的生活。除了灯笼制造的朦胧意境，屋外的灯光也一点不艳俗，该暗的地方仍旧是暗。灯光在这夜色里，也如同国画颜料一般，太浓太艳显得过于俗气，浓淡之间，才会生出韵味。这古宅就在这浓淡适宜的灯光里显得韵味十足，给人足够的品茗空间。

也许是因为夜晚时间的充裕，我欣赏了更多的匾额楹联。我在这些楹联中更深一步地进入这个家庭。主宅上“迎紫”“凝瑞”的匾额悬在门头，最后的阁楼命名为“叠翠轩”，这些色彩感十足的词语让古宅也仿佛拥有了丰富的色泽。而楹联则更多关乎儒家伦理道德。也许是因为高家出过进士，所以有些不免板着一副面孔的官方伦理。作为官宅惯有的标配，诗心雅兴也显得较为平常，没有太独特的审美价值。不过有一副楹联还是让我印象深刻，那就是：无乖戾气无落寞气无富贵骄奢气才称为福气真高 / 有读书声有纺织声有儿童欢笑声方见得家声果好。也许是因为后联中“有儿童欢笑声”让我想到宅子主人不仅仅是古板，更懂人伦喜乐。它指向了一种生活伦理，更具市民阶层的生活气息。古代城市市民阶层的诞生，是乡土社会中重要的社会现象，也是推动城市经济发展的重要阶层。虽说高家不能完全归为此，但在古城之中，还是受到了市民阶层伦理和美学观念的影响。这里承载了他们的生活。

我在这高家宅院里逗留了很长时间。与那些秦陵唐宫相较，它给我提供的就像是一种生活的遗址。这种生活应该是古代西安市民典雅生活的范本。对大雁塔等的游览，可以说是抵达了这个城市历史的内核；而对这街道民居的游览，也许可以说抵达了古城世俗与娴雅生活的内核。它们构成了一个完整而又独特的西安，就像是这座古城在夜晚才暴露出的真相。

杭州：灯影光晕中的西湖

千里迢迢，乘车抵达杭州。当我仍然沉浸在关于杭州古典风雅的想象之中时，我所看到的却都是现代都市的高楼大厦。这样的高楼大厦虽然我已见得太多，但仍然把它们当作了风景。这不是因为这里的楼更高，而是因为这是一座我没有来过的城市。它对我来说，一切都是新的；这些高楼大厦在我对杭州的想象里，也是不存在的，所以也算是对我想象空白处的填充。当我在公交车上颠簸了一个多小时之后，我的这种新鲜感才殆尽。这时，我们停在了西湖。

西湖和一座现代城市的距离让我惊讶。在我的想象里，这古典的湖泊山川，应该远离城市，独享自己的自然和清静。但它却出现在城市的中心地带，出现在高楼大厦的横切面旁。而出乎我意料的是，在这些高楼大厦的旁边，这个湖泊仍然像是当年的西子一样，拥有古典的面容，纯净的气质。在我的感觉里，似乎是这面湖的水汽将这个城市的气质一下劈开，湖泊的那些空间属于自然与古典，而高楼大厦的那些空间属于现代和时尚。于是在湖边的空气中，便呈现出两者的分界线。这分界线，也是各自不同气质的横切面，既在眼前，又似乎直上云霄。一面湖泊，就这样锋利地呈现在我面前，切割了这个城市。

如果说白天的西湖是古典的，那么夜晚的西湖则是现代的。这是它与一个现代城市在时间上衔接的部分。

经过了时间长河的洗礼，在当代的杭州，一个湖泊的日与夜在景观的文化意义上已经不再是前后或并列关系，而是一枚硬币的正反面。西湖本身是饱含了古典意蕴的。白昼更多地延续了这种古典意蕴，而黑夜，则更多地拥有现代意蕴。这似乎成了一种悖论，但却又是现实。这其中最大的差别和原因，也许是光线。自然光在此成为一种古典的光线，灯光则成为一种现代性的光线。而光线是那些景观视觉化的必由之路。只有成为可视的，才能成为景观。这是现代占据统率地位的视觉文化之下，西湖这个景观的文化命运。

现代性对古典的改造，首先就是要使古典变得更加视觉化。这种视觉化，在夜晚变得尤其重要。古典的夜晚，是相对漆黑的。夜幕一并遮住了那些自然风景和古典建筑。这种古典的黑夜对于现代人来说，几乎是不可接受的。因为夜晚是现代人最重要的休闲娱乐时间。人们需要灯光照亮的古典空间来作为休闲的背景；对于西湖的游客来说，他们也想要继续游览品赏西湖夜色。被灯光宠惯的现代人，是无法完全适应漆黑的西湖的。于是，灯光从西湖周围的城市景观中延伸进了西湖，在夜晚成了西湖最重要的视觉符号。

事实上，它们不仅是符号，而是照亮了那些景观符号：山、桥、树、塔。虽然灯光看似并不是景观的主体，但却将这些景观符号化。树、桥、水岸都只显示了它们的形状。山上的灯光更加复杂。它们不只是勾勒出山的外形，更试图呈现出山的立体感，也就是不仅勾勒了线，也勾勒出了面。而且利用灯光的强弱，用莹绿与幽暗营造出了立体感。这样的山，已经完全是光的山。除了形状，山的颜色与凹凸感、立体感，完全由灯光来完成。

灯光构成了山的绿，还构成了这绿的莹润、空幻。现实中没有这样的山。它们就像是山的符号，也赋予了山更加现代的感受。这感受与都市中高楼大厦的灯光不同，是一种更加古典的感觉。在这种充满现代感的古典之中，人们似乎更加迷醉。仿宋龙船也被灯光装饰得更加醒目。如果白天这样的船可以被忽略的话，那么在夜晚，它则成为人们视线的焦点。南宋就是这样通过灯光与现代人发生了联系。灯光就是这样营造了奇妙的梦幻感。人们在灯光的这种属性里，更愿意追逐梦幻，而忽略那些真实的历史。于是，岳王庙与苏堤似乎退回到了建筑名称或地名，而这样一个船的形象却给人以强烈的视觉冲击，引起人们的浮想联翩。

为了让西湖最富裕的水，不再黑暗与虚无——在夜晚，黑暗与虚无几乎是同义词——当代人还让水动起来，并发挥灯光的作用，营造了喷泉的景观。传统的湖水形象对灯光是拒斥的。但喷泉这种水的形象，却像是灯光点燃的火。它们被喷射到空中，呈现出花朵的形状，灯光打在上面——尤其是红色的灯光——它们就像是一团团火焰。这是另一种形式的水与火的缠绵，是现代科技营造的奇观。

灯是夜晚地图的路标，凡是灯照到的地方，就有景观的路径。

一棵树经过细小灯光的装饰，形体得以完美展现。灯赋予了树以光，树却赋予了这光以生命感。这种生命感是茁壮的。这不仅因为西湖湿润肥沃的空间条件，更因为西湖有着悠久的历史，有着充足的时间条件让这些树生长。所以它们可以生长得如此硕大。从另一个角度来说，这棵树同样是一种历史的风景。所以有必要用灯光来装饰它们，来烘托这种风景。强调这些植物的历史，也就是对西湖自然生态的强调。

而西湖灯光美学中，最浓墨重彩的，还是对那些建筑的勾勒。中国古建筑的美，与中国古典艺术有着相似的美学特征，如同中国的书法、绘画等图像造型艺术，都是线条的艺术。中国书法是纯粹的线条，构成了线条艺术的极致；中国绘画与中国书法渊源颇深，同样注重的是线条美。这与西方油画、水彩等更注重明暗、光影、色块等构图方法完全不同。中国古建筑从属于中国古典文化体系，其艺术表现手法与书法等具有同构性。中国古代建筑中最具特点的大屋顶曲线，就是线的艺术的最好表达。而西湖的灯光体系，就集中勾勒了西湖古建筑的线条。与西方建筑一般需要通体照亮不同，中国古建筑只需用少量的灯连成线勾勒出建筑的外在线条，已足够代表古建之美。于是岳王祠等虽然关了门，但用线性灯光勾勒出其门庭的形状，它们在美学意义上就仍然是敞开的。

事实上，西湖周边的建筑形态丰富多样，除了屋宇殿堂，最具代表性的还有塔与桥。雷峰塔就是塔中的代表。中国古建筑与西方建筑的一个重要差异就是中国古建筑是俯向大地，较少西方哥特建筑那种直刺苍穹的尖顶。这种尖顶总是把人的目光和思绪引向天空乃至天堂，使之与西方宗教中的天堂理念相对应。这是中国古建筑宗教意义较弱的一个证明。但塔是一个特例。与那些大屋檐的宫殿屋宇相比，塔在高度与指向上，都与天空直接发生联系。但中国的塔与西方建筑中的尖顶还不相同。它总是需要层层的密檐来化解这种直刺天空的锐利与生硬。塔状楼阁更夸大了这种楼檐，于是曲线遍布楼塔全身。用灯光勾勒它们的曲线，与垂直的塔身交相辉映，一座塔的美，便基本呈现了。

雷峰塔重建之后，在白昼能明显地看到它的簇新。这使人们的期望打了折扣。人们期待看到的是传说中的那个塔，而它应该像那个传说一样古老。事实上，人们期望看到的是一座符号化的塔——作为白蛇传说的符号。而夜晚将它的这种簇新加以隐藏。虽然灯光是一种更具现代性的事物，但灯光却并不妨碍它的符号性存在；相反，却加强了这种存在。夜晚这个大背景的存在，灯光的使用变得不再那么刺目，也不会过分突出塔是新建的。因为夜晚的西湖，灯光不仅照耀着那些新建筑，同时也照耀着那些古老的建筑。而灯光又把塔的重点放在了外在曲线，这样，一个符号性的塔便更加突出。

同样让外在曲线彰显的还有桥。西湖的桥为数众多，其中断桥最为出名。而断桥最为著名的景观是断桥残雪。残雪并不是随时可见，灯光却可以勾勒出断桥的形象。相较而言，断桥的圆拱不多，圆拱的弧度也并不算大。但是它的桥身长长的斜面仍然适宜灯光的勾勒，并具有一番别样的美感。

这样，游览者便进入了一个自己想象中的西湖。在白天的西湖景观中，有许多景观是超越游览者想象的，这会让他们激动、兴奋；有些则不如游览者的想象，会让他们感到失望。这也算是正常，自古就有看景不如听景之说。人们在一些独特的诱因之下，以及对远方和历史的认知渴求之中，会将认知对象想象得无比美好，会将它们在想象中蒙上一层认知的光晕。这样自然光线下的景观，就有可能不如那些想象光源照耀下的景观。但夜晚的西湖，与白昼自然光线下的景观，有着极大的不同。那些灯光下的景物，仿佛天然地蒙上了一层光晕。黑暗中的景观，就像人们想象中未知的景观一样。而灯光就像人们想象中为这未知之物所添加的光晕。与自然光尤其不同的是，这些灯光都是人为设定，以人们想象中的光晕为蓝本，最大限度上契合了人们的梦想。

于是，这夜色中的西湖独具一番与白昼不同的美感，甚至具有一种梦幻般的味道。这是一座现代化城市对一种古典梦想的加工与还原。也许只有杭州这样的城市才能完成这样看似相反却又相成的景观塑造。

而在那些与湖水相连的景观之外，街道采用了相对理性的光芒。等距离相连的街灯提供了相对均质的光线，没有对单个点或单条线的重点突出。冷暖适度的光感，也与人梦幻视线中的情感热度不相匹配。但正是在这样的灯光里隐藏了众多的近现代建筑。它们同样构成了杭州这座城市重要的历史建筑群落，是这座城市历史中不可忽略的一部分。这些建筑是以西洋别墅式建筑为主的。我所游历的这组建筑群主要集中在北山街。背山面湖的绝佳地理条件，使这里在近现代成为人们集中修建别墅之地。这与进入近现代社会后，人们的环境和景观意识改变有关。在前现代时期，这里大概还主要是荒野之地。北山路上的数座坟墓是这种荒凉的证词。这证词之所以成立，是因为这些坟墓中不仅有名人的坟墓，如苏小小、武松等，还有不知名的人物。但西湖的现代化处理并没有将他们的名字完全抹去。于是在那些别墅式建筑之间，还能有纪念性石碑的存在。它们言说了一个地域空间中前现代与现代的和平共处，即使只是相对而言。其实北山街的这些近现代建筑，大部分为西式建筑，能与古典西湖欣然相对，也是一种和平相处。两者几乎代表了完全不同的空间文明体系。拱券和立柱式建筑形式中的希腊罗马文化内涵，与一座中国古典湖泊形象中的吴越南宋外延进行了一种面对面的对话。这不仅增加了一个地域空间中时间的丰富性，更是对空间本身丰富性的拓展。

民国时期西湖博览会建筑，则为这个空间中增加了一种工业时代建筑的机械感。作为一个被城市包围的湖泊，它不可能不留下城市发展的印迹。西湖博览会建筑群就是这种印迹的重要篇章。西湖水的宁静与澄碧倒映下了一个城市现代化爆炸式的急遽变化。

进入近现代社会，西湖因为它的景观和附着其上的千古声名，逐渐成了杭州这座城市的中心。一座城市的变化发展就次第围绕着它展开。如果从文化角度来看这座城市的结构，西湖内在的道路和环湖的道路就是它的一环和二环，其余的道路都是以此为中心向外扩散生成三环以上的环路。这种城市结构是对北京城市结构的比拟。但北京是以紫禁城为中心的。它曾是权力的最高机构，整个城市结构以此为中心，也成为一种权力结构。时至今日，它的权力象征色彩仍未完全褪色。而以西湖作为中心的杭州，则是以文化和自然生态为中心。自然生态自不用提，历史上一次次对西湖的治理，就是在塑造和确保这种生态。因为白居易、苏东坡的加入，使这种生态治理也成为一种文化事件。他们在空间中所留下的痕迹——白堤、苏堤也成为这个文化中心的重要组成部分。在古人将西湖的空间占据之后，尤其是近代之后，人们又一步一步向圈外扩展，文化重要性也一点一点削弱。北山街的那些近现代建筑群就是处在了西湖文化圈层的第二层。而为了确保西湖内部空间文化中心的地位，浙江博物馆也建在了西湖第一圈层的空间之内。这大大增加了西湖的文化分量，因为这个博物馆中不仅仅保存了一个城市的古代文明遗存，同样保存了整个浙江的古代文明遗存。西湖文化中心的地位因为这种当代城建布局再一次无法撼动。以这个文化集中地为中心的杭州城，就具有了一种别样的文化魅力。

西湖一、二圈层之内的文化景观，看似矛盾，却又构成了一种矛盾的统一。完成这种统一的，就是西湖的文化包容度。同时也还有一些特殊的条件。比如，夜晚的时空条件。在夜晚的灯光中来观看这些近现代建筑，是有一种别样的感觉的。它们都隐匿在夜晚黑色的背景之内，黑暗似乎消解了时间的界限。灯光的光源让它们的存在，像被置于一种展览中。

而在这第二圈层之外，还有更多文化和生态的延伸。稍近的灵隐寺，稍远的浙江大学，分别作为古典和近现代的景观继续构成着这个文化圈层。西溪湿地，则是作为生态景观，延伸甚至更加彰显这种生态意味。但第二圈层之外，更多的当代建筑和景观涌现。地铁口通往西湖的商业街区、商厦，构成了一种嘈杂的当代商业景观。现代化的装修环境中，除了丝绸等，更多是一些现代商品。在一些售卖饮食的店铺里，因为沾染了西湖的文化光晕和旅游景区效应，价格是西湖较远圈层的数倍。而在另外的一些街区，KTV 等娱乐场所尽现当代声色，将西湖文化中蕴含的颓靡意味尽情发挥。这是“西湖歌舞几时休”的当代版本，在这个消费时代里，也将它发挥到了一个更高的水平：全国各地的美女蜂拥云集；当代整容业的发达，也诞生了大量人造美女；各种现代化的娱乐方式也远比南宋更加丰富多样。“山外青山楼外楼”，原本充满讽喻色彩的景观描写，在这里被理直气壮地借用，有的豪华饭店甚至直接命名为“楼外楼”。西湖文化中贪图享乐的一脉支流，在这个消费时代，已经汇聚成了磅礴的洪流。它们虽然是现代的，但却与西湖拥有文化上的渊源关系，而与整个西湖的文化语境并不相悖。它们共同参与了当代西湖的文化构成，让古典与当代相融，构成了一个独特的西湖文化景观。

北京：紫禁城的权力阴影

我是在一片阴郁的心情中走入故宫的。如同当时那阴沉欲雨的天空，我心头的乌云也长久没有散去；我在午门前站立了很长时间，阴郁的心情并没有散去。如同专制皇权已经倒塌百余年，权力所塑造的奴颜媚骨、钩心斗角以及奴性意识等都没有逝去一样。人们的日常生活中，也时时刻刻上演着权力争夺的戏剧，各种微观权力也被这种意识染指，甚至人生的价值也被定格为权力争夺的输赢，成王败寇的文化传统千年流传，仍然不衰。许多时候，对于这种争斗，只要参与，就已经失败。于是作为一个现代的失败者，我用六十元钱叩开了紫禁城的大门。

这里曾是权力的最中心，也是权力的文化表征集大成之地。在这里最能够感受到权力的荣耀，也最能够感受到权力的文化塑造，以及如何作用于人。

午门依然高大、华丽、威严、端庄。这个紫禁城的正门，建筑样式是中国古典大门体系中最高等级的。整个城门平面呈“凹”字形，正门两侧凸显出来的部分，就像是古代阙的变体，但却用高大的城台将阙与门连在了一起，保持了一种对正门的拱卫之势。曾经的礼仪建筑拥有了防卫功能，对人的威慑也得以加强。正面城楼为黄瓦庑殿顶，面阔九间，呈现出端正庄严的气势。东西城台上为庑房，形如雁翅，也被称为雁翅楼。中国木结构建筑的精致与繁复在这里得到了最大程度的体现。午门“五凤楼”俗称的由来，虽然主要是因为它如三山环抱五峰突起的形状，但应该也与木结构建筑的特点有关。凤本来就是多种鸟类形态和色彩的叠加与组合所构成的图腾，而木结构建筑也能够表达精巧的叠加与组合；这种经过组合后的精巧与繁复，仍然显得轻灵，于是“五凤”“雁翅”这样的称谓似乎格外恰当。城台使它有了最大限度的坚实之感，也是它的防御功能所在；台上木结构建筑则又巧妙地修饰了这种功能，让它成了一种反修辞：表面上看来，这高台仅仅是为了抬升那些木结构建筑的高度，让它们显得更加庄严威风。它们在实际防御中功用并不大，但却成了视觉的中心。我曾经数次在故宫关闭之后抵达午门之外，仅仅是这五凤楼，就能欣赏许久。

从一个现代游客的眼光来看，它的造型体现出了中国古典建筑的巨大魅力。同样作为一个现代看客，如果稍加联想，也许会想起“推出午门外斩首”这句民间古装戏台词。虽然这里并不是真正常规的斩首之地，但在那个具体的历史语境中，人们进入这象征着最高权力的空间，仰望这宫门的一刻，已被专制的威严斩了首。个体在这里显得渺小，不仅仅从肉体方面，更重要的，是在精神方面。而此刻，历史已成云烟，我再看着它，只是从审美的角度。虽然它曾经让太多人没有头颅地活过，但并不妨碍我用审美的眼光来看它，就像大多数游客的眼光一样。

走进宫门，巨大的太和殿广场呈现在我的眼前。这个广场如此巨大，一方面是因为这是皇家礼仪举办之地；另一方面，也是对太和殿的一种烘托。因为广场的烘托，太和殿不仅显得高高在上，更显得它所俯瞰以及统摄的范围之大。这正是权力所需要呈现的空间距离和范围。紫禁城中轴线上数座大殿高度大致与它相似，但它们前面所能俯瞰统摄的空间却不相同。只有太和殿能够拥有并驾驭这个面积巨大的广场，正是对它权力性质的建构与说明。而这个广场也就成了太和殿权力的空间证词。

我对太和殿广场最初的印象是从电影《末代皇帝》中得来。这是历史上第一部获准进入北京紫禁城实景拍摄的电影，影片中紫禁城的场景都为实地取景，最大限度地还原了这个独特空间的权力意味。电影讲到溥仪登基大典时，广场上站满了太监、兵卒，场面壮观而辉煌。太和殿高高俯瞰着他们，通过对人的凌驾，皇权的至高更得以彰显；这座大殿置于所有人仰视的目光中，皇帝的威仪就得以彰显，即使这个皇帝只是一个几岁的孩子。这正是太和殿的视觉权力美学。这种视觉特征还被种种手段加强，较为显著的一点是：它处在故宫建筑群的中轴线上。中心的位置，让人的视线自然聚焦到它的身上，两旁殿阁的作用也像是在彰显它，突出它。空间与人的关系，在这里得到了最大程度的彰显；如果再将这空间置于特定的时间维度中，更能得到最淋漓尽致的呈现。《末代皇帝》就是在历史的维度中将它独特的美学特征呈现了出来。《末代皇帝》由著名导演贝纳尔多·贝托鲁奇执导，也许正是这种西方视角，紫禁城东方权力空间的特征才会得到最大程度的表现。与影片中壮观的场景相较，我站在这广场上，看到脚下的青砖早已风化，大大小小的坑洼遍布其中，甚至有野草在风中摇摆，一种荒凉感爬上了我的心头。真正荒凉的是历史，这个空间一个独特的维度已经永远地向人们关闭。唯一能做见证的，只有这腐烂的砖头。

走过一座桥，就走向了权力这个概念曾经登峰造极的太和殿。大殿依旧辉煌，依旧那么高高在上。巨大的木柱擎举起高高翘起的屋檐，走到近前，人的渺小更加突出。

太和殿能拥有这样的高度，不仅仅因为擎举屋顶的木柱。中国木结构建筑受建筑材料的限制，往往无法修建太高。为了对这个缺陷进行弥补，工匠会先在下面修建高台。太和殿就坐落在须弥台上，拥有了一个更高的相对高度。

事实上，这座大殿不仅高，宽度也超越常规。它开间多达十一间，为古代建筑之最。这个宽度，不仅是为了实用，更是一种严格的权力表征。在帝制时代，建筑开间是一种严格的规范。官员修建住宅，不能超过七间，百姓则不能超过五间。超越这种界限，就被视为对权力的觊觎，对皇权的觊觎更有被杀头和抄家的危险。清代臣子和珅被赐死的罪状之一，就是“所盖楠木房屋，僭侈逾制，其多宝阁，及隔段式样，皆仿照宁寿宫制度，其园寓点缀，与圆明园蓬岛瑶台无异，不知是何肺肠”。

古人用“法式”来表达建筑规范，表明了它不仅仅是一种技术规范。建筑空间的大小，不仅具有鲜明的阶级属性，而且受到权力和律法的严密监视。这种“空间立法”成为一种空间垄断，也保证了权力的空间特征。空间的社会属性在帝制时代，成为一层坚硬的膜，紧紧包裹着它的自然属性。

这个大殿用来表征权力的，不仅有空间的高低大小，还有建筑样式。太和殿殿顶为重檐庑殿顶，是清代所有殿顶中最高等级的顶式。庑殿顶本有五脊四坡，将殿顶空间分割开来，已显得端庄又繁复；重檐庑殿顶在庑殿顶之下，又有短檐，四角各有一条短垂脊，共九脊。九脊为所有古代建筑物殿顶中脊数最多的了。中国古建筑大屋顶的模式，在重檐庑殿顶这种形式中达到了极致。事实上，九脊的数字也带有象征色彩。古人认为，九在阳数（奇数）中最大，因此，常用“九”表示“多”，也含有最尊贵之意。“天为九天、地为九州、月行九道、日有九光”中的“九”也都代表了多的意思，而非确数。但在太和殿的空间装饰中，九还不足以表达这种多和相应的尊贵。在中国古建筑的岔脊上，一般都装饰有一些小兽，这些小兽有着严格的规定，按照建筑等级的高低而有数量的不同，装饰物越多，建筑等级越高。皇家建筑檐角的装饰物大都为九个，太和殿的檐角的装饰物却达十个。除了鸱吻、狮子、海马、天马、狎鱼、狻猊、獬豸、斗牛、行什之外，还有一个骑凤仙人。这种巧妙的数量逾越，使太和殿成为唯一檐角有十个饰物的建筑，拥有了一种超越性的至尊。经过这一系列空间规训和加持，太和殿终于成了帝制时代中国最尊贵，对权力象征达到极致的空间。

要抵达这样的空间需要登上层层台阶。仅仅是台阶不足以表现这个空间的尊贵，还要有相应的装饰：这些台阶中央丹陛上就浮雕着腾云驾雾的龙。这曾经是皇权的象征，却同时也是一个民族的图腾。这种重合让我感到错愕，由此想到权力的阴影不仅覆盖了这个国家曾经的疆土，甚至也覆盖了整个民族的心理。龙在石头上飞得潇洒飘逸，却又勇猛有力。这是这个民族真实的心理象征吗？不是，在专制皇权的阴影下，百姓一辈辈地苟活，对一个人的基本权力都不在意。几千年里，无数底层劳苦大众所想的只有三个字：活下去。而这龙真的完美地象征着皇帝吗？从表面上看似乎是，因为龙作为一种文化符号，早已被皇家独占，成为皇权的象征，得到了整个文化系统的辨识和确认。但在真正的历史中，这个象征符号的内涵和外延却不断产生着冲突。清王朝虽然曾经缔造过康乾盛世，但随后的贪污成风，衰颓腐朽，割地赔款，丧权辱国，也出自这些真龙天子们之手。电影《鸦片战争》最后一个镜头是道光皇帝跪在列祖列宗的牌位画像前，门外大雨正在冲刷着一头张牙舞爪、怒目圆睁的狮子。与这个形象形成鲜明对比的是西方有人把当时的中国比喻成一头睡狮。权力的跋扈狰狞，与民族的沉睡不醒，这些象征与它的实际情况形成了一种充满反讽的对比；甚至不只是对比，而是有着进一步的因果联系。而在这些权力象征符号包裹的背后，藏着的其实更多是残缺或孱弱的人。也许中国的一句成语“色厉内荏”是对这至高无上的权力拥有者最真实的揭露。而游客们还是在欣赏这潇洒飘逸，勇猛矫健的龙，也欣赏这孔武有力，虎虎生威的狮子。对于蜂拥在这个昔日皇宫的游览者们，这些似乎都退去了历史的印迹，而仅仅变成了一种雕刻艺术品或者文物，更或者是历史八卦的实物证据。

太和殿敞开着大门，皇帝的宝座虽然仍在，但已没有在上面端坐的人。在阴暗的大殿内，我恍惚又窥到了历史的原貌：一个永远高高在上的人，下面是整整齐齐几排低着头的顶戴花翎。这是权力一词最生动的原型。然而，另一个场景却又不断地在我脑中浮现：电影《末代皇帝》中，奄奄一息的慈禧太后坐在仪鸾殿中，大殿一角的锅中煮着一只巨大的乌龟，有太监将巨龟的汤喂慈禧喝下。最终慈禧咽气，太监将一颗夜明珠塞进她的嘴里，大殿内外的人们开始哭泣。这个场景曾经给我巨大的震撼。一个掌握了中国近四十年命运的最高主宰者也到了生命要终结的一刻。虽然掌控了一个国家的命运，掌控了无数人的命运，她却仍只是一个人，不可能像那些口号一样真的活到万岁，在这一点上，她还不如一只乌龟。在故宫想起这个场景，依然震撼。这个依照权力语法构筑起来的建筑空间，其堂皇与美轮美奂都是在神化权力，更是在神化拥有最高权力的人。慈禧虽然没有当上皇帝，却是当时拥有最高权力的人。神话所构筑起来的只能是神，“神”的死所产生的就是神话崩塌的效果，神话空间仿佛也随之崩塌。

但它又不可能真正崩塌，因为神话还没有被瓦解。神话的瓦解，只有在帝制的解体后才可能真正实现。慈禧临死之前，让溥仪当大清嗣皇帝。而在她死之后，小小的溥仪还是跑到父亲那里说要回家。他不知道一旦成为这个权力神话的传人，就要住在这个神话空间里，被它神化，也被它禁锢，无法再拥有一个孩子应该拥有的生活甚至亲情。因为他已成为天子，成为“神”。而一个人被强行升格为神，只能是人的悲剧。溥仪的大半生都是一个残缺的人，虽然这与那个时代有关，但也说明，这种神话的真正覆灭，所需要的不仅仅是制度，还有人们意识的解放与觉醒。《末代皇帝》中，溥仪于“二战”后作为战犯被捕，有人见到他仍然要叩拜叫皇上，而他却选择自杀。这两种人都是权力神话的受害者。

一路走下去，中和殿、保和殿，一样的宏伟壮观、金碧辉煌；乾清宫、坤宁宫，一样地富丽堂皇、庄严肃穆。卡西尔在阐释神话空间时，说到神话空间的基本特征之一就是结构的同一性。他说神话空间“不管是大是小，都是同一的”。卡西尔所说的神话空间就是紫禁城这样的象征空间。而紫禁城也是中国古代象征空间发达的一个典型例证。因此，这些宫殿虽然大小不同，功能不同，却都与太和殿有结构上的同一性。

与太和殿不同的是，我抵达时，却听到那些同样金碧辉煌的大殿之上，有乌鸦的啼叫声不断响起。在这叫声中，苍凉、荒芜之感仿佛大雨一样淹没了大殿的每一个角落，每一丝瓦檐墙缝。一座金碧辉煌的宫殿仿佛一枝立于秋风中的枯草。是的，象征着权力极限的宫殿早已在历史中倒塌，留下的只是它美学意义上的存在，只是历史的一纸证据。

坤宁宫之后，就是后宫了。大门两侧的墙壁上有美轮美奂的浮雕，但不是象征权力的龙，而是花卉。至高无上的权力拥有者，在生活面前也是会放一放架子的。但不可能全部放下。后宫门前有两尊狮子，与其他狮子相比，没有一丝狰狞之意。两只耳朵朝前方垂下，竟像是狮子狗。这个动物形象从狰狞到温驯的转化，似乎暗示了权力意识的弱化，但事实却恰恰相反。后宫与前朝相比，最大的不同也许是，偌大的后宫，只有一个男人，那就是皇帝。而其他男性是不允许进入的，除非是被阉割的男性。而要从这两只狮子中间进入后宫的，多是妃嫔、秀女、宫女。这两只狮子的作用，就是告诉她们如何学会俯首帖耳，即使一人之下万人之上。中国古语中有“后宫佳丽三千”，三千是作为一个象征性的数字，来概括皇帝所拥有的女性数量之巨大。这三千女子的俯首帖耳，证明了皇帝所拥有的庞大的性权力，而这正是极致皇权的有机组成部分。如果说面对大臣和子民，皇帝还把他们当人看的话（虽然有着等级差别或主奴之分），对这三千佳丽，则有更大的物化意识，她们变得更加工具化：这只是三千个身体。如果说对臣子百姓剥夺的更多是政治权力，对这些女子们，剥夺的则是个体幸福的权力。相较于前者，这种剥夺也许更为彻底。在后宫的宫殿里行走，我看到了同样奢华的殿堂，也通过一些文物陈设和历史资料，看到了奢华的生活。这是权力能够赋予这些女子的。然而，当自身被物化、工具化，物的奢侈如何能带来幸福？但在那个年代，那个社会环境下，唯一至高无上的只有权力，个人幸福的价值几乎可以忽略了。如今，她们被监禁的人生都已逝去，如同监禁者一样。历史的债似乎没法清算，但这监禁者——皇帝似乎也是受害者。他在这个监狱里可以为所欲为，但他仍然只是自己生活的监狱长。

到御花园，我的心情稍微缓和了。美是永存的。自然经过人为的搭配，形成了美丽的园林景观。借由自然，那些妃嫔们，甚至皇帝在这里也感受到那种天性中的自由吧。虽然这自由是短暂的，但也弥足珍贵。在这花园中，不再那么等级分明，也不再那样遥不可及地高高在上。有一座假山和上面的凉亭是高高在上的，但有通向它顶端的石阶。凉亭的开放性，也不会使人联想到专制。因为专制必然是在一个封闭的环境中进行的。这也是太和殿为什么不会四面敞开的原因之一。这种开放性，不光体现在这假山上的凉亭里，也体现在其他建筑中。它们的开放指向的是自然事物。不管是水、天，还是植物花草，真正的自然是讲求平等的。即使有强弱之分，有食物链，狮子和羚羊也都在平等地活着，弱者并没有向强者俯首称臣。而能在这自然之中感到放松（这正是花园的功效），也许正是因为人最自然的状态是一种平等平和的状态。人与人平等，人与万物平等。但花园所揭示的这一真理并不是弥足珍贵的，就像花园本身也只是庞大的等级森严的宫殿群的附庸，它的作用只是缓解森严等级给人带来的精神压力。尤其是掌权者本身，在缓解之后继续投入这压力而乐此不疲。

而这精妙绝伦的花园本身也是权力的产物。正是至高无上的权力召来了技艺最为精湛的工匠，召来了最珍贵奇特的花草木石。这是为极权所打造的自然盛宴，体现了中国园林文化的精髓。关于中国古典园林，我曾在书中看到过外国人的两种评价，一种是精妙绝伦，一种是矫揉造作。后一种观点认为它想用人造的自然来代替自然本身，用这一观点来看待这个御花园，也是非常贴切的。它虚拟了一副自然的面孔，固然这面孔很美，但也并不是真正的自然。它所呈现的人与自然事物的平等与相融也是一种粉饰，在这花园里，等级制度仍时刻存在。自然本身是人造物所替代不了的，就像绵延了几千年的专制权力也不能抹杀人类的本性。当时间穿越无数个朝代来到现代，虽然对权力的崇拜仍然有很大市场，但独立与自由精神越来越成为更多人的共识和追求。而曾经被故宫征服，现在又对它进行批判的我来说，也经历了一个被权力征服，又对它进行批判的过程。

游览结束，我走过步道，走过台阶，走过长长的门洞，走出了紫禁城的大门。但真正要想从权力的阴影下走出来，却并不是件容易的事。就像我，一年之后才完成了真正精神独立的过程，写完了这篇文章。但这一年也有以前许多年的积累。既已在路上，远方就终有到达的时刻。再次回望那辉煌却又衰朽的宫殿，我长长地出了一口气。

第五辑　古园

退思园：江南私家园林的文化密码

退思园位于苏州市吴江区同里镇，建于清光绪十一年至十三年（1885—1887年），是同里最有名的私家园林，也是江南古镇唯一的世界文化遗产。之所以如此具有代表性，是因为退思园在有限的空间之内，部署了近乎无限的美学和意义玄机。这种“细小美学”几乎是江南私家园林共同的美学追求；在西方人眼里，它也成了一个东方的美学迷宫。但在这个迷宫里，还隐藏着更深的历史文化信息。它不仅是美学层面的，还是一个古代文人价值体系的迷宫。

退思园的面积虽然不大，但是仍然完整地包含了厅堂、内宅、中庭、花园四部分。与一般宅院的前客后宅再后园的纵向式排列不同，退思园对这四者进行横向式排列，重点突出了花园部分，花园对于厅堂住宅的附属地位得到了改变。这种异于常规的空间设置方式，不仅有建筑学层面的因地制宜，也透露出一些其他方面的信息。这需要从园主的身份和际遇去了解。退思园的修建，是以园主任兰生在官场权力体系中的失意为背景的。关于任兰生的仕途经历，大致可以归纳如下：21岁入安徽军营，因功受奖，升为九品官职。此后仕途一路升迁。光绪五年（1879 年）他正式担任凤（阳）颍（州）六（安）泗（州）兵备道，达到了仕途上的高峰。据载，他在任时“兴水利”“浚河塘”，并仿制江南水车教民戽水以灌溉，倡捐募银十万余两赈济十几万河南流入安徽的灾民，广受赞誉，堪称儒家道德表率。光绪十年（1884 年），任兰生被内阁学士周德润以盘踞利津、营私肥己之罪弹劾。此后，任兰生解任，等候处分。虽然后来查所弹劾都不实，但他还是被定了一个“留用革职书吏屠幼学，知情徇私隐瞒”的罪名，被革去职位。对于晚清贪腐成风的官场而言，这个罪名一定程度上有“莫须有”之嫌。落职回乡后，任兰生即建造了退思园。《左传》有“进思尽忠，退思补过”，任兰生即取此意命名园子，可见他在蒙冤去职之后，仍然以儒家伦理道德来要求自己。但任兰生的去职不可能不让他对官场失望。传统中国文人儒道互补的文化心理结构为他提供了思想转向的空间，而这个园子就是这种转向的最好载体。虽然同里只是一个小镇，但却离苏州城很近，具有悠久的历史和深厚的文化积淀。营造园林的传统为他提供了便利的物质条件和文化上的支援。他不用隐逸于自然山水之中，只需在自己家中营造一处山水，用于完成自己的精神转向，为文化人格的另一面提供充足的现实空间。

有了这个仕途失意作为背景，园子的许多空间特征都可以找到相对应的原因。园中厅堂、内宅、中庭、花园的横向排列，也许就不仅是因地制宜，应该还有园主对于空间权力的认识与理解。文化批评家朱大可在《江南园林的折叠时空》中写道：“毫无疑问，中轴线就是拉长的皇帝意志，划出皇权的逻辑起点。”园主将原本有先后次序的纵向空间排为横向空间，取消中轴线，即是对既定空间秩序的打破，削弱了空间的权力因素。这不同空间也有对于思想的映照，如果说厅堂、中庭还有对儒家思想的映照之处，那么花园部分则更多地映照道家精神。对于花园空间的突出，显示了园主对于道家思想的精神倾斜。

退思园中庭部分为婚丧嫁娶及迎送宾客之用。这部分承载着世俗事务，还有伦理道德。正厅坐春望月楼相对的就是岁寒居，这个名字与其花窗一同正对着庭院中栽种的松、竹、梅。冬日里，透过花窗即可赏到岁寒三友凌冬绽放，如果落雪，红、白、绿三色相间的景致更是美不胜收。但与冬日景致相比，这个布局与设置的道德意味更重。岁寒三友象征着儒家伦理道德中士大夫的坚贞、顽强、不屈，完美地成为园主的道德镜像。而岁寒居的命名并不因季节的更替更换，则是对任兰生人生境遇的隐喻。官场的失意把一贯将为官当正途的任兰生推到了人生的寒冬。在这岁寒居的对应下，坐春望月楼的坐春望月所望到的更像是镜花水月。两个季节在空间中的直接对峙，是对任兰生整个人生的隐喻，揭示了任兰生人生的戏剧性。但这一种空间上的对峙因为取消了时间的先后，具有双重的隐喻，既可以隐喻园主由春到冬的人生故事，也可以寄托主人能够由冬到春的人生变化。这两种不同的变化并不矛盾，而它们都能够成立，依赖于两者空隙间庭院中植物的叙述，即松、竹、梅。这几棵道德植物成为两种不同叙事成立的支点，起到了重要的作用。于是，整个中庭的道德意味便越发重起来。

中国文人士大夫复杂的文化心理结构和传统建筑理念注定退思园中充满了隐喻和象征的符号。整个园子就是一个符号表征体系。如果说中庭和厅堂充满了儒家伦理符号，东侧院落中的园林则是道家自然哲学符号的综合体。两者之间以高墙相隔，只留下一个小小的月亮门。但这一个小小的月亮门，即打通了两个不同的符号世界。事实上，这两种不同的价值体系在后世中国文人的精神世界里一直暗通款曲。月亮门这一形象美化了这种沟通。尖锐的价值对立通过这一形象得以巧妙转换。

园子以水为中心，一个小池将所有景致统辖到自己的势力范围内。如若不是这中间一片池水，这个园子就无法成为退思园。《道德经》中说，上善若水。孔夫子所言智者乐水，在这里还不足以体现出水的重要性，但却从另一个方面透露出了这个贴水而建的园子对仁义道德的疏离。

这片池水几乎改变了整个园子的空间属性。它通过倒映等方法让花园空间获得了可算作第四维的属性，即倒影。这些倒影与景物本身形成了照映，获得了多重的美学效果。处在园子中央的池水还改变了园中道路的走向。它让直线穿过花园成为不可能。所有道路都变成了曲线。两点之间直线最短的几何学真理在这里让位给了园林空间的时间法则。因为花园中的时间追求的不是快的效率，而是慢的效率。花园的最高空间法则就是来呈现时间的慢，以此来化解时间一去不回带给人的焦虑感。

于是，直线的粗暴被这片水域化解成了曲线的委婉。曲线放慢了时间，同时也容纳了更多的风景。在池水的边缘组成的曲线上，山、亭、堂、廊、轩、榭、舫一一排列。因为池水预留了巨大的空间，处在池水边缘上众多的人工建筑并不显得拥挤，而是显得疏密得当，而且造成了中国画散点透视的美学效果。在这众多的亭台楼阁中，也不是平分秋色，而是在各具特色之余，仍然有主次之分。这全园的主景就是退思草堂。作为最大的建筑体，它在视觉上可以承担这个主要职责。巨大的飞檐屋脊，构成了园中最为显著的线条；尤其是那锐利的檐角，用一种最柔软细腻却又最坚硬充实的角度将人的视线勾上天空。园中所有建筑屋顶都可以说与天空有关，但它却能将人的视线勾到最高，如果用一个温柔一些的词汇，就可以用撩拨了。当天空也参与到了园林空间的美学构成中，这种美才是多层次的，也更加立体化。事实上，池水已经可以将天空摄入自己的身体。与其说它作为大地的一部分，不如说它作为天空的镜像更为恰切。但因为它在倒映天空的同时，还倒映了园中更多的建筑，而且池水中还有游鱼，因此它无法完成天空的象征。

退思草堂并不是一个封闭性建筑，它朝向池水的那一面没有墙壁，是彻底洞开的。在草堂屋檐之外，还有一个更大的平台，将人的足迹延伸向池的深处。一定程度上，这个平台才是园林的中心。因为它为赏景人提供了一个视觉中心，在这里与天空并不隔绝，也最亲近水面，沿池的景致也都能尽收眼底。这个退思草堂从名称上承载了整个园子的主题，但在空间层面，它恰恰反对了这个主题。与退思补过的主题一同出现的空间形态往往是封闭的，最为著名的成语即为“面壁思过”。通过墙壁对视觉的阻隔使思过者将目光与思维都收返到自己的内心之中，这构成了思过最典型的空间模式。而在退思园中，思过的空间却恰恰提供了最大的视觉范围，最好的视觉效果，也提供了最佳的审美角度；而这些视觉内容也都是美景。琴房，三曲桥，眠云亭、菰雨生凉轩、天桥、辛台、九曲回廊、闹红一舸、水香榭以及假山等一览无余。当然，它也是全园的视觉聚焦中心。据说，草堂前的平台曾用作戏曲舞台，因为居于全园中心，处在园中的每个角落，都可以看到戏曲表演。一个思过的空间成了一个演出空间，众多目光的聚焦点，这种思过本身也具有了表演的性质。相对严肃的主题空间中，容纳多重感官享受的娱乐，也是对这种严肃主题的颠覆。昆曲柔媚唱腔仿佛把坚硬的儒家道德体系变得柔软暧昧起来。

这种对传统思过空间的颠覆，真正颠覆的，是思过这件事情本身。《左传》中“退思补过”原意为替君王思过，园主在被革职的情况下，借以一用，所表白的，是思自己之过。在经历诽谤一样的弹劾之后，任兰生仍以退思为自己家园之名，体现的是儒家精神。但他在这园林空间内，以无限通达的视觉与多重感官享受，在表演式的思过之余，悄悄完成了思想转向，就像是一次暗度陈仓。而那思过，在明修栈道之中，也成了一种修辞。中国古代乡土社会中的名实分离，在这里也又一次得到印证。

除了这个退思草堂之外，园中其余景致的命名也都去除了儒学意识形态色彩，所追寻的大都是人与自然的和谐与相融。眠云亭为云朵提供栖息之所；水香榭完成了视觉与味觉的融合；琴房则完善了园中的听觉体系；闹红一舸让静止于石上的游船完成了静与动的绝妙对比；天桥仅比回廊等建筑高了一层就接近了天空；菰雨生凉轩则让自然的雨水完美地营造了肌肤的触觉体验。这种人与自然的完美交融，从自然中寻求价值意义，恰恰是道家思想的体现。

这些美景不仅营造了视觉盛宴，也营造了更为丰富的感官体验。在菰雨生凉轩中，这种对感官体验的营造达到了巅峰。菰雨生凉轩底修筑了三条水道，池水循环其间，所以轩内阴湿凉爽，轩面水开四扇长窗，盛夏酷暑时节，不受日光照晒，可以近距离地欣赏亭亭荷叶与荷花。不仅如此，轩内隔屏正中置大镜一面，可以映出长窗所对风景，利用工业产品来打破视觉限制，营造出视觉盛宴。但这还不够，单纯站着或坐着看的姿势来完成这一视觉享受仍然是有局限性的。轩中镜子前面还设一小榻，用于歇息。夏天卧于榻上，背后的镜里反映出池中一片莲荷，榻上之人仿佛置身于荷花丛中。至此，视觉与感官的盛宴方才圆满。

这种对于多重感官之美的追求和营造在这个并不大的园子里随处可见。闹红一舸虽然用石舫这种园林中较为常见的形式，但它的质地却并非石头，除了船底，其上皆是如真正的船只一样的木质。这营造了一种更加舒适的乘坐环境，木头比石头相较而言更加柔和温暖；这也是一种更加真实的乘船的感官体验。同时木头也更能够营造视觉奇观。这主要体现在舸上的花窗，以独特的图案镂空，又层层叠叠开启，成为一种独特的视觉过滤机制。从窗内凝视风景，看到的是窗棂图案之后的风景。一方面，窗棂的阻挡让它背后的风景更具神秘性；另一方面，也突出了窗棂本身的结构美感。而窗棂的遮拦也为园中美景拥有了更多的观赏层次。

事实上，不只是退思草堂，园中的每一个建筑小品既是风景的一部分，又是观赏风景的一个独特视角。这种被观看与观看身份的相互转化，让园中的风景呈现出了丰富的变化。就好像诗人卞之琳所写："你站在桥上看风景 / 看风景的人在桥上看你 / 明月装饰了你的窗子 / 你装饰了别人的梦。”而每处景点主要面对的景观又有所不同。如闹红一舸，因为深入湖水之中，最宜赏湖中游鱼。而鱼的游动又与舸的静止成为旁观之人眼中的风景。

这种相互转换所依托并且又强调的，是一种相对性哲学。在它特殊的历史背景下，这种相对性不仅是美学上的，同样也指向了道德哲学。正是道德具有了相对性，园主的这种思想转向才顺理成章，也才有这退思园。

这种视觉的转换，另一方面，也是为了让这有限的空间得到最大限度的利用。于是这些风景之间的衔接往往环环相扣，如九曲回廊离池边假山石很近，最宜观赏，而山石的嶙峋又与回廊的白墙、青瓦、红柱相映成趣。回廊的曲折不仅增加了风景的角度，还擎起了天桥。天桥之畔，为环池最高的假山石。

在这些环池建筑外侧的空间也绝没有一丝浪费。离开了池水，它们依然自成一格。或用芭蕉、竹子、蔷薇等植物来化解白色高墙的生硬，或用假山擎起另一种空间的质感。这样虽然远离池水，但仍能给人以柳暗花明又一村之感。造园者对园中每一片空间都珍惜以景，所以园子虽然不大，却似乎涵纳了整个宇宙。这正是江南园林一个明显的特点，与皇家园林那种阔大无边甚至显得大而无神的空间特点正好相反。这里不光有南方北方美学观念的差异，皇家财力与文人财力的悬殊，还有权力观念等原因。皇家园林需要营造盛大气象，象征着皇权的至高无上；家国一体的宗法制，也需要皇帝的私人领地来象征国家的地大物博。而江南园林的园主大多为任兰生一样的退职文人，他们首先就需要为自己的园林划定疆界，不能去参与表达这种地大物博的象征；他们又用这种空间的小，来界定自己的权力，不敢与皇权争锋。作为曾经的官员，他们对这些权力象征和权力疆界烂熟于心；但他们同时又是文人，想要在这有限的空间内，表达自己对于宇宙万物的认知和理解。这些文人拼命在有限空间内填充无限宇宙，成了一种内向的分裂；而这种小而精致，便成为江南园林的典型空间形态。

退思园几乎将这种细小美学推到了极致，在同里独树一帜。我在同里也看了比退思园更大的园林景观，明显是现代景观，显得大而无神。也有比退思园更小的园林景观，但显得有些小家子气。似乎退思园把握好了空间处理的分寸，多一分则空洞，少一分则拥挤。当然，退思园的有神不仅源于它的空间营造，还源于园主对那些空间尤其是建筑小品的命名。这些命名把它们的美学价值激活，成为一个文人思想的表征。因此，游人漫步在这些现实空间之中时，其实也是漫步于一个文人的思想空间。这种空间的双重性让退思园的意义也变得多元化。

这个表征体系不仅具有审美引领的作用，甚至也富于人情味，如在出园之处，门上雕刻的“留人”二字，就是能够让客人感到友善的，仿佛这个园子本身也有人格与情感。但这个表征体系中也有许多自我矛盾之处。如退思草堂所拥有的道德说教意味与道家超脱凡俗渴望之间的矛盾。这正是中国古代知识人惯有的内在矛盾与分裂。独立性的缺失，使得他们的入世显得形迹可疑，而对于感官享受的沉迷又使他们的隐逸与超脱不能彻底。园中西区奢华的内宅也可以说明园主对于世俗享受的眷恋。内宅南北两幢五楼五底的跑马楼，规模庞大。楼间由双重廊贯通，廊下设梯，既遮风雨，又主仆分开。且不提那些精美的雕花，这些建筑细部已足以表达出一种对于舒适的过度追求。而隐居在同里这个靠近苏州的富庶江南小镇上，也能够说明这种超脱的不彻底性。

与此同时，这个表征体系中还有其他矛盾之处。如在回廊墙壁上的漏花窗刻“清风明月不需一钱买”。这种将诗句制作于漏花窗上的做法，在苏州园林中仅此一例，可见是主人有意为之。也许主人是在效仿表达过这种想法的李白与苏东坡等古代文人，但用在这里，却多少有些矛盾。苏东坡等人表达类似想法是在真正的自然之中，而任兰生却是在这人造的园林之中，境界已然不可同日而语；李白在类似的诗句中表达的是一种激越的放诞之情，且充满了道家的虚无主义色彩；而任兰生却是将这句诗安置在充满儒家伦理道德色彩的“退思园”名下。而最具讽刺意味的是，任兰生修建退思园共花去白银十万两，在这十万两白银之上，讴歌清风明月不须花钱就能欣赏，显露出一种迂腐的做作。

事实上，任兰生在建成的退思园中并没有居住太久。光绪十四年（1888年），任兰生又被复职。这一年黄河决堤，任兰生在山东巡抚张曜和曾国藩的保举下，又奔赴安徽抗洪一线。入世的儒家思想在他心中又重新占据了统治地位。那座精心营造的园林成为任兰生仕途上的弃园，那些试图实现天人合一的境界又成为任兰生思想上的废墟。抵达抗洪前线之后，任兰生的确经常骑马远行，视察灾情，问民疾苦，试图成为儒家思想道德体系中的表率。但不久他就因从马上摔下，摔伤尾骨，伤口不幸染了毒疮，在知天命的年纪去世。到此，退思园真的再与它的主人无缘。很难说，任兰生在退思园中颐养天年与病逝于任上哪一个对他更有意义。也许对许多古代文人来说，两者本就不是地位同等的选择。而在此之外，更多选择的阙如，也许才是真正悲哀之处。

颐和园：权力的美学表情

颐和园，中国清代皇家园林，坐落在北京西郊，是皇家园林美学的集中代表。皇家所表征的是权力，而园林，主要表达的是以道家思想为基础的自由的自然观。两种思想体系本是矛盾的，但皇家园林试图对它们进行统一与融合，让权力与自由进行协商。但两者并不是地位平等的协商。从字面上看，“皇家园林”中的皇家只是园林的形容词，园林是主体；但事实上，皇家对园林所起的不是修饰作用，而是统摄、限定作用，皇家才是真正的主体。因此，即使在倡导自然的园林中，权力也不可能退场。颐和园就是这种“协商”之后的结果。看似两者之间的矛盾得以化解，但仍然根深蒂固地存在。由此，产生了一种畸形的皇家园林美学。

进入园林大门，首先映入人们眼帘的就是一块高大的太湖石。这块太湖石遮挡住的是更为高大的宫殿——仁寿殿，这是乾隆与光绪两朝皇帝理政的地方。这样一座重要的大殿被一块石头遮住，在其他地方是不可想象的，比如故宫。故宫中的理政大殿太和殿远远地就能望见，因为它是权力的最高象征，需要的是文武百官的景仰与朝拜，成为他们目光的中心。一定程度上可以说，权力的中心必须成为视觉的中心，这权力才能够得到彰显；而且须是仰视的，巨大的须弥座就是在确保这种仰视的角度。而在颐和园中，虽然仁寿殿也是皇帝理政之所，但它对权力的象征色彩已经变淡，也不是举行官方仪式之所，一块秀美太湖石的遮挡，并不触犯皇家权威。作为皇帝私人的花园，它需要顾及审美。于是，皇帝在办公之前，绕过一块山石，就成了一个审美行动，而不会有损权力的威严。大殿前的院落中，也同样在四面擎举着秀美的太湖石。虽然体量较门口的小，却更加玲珑端庄。不过与江南园林中太湖石略显随意的放置相比，它们有着鲜明的秩序，被方正的底座托起，矗立在相互对称的几个角落。即使在一座园林中，空间秩序依然重要，它们需要体现皇权的理性。空间秩序就是一种理性的表现。

而它们的对称也是对仁寿殿的呼应。中国单体建筑的对称之美在这个大殿上得到了完美的呈现。这种对称也同样是一种理性象征，可以从中国古典哲学强调阴阳平衡中找到最初的依据。而作为皇帝理政之所，它的阔大并没有超出我的想象。即使在园林之中，它也仍然需要以宏大庄严来喻示着皇帝的权威。乾隆和光绪两朝皇帝曾在此理政，当然，还有慈禧。实际上，这颐和园真正的主人，不是光绪帝，而是慈禧。乾隆一朝营建的清漪园被毁之后，慈禧又在清漪园的基础上花费巨资修建了颐和园；她也是当时国家权力的最高执掌者。这是一个园林所拥有的双重历史。在这双重历史背景下，每一处景致，都有历史的双重显现。如果说乾隆时期正是大清王朝的一个高峰，那么到了慈禧主政的时期，清朝已经内外交困。这两段历史，几乎走向了两极。它们的交错叠加，注定充满了戏剧张力。而这充满戏剧张力的历史，也让这些风景具有一种美学张力。

仁寿殿旁就是德和园。德和园大戏楼是清代三大戏楼之一。承德避暑山庄里的清音阁、紫禁城内的畅音阁我都见过，更愿意看看这第三座。

三者相比较，两层的清音阁显得过于矮小和简陋；即使紫禁城里的畅音阁，也不及德和园大戏楼的体量。这应该和戏楼的主建者有关。德和园大戏楼是为慈禧 60 岁生日修建，专供慈禧看戏。而清朝历代皇帝应该都没有慈禧那样热爱京戏。

这座现存规模最大的皇家戏楼，分为三层，都有华美的装饰，几乎将戏楼之美升华到无以复加。戏楼每一层都有它的名称：福、禄、寿。与其说这是为空间命名，不如说是空间对这些话语的配合；同时空间的高度也是一种规格的象征。建筑空间就这样迎合了权力的表述。但这三层戏楼，并不仅仅用来表意和装饰，还有戏剧的实用功能：戏楼各层之间有机关相通，可供演出上天入地的神魔戏。从这座专属于慈禧的戏楼的高大华美与复杂精巧中，可以看出慈禧对京剧艺术的热爱和对演出效果的挑剔。京戏虽然成形于乾隆时期，但却在慈禧主政期间达到鼎盛，成为宫中演出的主体，在社会上也声誉日隆。在电影《霸王别姬》等与京剧有关的电影中，“老佛爷”成了较高欣赏水平的代名词。她既是权力的，又是专业的。两者的结合，成了一种奇妙的权威。而这个“权威”所彰显的仍是集权时代艺术对权力的依附。

慈禧看戏的位置在戏楼正对面的颐乐殿之内。这的确是最佳的看戏场所，能够将戏台一览无余，但又因在殿内，在周围廊座内看戏的臣子们看不到她。这能够保证她在看戏入迷时产生忘情的举止而不会有失尊贵。在这个空间之中，权力和禁忌同时都得到了保障。事实上，禁忌的产生正是因为权力。看台就是权力空间的集中呈现之地。大殿两侧的廊座是王公大臣、王子贝勒们看戏的地方，它们拱卫着中轴线，呈现出鲜明的权力秩序。介绍廊座的文字里，提到了张之洞等大臣也都曾在这里受赏听戏。

不知道张之洞面对这极尽奢华的戏楼是什么感觉，但在那个历史的情境中，他应该还是有些欣慰的。因为慈禧不光耽于享乐，精于艺术享受；另一方面又能够重用汉族开明大臣，做出一系列的改革，想要力挽狂澜，重兴风雨飘摇的大清朝。洋务运动，兴建工厂，派学生留洋，组建新军等都得到了她的首肯。这一系列改革虽然都是被动之举，却依然对当时的中国产生了极大的正面效应。

但从更现代的角度来看，她并不是一个真正的改革家，甚至也不是一个真正的政治家。她对政治最大的兴趣就是对权力的把玩和争夺。辛酉政变就集中表现出了她的权力野心和手段。我接下来去的玉澜堂，同样彰显了慈禧的政治手腕。不过这一次，她的对象不再是八大臣，而是她名义上的儿子——光绪皇帝。

玉澜堂就是光绪皇帝的寝宫。这里曾是乾隆皇帝的书堂，嘉庆皇帝也曾在此办公。相较而言，这里不管是建筑规格还是摆设都无法呈现出皇家气度；作为皇帝的寝宫，也显得有些寒酸。这一方面是因为光绪皇帝当时并没有实质掌握最高权力，另一方面是因为“戊戌变法”之后，这里成了他的幽禁之所。而后者正是因为他威胁到了慈禧的利益。慈禧如果是真的推崇变革，那么对“戊戌变法”应该支持，但她却将它扼杀，将维新主将斩首，将皇帝幽禁。她其实只是想要能够被自己掌控的变革，不威胁到自己权力的变革。如今仍然留在玉澜堂的砖墙，是当时权力争夺的见证，也喻示着慈禧政治手段的强硬。在那几座相对低矮的殿堂之内，也仅陈列了日常用品，保留了光绪被幽禁之时的陈设模样。它们像一面锈蚀的铜镜一样，照见一个皇帝几近沦为阶下之囚的悲苦时光。

玉澜堂之外，即是可以用浩瀚来形容的昆明湖。如此阔大的水面，让人顿时心胸开阔，眼界宽广。这种巨大空间是皇家园林的特色，是专制权力的标配，江南园林中几乎没有。江南与之相似的，就是西湖了。西湖并不归个人所独有，这昆明湖，却是独属于皇家。只是有一个皇帝在自己帝王生涯的后期却享受不到这样浩瀚苍茫的景观，因为他失掉了自己的权力。这样的景观在帝制时代只能是权力的风景，自然景色与权力媾和后才能形成的风景。现代文化理论在论述凝视时把它表述为一种和视觉有关的权力形式，因为凝视与其他观看形式不同的是，当我们凝视某个对象时，目标是控制它们。正因为这种凝视的权力意味，慈禧阻隔了光绪对这面湖的凝视，因为它象征着颐和园，进而象征着皇权。就这样慈禧不仅剥夺了光绪皇帝的权力，而且阻断了他对权力象征性运作的尝试，最终阻止了他产生对权力的欲望。

当光绪皇帝于幽室之中面对砖石墙壁时，依然在享用这无边美景的，是慈禧。慈禧所居住的乐寿堂是颐和园居住生活区中的主建筑，南面昆明湖，背倚万寿山，东达仁寿殿，西接长廊，是园内位置最好的居住和游乐之所。相较于玉澜堂，乐寿堂可谓雍容大气，院内陈设也不同凡响。铜鹿、铜鹤和铜花瓶，取谐音为“六合太平”，精美华贵。古器物的象征色彩，在此得到了最大限度的彰显。正对着乐寿堂大门的山石体量巨大，横卧在院落之中，像一枚巨大的灵芝，名为“青芝岫”，是乾隆营造清漪园时放置于此的。它长 8 米，高 4 米，宽 2 米，重达二十多吨，似乎在彰显着乾隆盛世的辉光。据说石头最初的发现者是一位明代米姓官员，为运石而耗尽家资。后来乾隆皇帝见到此石，将之运往京城，安放在清漪园中。明代官员耗尽家产，乾隆轻易就将之运达京城，似乎不仅是皇权与官权之间的差异，还有时代的差异。清代由康熙开创的盛世局面到乾隆时代抵达了高潮，但同时也到了尾声。乾隆之后，清王朝就逐渐衰败了。这其中不能不说与乾隆后期的好大喜功，奢靡腐化有关。这巨大的昆明湖就是在乾隆时期挖筑而成。虽然乾隆以汉武帝挖昆明池操练水军的典故，将此湖更名为昆明湖，但它与水军操演毫无关系，也不是利国利民的水利工程，而仅仅是用来供皇帝赏玩。它面积的巨大，与其说是用来满足皇帝巨大的审美胃口，不如说是用来装饰皇权的巨大审美配件，满足着权力的虚荣心。事实上，它的巨大就像一面镜子，照到的不是无边风月，而是一个王朝肥胖臃肿的脸庞。

而这块巨石，也同样是这样一个配件。据说乾隆为了把它安放在已建成的乐寿堂而破门拆墙。太后听闻，说："既败米家，又破我门，其石不祥。"后人因此将之称为"败家石"。乾隆皇帝也的确是因为后期的奢靡而败了清王朝的家。在乾隆后期沉醉于奢靡享受之时，清王朝吏治也日渐松弛，贪污腐败已然成风。乾隆后期不仅仅有巨贪和珅一人，整个官僚体系都陷入了贪腐的泥淖。乾隆之后，嘉庆皇帝再整顿吏治，严治贪腐，也无法把清王朝从这个泥淖之中救出。

当许多年后这个院落传承到慈禧手中，她似乎也继承了乾隆后期的衣钵。她重修颐和园，就挪用了海军经费。当年乾隆皇帝以汉武帝挖昆明池操练水军的典故，将此湖更名为昆明湖，慈禧也在颐和园昆明湖畔设立了一个水师学堂，而且常在湖上操练。但这更多只是个名分。后来，这支在昆明湖上建立的海军，在中日甲午战争时的黄海海战中全军覆没。这构成了一种辛辣的讽刺。这个水师学堂的建立，不仅仅是因为大清统治者对大海的认识，只能以昆明湖的经验来类比构成——恐怕她也明白，湖泊再大，在海洋面前，也是小巫见大巫。只是她更愿意一叶障目，不见泰山。因为这种自欺欺人，清廷与海上列强们的碰撞，也像是湖泊与海洋的碰撞，其结果只能与鸡蛋碰石头相似。

慈禧又有许多与乾隆的不同之处。其中一个较大的不同在万寿山上的佛教建筑群中得到了体现。乾隆为了母亲六十寿辰在这里建成了大报恩延寿寺，清漪园也是孝敬其母孝圣宪皇后动用448万两白银改建而成。这个园林成了乾隆皇帝彰示其孝道的一面旗帜。在以儒家伦理道德作为重要治国手段的君主集权社会中，对孝道的弘扬显得尤其重要，皇帝的表率更是意义重大。在帝王之家，孝道不仅是骨肉血亲的情感表达，更是一种国家礼仪。但在乾隆以此园彰显对母亲的孝道之后，慈禧却在此园中完成了对名义上儿子的幽禁，并致其死亡。帝王之家的伦理道德在这种截然相反的行为中，在这种鲜明的对比中，成了颇具讽刺意味的笑料。这个充满了戏剧张力的颐和园故事，让这个园子也成了一个巨大的讽刺剧舞台。

慈禧在修建颐和园时，将大报恩延寿寺改为排云殿，成为她居住和过生日接受朝拜的地方。这个自比为观音菩萨，被称为老佛爷的人，却在这个园子中展示了她毒辣的政治手腕，成为令人惧怕的掌权者。这种双重身份标志构成了一种尖锐的矛盾，两者在历史的舞台上拼命地厮打。她一个人就构成了一种尖锐的戏剧冲突，成为一出绝妙的历史话剧。中国古代历史舞台上，充满了这种一个人的戏剧。乾隆皇帝同样是其中一出剧目的主角。这个被称为“十全老人”的人，对母亲极尽孝道的人，却也用文字狱制造了无数的人间悲剧，也造就了摧毁盛世的贪腐之风。这种一个人的戏剧，有时甚至比千军万马的厮杀还要激烈、精彩，也更令人震撼、感伤。

在这些具体的历史事件发生地之外，颐和园的许多景观中也留下了权力的阴影。在乐寿堂通往大报恩延寿寺的路上，有一条长廊，长度应该是古代园林长廊之冠。与江南园林中的长廊相比，这条长廊显得冗长乏味。它不是高低起伏错落有致的，而是在湖边水平甚至是呈直线状地向前漫无边际地延伸。与其说它在彰显园林美学，不如说它彰显的是皇家礼仪的刻板与僵硬。另外，还因为它是这面巨大湖泊的配件，湖泊的巨大导致了它畸形的长度。江南私家园林总是向小处生长，在有限的空间里进行内在的美学分裂与增值，朱大可将之称为“细小美学”。而皇家花园则走到了另一个极端，无限扩大着花园中湖山的面积，也扩大着建筑的体量，营造着一种“硕大美学”。这种硕大美学作为意识形态的产物，导致许多时候物的象征意义突破了物的形式限度，成为一种畸形美学。

这条长廊即是这种畸形美学的典型代表。但古代工匠又在努力弥补着这种畸形美学，努力调适着权力与自然的冲突。长廊上的彩绘就是对它美学缺陷的一种弥补。有些体量硕大的建筑物对人的压迫感，也在整体空间环境中得到了缓解甚至释放。由此，美学缺陷也得到了弥补。佛香阁就以它硕大的体积成为一座山与一面大湖之间的视觉支点，是这两个自然景观的人造对应物。如果将它放在闹市之中，无疑是不和谐的。但置身于空旷的湖山之间，它的硕大被山水化解，不再显得突兀。

十七孔桥一定程度上也与佛香阁相似。如果与江南园林中小桥相比，它显得过于冗长硕大，但巨大的湖水面积又在绝对比例上将它缩小，也提供了远观的视角。而桥本身的券洞也化解了这种呆板，让十七个券洞承担了它的美学功能，让它的功能性、象征性与艺术性得到了最大限度的融合。

园林的建筑工匠就这样费尽心机，用建筑的形式美化解了其上附着的意识形态的沉重与笨重。这其实也与整个建筑群落的语境有关。如果说那些单体建筑都是一句句话语，那么园林便是这种话语的语境。从功能性的角度来说，园林的休闲审美功能是大于权力表征功能的。虽然皇家园林首先是权力的表征物，但建筑工匠努力美化修饰，使权力与审美获得了统一，为帝王提供了精神的放松甚至对权力的短暂遗忘。与紫禁城那些权力建筑相比，它们成为帝王的精神调节装置，试图确保僵硬体制中的帝王的精神健康。在这样的功能定位之中，园林的权力与自然得到了相对有效的协调与融合。有时候审美成为这些建筑表面上的意识形态，而权力表征则成为这审美荫覆之下的暗流。在当代的时间链条上，这种园林语境更加凸显。所以，当代游客在脱离权力语境之后，可以不顾及甚至忽略那些权力因素，将之视为纯粹的审美对象——即便还有很多游客是以对权力美学的崇拜来观看那些风景的。

从这个视角和当代的语境来看，园中景物的美学意义更加凸显了出来。与那些历史人物和历史事件相似，园林中的风景本身也充满了对比，以及由这种对比所呈现的美学张力。颐和园的多处景色都有鲜明的对比，但这种对比在我登上万寿山之后，达到了高峰，也让我遗忘了这园中似乎无处不在的历史。我抵达万寿山时，山下的寺院已经关门。我绕道拾级而上，想要去看能否近距离看到佛香阁，却撞到了智慧海。事实上，是智慧海撞到了我。这个镶满琉璃的宗教建筑，让我见识到了一种宗教式的华美。它的屋檐处遍布斗拱，却看不到一根木头；它总体上是一座中式建筑，却又充满了藏传佛教建筑的独特气息。它既神秘，又恢宏；既灵巧，又厚重。这几乎是中国古代砖石建筑的一个代表。但它自身的这种对比，还不足以达到对比的高潮。我无意中上到它旁边的山石之上，看到了高墙后的佛香阁。这是我最近距离，也是不用仰视就能看到的佛香阁。它用八面三层四重檐的构造向我展示了一座如此高大的建筑如何拥有玲珑之美。同样是佛教建筑，如果说智慧海几乎穷尽了砖石结构建筑的美，那么佛香阁则几乎穷尽了木结构建筑的美。与它相比智慧海的所有轻盈都变成了厚重；与智慧海相比，它的所有厚重又都变成了轻盈。如果真的用轻盈和玲珑来形容佛香阁，那么这两个词语里所含的所有贬义就都被剔除，成为对一座木结构建筑的最高褒扬。

这也是中国古典建筑美学的对比。这两个建筑单独来看，虽然都有各自的美妙，但一经对比，就仿佛把各自的优点放大了许多倍。分别看时，它们只是自己；把它们放在一起看，一座园林的美则张力十足地呈现了出来。而这座园林美的张力在佛香阁上呈现得更多，因为独特的地理位置，它与昆明湖之间构成了一种视觉张力，它与万寿山之间也构成了一种视觉张力，对皇家园林的硕大美学进行了矫正与修饰。

夜色真正地降临，我才离开山石，顺着林荫小路，走下山去。山下同样是景观的森林，也更是历史的森林。纯粹的观景之感性又渐渐被历史的理性排挤。我想绕湖一周，却无法绕过渐深的夜。我的脚步终止在玉带桥上。在它高高的桥拱上，我看见的是现代北京的灯火。那是这些历史风景的背景。晚上九点钟，我从这些历史风景中，走到了它的背景里。走出颐和园，它的大门关闭，也把我深深地关进了现代社会中。这个背景是没有围墙的，几乎无限大。与颐和园那些巨大的湖泊、楼阁，那些久远的历史相比，我似乎更无法看清它的真容，思考清楚它的真相。

苏州园林：园林美学的迷失之境

拙政园

对苏州的第一个印象就是柔软。也许这是因为进入角度的不同。去杭州的时候，我从布满高楼大厦的新区进入西湖，一个多小时才抵达，就对苏州也做好了这样的准备。但我乘坐的汽车直接驶进了苏州的老城区。与杭州那些高耸入云的摩天大楼相比，苏州老城区的建筑简直就像是在平面上铺开的。它竟然容忍一层二层这样高度的房屋存在。白墙、灰瓦也一下把我的思绪带进了古典的水乡意境。这时，天空还落着丝丝小雨，软化了我对一个没有到过的城市的陌生感，以及由此引发的紧张、焦虑，甚至担心。雨丝仿佛编织出了一个与梦境同构的风景。这让我对苏州这座城市的第一印象充满了诗情画意。

这种印象与我的想象达成了默契，而我对苏州想象更多的是园林。这次抵达苏州，也就是为了观赏园林。我首先游的是拙政园，这是苏州园林中知名度最高的园林了。因为对苏州园林倾慕已久，我约略知道它的一些故事。如在拙政园的名字来历上，我就根据模糊的记忆对同行的人说，这是园主说自己拙于政治的意思。但我并不知道这个说法是否正确。也许它只是我的一个杜撰，是我推己及人而得出的一个结论。但这个解释的确是与园林的主旨、意趣相符的。苏州园林大多是文人主持修建，拙政园也不例外。园林一定程度上可以说是搬到城市中的山林，而山林在文人的文化符号系统中，有着隐居的含义。文人将山林搬到城市之中，当然在审美的同时寄寓着归隐之意。把园林的名字起为“拙政”，几乎是对自己归隐意图的直白表露：因为拙于政治，所以归隐。而这里指的“政治”当然少不了钩心斗角、阿谀奉承等官场文化的负面内涵。在这种含义的对应之下，拙政园里的景物就不仅是亭台楼阁、一草一木，还寄托着造园者内心高洁，孤芳自赏的自喻。后来，看了具体的介绍，我才知道拙政的意思是造园者借用西晋文人潘岳《闲居赋》中“筑室种树，逍遥自得……灌园鬻蔬，以供朝夕之膳……是亦拙者之为政也”之句取园名，暗喻自己把浇园种菜作为自己（拙者）的“政”事。但这并不妨碍上面说到的园林的主旨，且有相通之处，即在世俗城市中进行象征性的归隐。因为园主王献臣正是仕途失意，才筑此园的。拙政园为官场失意者提供了一种精神上的抚慰，官员与文人的双重身份和儒道两种价值体系所导致的分裂，在这里得到了有效的医治。虽然这种医治并不能真正解决信仰危机，也不能根治这种文化的分裂，但却留下了一种建筑艺术和园林艺术的范本。

值得一提的是，园主王献臣请了江南四大才子之一的文徵明参与了园林的设计。拙政园因此充满了浓郁的文人情怀，为道家的隐逸理念和儒家的独善其身思想提供了充裕的空间；与此同时，他们并未因理想而远离世俗生活。尤其在苏州这样一个经济发达的城市。

按着这样的思路，我走进园中，从那亭台楼阁、楹联匾额、一草一木中，去体会园林艺术的精义，去体会事物自身的美，也去了解其中的精神寄托。因为是金秋，在西湖边闻过的桂香，在这里重又绽放了。因为园林在一定程度上是一个半封闭的空间，所以桂花的香味在我的印象中，几乎飘满了整个园林。

桂花香味是一种特殊的味道，最起码于我来说是。因为这种香味，我就像是飘在空中一般。而这样飘在空中的好处是：可以躲开蜂拥的人群。因为是节假日，所以园内人潮涌动。这种人满为患的游览方式，恰恰破坏了园林最重要的精神氛围。这精神氛围就是静、隐、逸。当我看着优雅的月亮门被人们排着队一个一个穿过时，那种优雅便成了狭小和低矮；当人们鱼贯着走过湖上的仿佛纸折般的小桥时，那石桥的轻灵与小巧，便显得太窄，甚至像有安全的隐患。而在一些更加窄小的靠墙的回廊里，我都是被人群挤在中间，夹着走的。这种游览方式完全违背了造园者的初衷。园林里这些回廊、小桥、月亮门在修建时，所考虑的尺寸是园主一人行走，至多是三五好友一起行走赏玩。人多了之后，就完全超出了这些建筑承载诗意的度。

所以，夹在人群中，我虽然看到了园林里的几乎每一处景观，但却丧失了应有的审美感受。因为所有这些景观里的诗意，所面向的都是安静、闲适的个体生命，这是造园者对园子最初的审美定位。组团式的观赏，只能是“到此一游”，而无法体会出这些景观的深意，也无法完全欣赏到它真正的美。我在人群中就没有真正体会到，仿佛和那些景物始终隔着一种无形的距离。而我自己的心也没有能够安静下来，相反，却是有些浮躁。

从人群密集的地方，到达人数稍少些的小花园时，我闻到桂花的香气。这种香味使我的心一下子安静又飘浮了起来。本应由那些景观给我的视觉上的感受，由这些花朵在嗅觉上赐予了我。因为这些桂香，我仿佛一下子超越了那些人群。对多种感官形式的满足，是江南园林的一个重要特点，也是一种文人欲望的美学呈现形式。原来作为视觉补充的嗅觉，在那几乎可以说是被污染的视觉景观中，突然起到了拯救作用。这大概是造园者意识不到的。视觉是一种挑剔的感官形式，而嗅觉却多少混沌一些，容许尽可能多的分享。

我后来在诗中写道："季节的器官正被桂花的香气所充满 / 我的身体被自己的鼻子所牵引 / 那些绽放的桂花 / 就像是秋天的花神在园林里徜徉。"

因为我自己无法在园林里徜徉，所以只能以想象花神的徜徉来代替；因为有了花神的徜徉，我也得以让自己的内心在园林里拥有闲适、安宁、隐逸的状态了。这种心境的达到，被我命名为味道的超越。但我在拙政园里，不只经历了这种超越。

题写是园林中可以彰显文人存在方式的最重要的形式。如果说园林中的一个个小景观是一个个建筑符号的话，那么其中的题写就是符号中的符号。正是这些文字题写的符号决定了那些建筑符号的深层意义。在对人群掩映的建筑符号失去把控之后，我把自己的目光投入那些题写符号上。也许这些符号只是对自然的第三重模仿，但还是标定了一定的文人趣味，尤其因为身在历史之中，而拥有一种文化古玩般的特殊含义。

于是，我在园林中游览的方式从紧随着人群，变成躲着人群；从盲无目的地看到有意识地寻找。因为这历史悠久被誉为江南第一园的园子里，必然汇聚了足够的江南才情，而园林中的题词是最直接的承载物。果然，我在园子里找到了唐伯虎题的匾额，找到了郑板桥画的竹子。在"与谁同坐轩"找到了苏东坡的词句"与谁同坐？明月、清风、我"。找到了倪云林所书的"山花野鸟之间"的匾额，在一个小亭子里找到了文徵明题写的楹联"蝉噪林逾静，鸟鸣山更幽"，找到了他题写的匾额"远香堂"，找到了他在八十高龄用蝇头小楷题写的《王氏拙政园记》。然后，我又在园林的一个角落里，找到了文徵明手植的紫藤。这是文人的另一种题写方式，甚至更加智慧。这应该是我所见到的最大的紫藤了。它身姿矫健，爬上高高的墙壁“如履平地”，而它浓密的枝叶则用绿荫覆盖了整整一个院落。站在院子里，它的绿荫把我笼罩在一种独特的氛围之中。这独特氛围的产生不仅是因为它的年岁悠久，植株粗壮，而是因为它为文徵明所手植，这浓荫里，有文化和精神的因素。就像中国有句古语“大树底下好乘凉”，并不是仅仅在说大树一样。这紫藤的绿荫，同样也是文徵明所留下的文化和精神绿荫。这样的绿荫不光荫庇了这个院子，同样荫庇了整个园林。

最后，我在梧竹幽居亭中找到了文徵明题写的对联“爽借清风明借月，动观流水静观山”。这一副对联，将我送入了一种独特的意境中，我在熙攘的人群中一下安静下来，仿佛只有我一人在这园中独坐、品味。这是整个拙政园园林意境的精髓和内核。虽然因为园子里拥挤的人群，我没有能够在游览中得到这种感觉，但最后，我凭借这样一种次级符号，完成了对建筑符号的超越，也超越了那种熙攘与浮躁，抵达了这座园林气质的核心。

忠王府

发现忠王府就在拙政园的隔壁，让我颇有些惊讶。因为这是两种完全不同的建筑。一个文人的桃花源，一个武将的王府，就像是两种极端，一对矛盾。但事实上，这对矛盾的确在苏州成了矛盾的统一体。太平天国期间，忠王李秀成攻打下苏州，将拙政园及附近的几处宅院划为自己的府地，营建起了这忠王府。当时的拙政园也成了忠王府的后花园。从这个角度说，我只是先欣赏了忠王府的后花园，才来欣赏它的前堂正殿。而我在这里所受到的震撼甚至要比拙政园还多。

带着拙政园的拥挤感受进入忠王府，觉得整个视野和空间一下子都开阔了。是的，这是王府，不是只供个体生命玩赏的审美之地，而是受众人膜拜的权力空间。这个空间当然要比园林建筑高大宽阔，更加正式，容纳人数也更多。因为独自一人的空间是无法彰显权力的，只有容纳下其他人，容纳下空间上的不平等，才能够容纳下权力上的不平等。于是我看到了宽阔的庭院，看到了高大规整威武雄壮的正殿，甚至王府的后院也是宽大的。如果不是在拙政园的隔壁，我甚至会怀疑这是不是江南建筑。权力空间的地域色彩往往最淡。因为它们都有一个摹本，那就是皇城。太平天国的权力划分是非常严格，而且等级鲜明的。正是这样的权力划分造就了忠王府的森严与奢华。我在进入正殿及诸多殿堂内部的时候，也被它所震慑：那些木雕、彩绘简直精美绝伦。

但在这样的感叹之余，一些对历史的反思也逐渐涌现。太平天国的首领之前都是普通的农民，在获得权力之后，就开始变得贪婪，也追求享受了。这正是太平天国灭亡的一个重要原因。而有这个想法的，绝对不止我一个人。李鸿章在攻占苏州之后，都被忠王府的奢华所震惊。而那时，忠王府的修建仍然还没有完成。其实，在太平天国诸将领中，我对李秀成还是有颇多好感的。他有相当强的军事才能和政治远见。他曾建议洪秀全放弃南京北上，就是一个颇具开创性和建设性的谋略。但已被奢华和享受泡软了骨头的洪秀全怎会轻易放弃南京的安乐窝？他很大程度上就是死在自己手里。由此，说起李秀成，我总会觉得有些惋惜之感。但到达忠王府之后，我才知道覆巢之下，安有完卵？当太平天国整个统治阶层开始贪图享受之时，李秀成也是其中的一分子。而李秀成尚且如此，那些毫无远见、热衷于争权夺利的王呢？他们的王府又是什么样子？更不用说身为王中之王洪秀全的天王府了。

我对忠王府华美的欣赏，与对拙政园的欣赏不同，多了一种对历史兴衰的思考。拙政园可以脱去历史，而专注于园林艺术本身；但在这里，历史却无法在这些建筑中抽身。之所以无法单纯用建筑美学观点来衡量，也许是因为这里权力的阴魂不散。

狮子林

在狮子林，我才真正观赏到了苏州园林的艺术之美。这并不是说狮子林要比拙政园好，而是说，我在狮子林，得以以欣赏园林的方式来欣赏它。走进狮子林时，天空落下了小雨，雨滴让园子显得空旷起来，因为许多游人都站在屋檐下躲起了雨，而我还拿着从杭州买的伞。因为这把伞，我得以在雨中悠闲而惬意地游览这个园子。

虽然狮子林远远没有拙政园大，但因为这场雨，在我的感觉里，它要比拙政园宽敞得多。雨不仅削减了游人的密度，而且让整个园林也变得有生气起来。园林里的诸多植物与一池静水，甚至园林里的一些建筑，都像是一并活了起来。植物的叶子因为雨水而越发嫩绿。虽已是秋天，但江南的雨却未显露凉意，而是感觉依然像春雨一样润物。庭院里的那个小小池塘，因为细雨的落下，泛出丝丝水晕和波纹，像是与雨进行的细密的耳语。整个水面一下子生动了起来。而那些瓦片、屋檐，以及亭子的飞檐，因为雨的冲刷，而显得更加乌黑，与白色的墙壁构成色泽上更强烈的反差。这种反差让整个园子更像是一幅水墨画。

同样乌黑的还有紫藤粗大的茎，它攀爬在园林白色的墙壁上，就像是用画笔描绘上去的。而同样洁白的，除了墙壁，还有满园的太湖石假山。这些堆积在一起的太湖石假山，应该是我见过的规模最大的太湖石假山了，而且也是形态姿势最为丰富的假山。有人还曾经把狮子林的命名认为是因为这些假山酷似狮子。虽然这可能不是狮子林命名的真正原因，作为一种解释和描述却是恰当的。狮子林命名的另外一个说法，是因为这里原属佛教地盘，因天如禅师的师承而取佛教“狮子座”之意，取名为“狮子林”。时过境迁，狮子林因流转为私家园林，而去除了佛教色彩，这些狮子状的假山怪石却从未变过。所以怪石如狮子的说法更广为人知一些。如果说这些太湖石在形态上的千姿百态让人心动的话，那么它颜色的洁白也出乎我的预料。而雨水的滴落，也将它们洗得更白了。这让它们更像是一幅水墨画中的底色。整个园子也都因为这种黑白的对比，而像是一幅大千世界尽在其中的水墨画了。

除此之外，雨水从屋檐上滴落，让平素沉默的屋檐像是在一句句地对这风景叮咛着什么。平常看来无用的攀山靠墙的回廊，此际因为雨的到来，将它的审美和实用功能同时发挥了出来。也许这正是园林之美比绘画之美更有意思的地方：每一处眼睛看到的美，都可以实际触摸到。

江南园林是适合在雨中欣赏的。如果说雨水稀释了拥挤的游客，冲淡了浮躁的气息是“意外收获”的话，这江南园林从建造之时就考虑了多雨的天气，必是有意之举。且不提上面书写过的因为雨水而变得生动的景观，仅是池塘中的荷叶就有为擎雨而种的蓄谋；更不要提几乎每个园林都可见的芭蕉了。虽然在北方也见过许多次芭蕉，但当在这苏州的园林中见到这芭蕉宽大肥厚的蕉叶，我知道这才是适合它们生长的地方。这里不仅有大小节奏都最适合的雨声，而且它们种植的地方也往往紧靠着窗户。这正是最适宜的谛听与最恰到好处的演奏。怪不得古曲《雨打芭蕉》就诞生在南方。在《红楼梦》里，大观园地处金陵，离苏州不远。有人说，曹雪芹对大观园的书写，就是以苏州园林为蓝本的。这样的说法的确是有根据的。而探春因为大观园中芭蕉较多又格外喜欢而取别号为“蕉下客”，似乎也是一个软证据吧。

留　园

留园是我与虎丘比较之后选择的去处。事实上，这种比较一直持续到我到达虎丘山门口。因为我决定在这一天回到上海，所以我必须在它们之间做一个选择。抵达虎丘之后，我决定还是去园林。留园因为是中国四大名园之一，所以当然成为首选。因为之前园林留在内心里的印象，我更愿意把它比作文化的迷宫。我的心还没有从这“迷宫”中走出来。因为这园林直接印象的丰富，倒反衬出虎丘间接印象的单调。在这种对比之下，虎丘便仅仅是一座山和一座塔，而留园则有更多的可能性。于是，我选择了留园。

乘坐公交车抵达留园，看到园外与虎丘相比，竟是一番冷清。与拙政园相比，显得更加冷清。这让我有点诧异，但还有点小小的窃喜。因为游人满园的景观正是我所不愿意看到的。进入园子之后，首先碰到的就是池沼假山，池沼相较狮子林显得小多了。对面的亭子里，放着古筝等乐器。我停下来静听演奏者演奏了一曲。古筝与箫共同演奏了一支古曲。演奏者身着戏服般的古典服饰。这让我产生了近乎入戏的感觉，仿佛这一池秋水与假山小亭同样也成了这“戏”的一部分，而变得生动起来。因为这种古典的感觉，池的小，也不再是小，而成了精致。那小亭子和假山的搭配，便成了精巧。

而后，我便走进了留园悠长的回廊和曲折的院落。

但这种感觉并没有被很好地延续。甚至留园让我产生了对园林的另一种感受。也许是因为少了雨这个感性的容器，让这些景物统统都暴露在了理性轻易触及的空气中，我想起了朱大可援引的两种不同的对于中国园林的评价：一个印度人认为这是“见过的最奇妙的地方，是世界一个小巧玲珑的盆景”；另一个是澳洲人的评价：“我从没有见过如此矫饰的园林，它是一种虚假的自然，并且从头到尾都是一场视觉的骗局。”我顺着后者的思路和角度观察了一番园林：将山林野趣乃至大千世界引入一个小小的院子，并把亭子或山石等都赋予种种象征，的确显得有些做作。我由这个想法而进入了一种带有批判色彩的欣赏和观察角度里。

这种视角就是将园林拆分，试图一个部位一个部位，一个角度一个角度地去观赏和理解园林。这样园林只剩下了一个一个零件，而丧失了整体。丧失了整体之后，园林的确就显得做作了。它由一个一个部件堆积木一样拼贴而成，然后用文字来将这些部件一一命名。似乎一经命名，这些建筑部件便拥有了人格或美的属性。而对于一个现代人来说，这种命名里的诗意或伦理同建筑美感的产生并不同步。因此，这时的做作，可以说是美的接受上的问题。现代人和古典的隔膜，语言与形象之间的距离，导致美的接受上的断层与卡壳。这是现代和古代的错位。

当曲折的院落，长长的回廊和幽深的居室让我不断迷路的时候，我便感觉自己丧失了对它整体性的把握。于是整座园林，只有那些小小细节流露出的美感，整体上兴味寡淡。事实上，以我一上午的时间想要完整地了解这个园林，是有些奢求。也许，以前的主人在这里居住一辈子也不能够完全把握这个园林的整体。当我想要以一个游客的身份来体会主人生活于其中的心境，显然，是一种错位。这是时间的错位，也是心境的错位。

不独整体，有些细节于我来说，也是错位的。如果一个巨大的太湖石被当成一座山去欣赏，那对于我来说，肯定会导致审美的失落。因为身居北方，见惯了雄浑的大山，这样玲珑的山石肯定无法调动我的观山之思。就像曾经沧海难为水一样。这是北方和南方的错位。

这种情况在冠云峰那里，仍然延续着。因为观石经验的不足，导致我真以观山的经验来观看这块高高的太湖石。它的高度对于一座山来说，的确是可以被忽略的。于是，我以小小的失落感走到了留园的后院。按说这是整个游览的高潮，但却没有激起我强烈的反应。这是经验的错位。

因为这些错位，整个审美历程被大打折扣。这个大大的园林，甚至没有狮子林给我的审美感觉愉悦。

虽然园林中的无数细节也给了我美好的感受，但当游览结束，我从留园中走出时，却有一种很强的失落感。这是因为我无法完整地把握它的美，在批判的角度来说，我也无法进行犀利的批判。朱大可说到了对园林评价的两种极端，一种是极度赞扬，一种是彻底批判。但这两者我都无法达到。在留园，我成了矛盾的统一体。留园，就像一座真正的迷宫，让我的审美迷失在里面。

网师园

网师园是我此次去的最后一个园林。本来想去沧浪亭，但因为在一个纪录片里看过雨中的网师园，并且我喜欢的一个建筑家王澍也经常去那里，所以对网师园产生了深刻的印象。因此，我选择了网师园。

与沧浪亭的命名同义，网师同样也是隐喻着归隐。网师，也就是渔翁之义。与之同义的“渔父”就是隐居的同义词。而中国古曲《渔樵问答》中，渔樵当然也是隐士，否则单纯的渔樵不可能理解这样琴箫合奏的高雅之音。而在这些传统的解释之外，我还从现代的角度想到了一个解释，那就是著名诗人北岛曾以“生活”为题作诗，而全诗只有一个字：“网”。从字面意思来理解，网师便是懂得生活的大师了。

这个说法虽然有调侃之嫌，但我在进入网师园之后，又想起这种说法，即懂得生活的大师，才会造出这样的园子，才会在其中居住。

也许是因为小的缘故，我在留园得到的无法把握的失落没有在这里重演。我轻易就找到了它美的核心，就是那面院落中的湖泊。因为它水面的阔大，相较留园的池子，还有整个园林与水面的比例来说，都可以称作湖泊。与狮子林以假山为中心不同，网师园完全是以湖泊为中心。而围绕着湖泊，亭台楼阁依次排列，但却并不显得多，更不显得杂乱。因为这种布局和结构的简单，我轻易地把握住了它；也因为这种简单，这里更像是直接的生活现场。真正的生活，是没有那样复杂的。但它又绝对不简单。因为这一面湖泊的存在。

湖就像一面镜子，让真实的园林景观衍生出了一个副产品，即它的倒影。如果说那些小亭子和回廊还是有实用性，在功利世界坚硬地存在的话，那么它们在水中的倒影则完全摆脱了实用的范畴，而直接归入了审美。因为这面湖的阔大，几乎整个园林都在其中投下了自己的影子，都有现实存在之外，纯粹审美的存在。从这个角度来说，这面湖就像一个镜子，把一个园林复制成了两个。这种复制又不是机械地复制，而更像是进一步地提纯。这个镜子把原物所拥有的审美属性进一步提炼，提纯出一个纯粹的审美对象和意境。经过了这种提纯，观赏者可以跨过理性认识，而直接进入审美境界。由湖水中的景观，再回到园林建筑本身，也不会彻底回到现实和理性层面，因为这面湖的存在，观者的理性和感性始终是平分秋色的。在这里，我也才似乎明白，我在留园的理性膨胀，也许就是因为它的水面太小，只在入口有一个水池。与留园面积的大比起来，那个水池简直不值一提了。就是它直接导致了我感性的干涸，审美的缺位，而这些症状，都在网师园得到了治愈。

湖水的清澈不仅倒映了那些园林建筑和花草树木，更呈现了湖水本身的丰富。那些游动的硕大的锦鲤，就是水中生物最好的代表。它们几乎是我见过的最大的锦鲤。它们的嬉戏游动，它们的无忧无虑，它们的肥硕，不仅呈现出这片湖水勃勃的生机，更倒映出了整个院落的生机。那些高高的白墙因为倒映在水中显得更白，也显得更高。那水边的小亭子也像是在水上漂着一样。如果有雨的话，整个园子会显得更美。我在纪录片里看到的网师园就是下着雨的。那绵密的雨滴落在湖面上，水晕不断泛起，就像在织着一张绿色的网。而此刻，在湖畔的窗边观赏，宽阔水面尽收眼底，每一个细小的波纹也都尽收眼底。一个园林因为一面湖而景色变幻万千。

我长时间地待在网师园，坐在湖边，沉浸在它的美的境界中。所有园林的元素在这个小小的园子里都是自然而生动的。它们巧妙地排列成最完美的状态。它们不光抚慰了历史中在儒道价值系统中徘徊的知识人，也抚慰了一个被钢筋水泥建筑包围的现代人。不管它在历史中担任的是怎样的一种角色，它本身的美，都开拓了一种审美方式的可能，是人类的美学财富。

第六辑　古陵

西夏王陵：神秘的背影

千里迢迢从中原抵达宁夏，是对西夏历史文明在我内心中召唤的一种呼应。

西夏在我心中一直是一个神秘而独特的存在。追究这种印象的来源，除了历史书籍中的陈述，还有一个原因是西夏文字。这是一种与汉字造字方法相似的文字体系，但它所表达的意思，却让一个对现代汉字熟稔的人无从理解。它们仿佛是一种谜语，用几乎相同的造字方法将人引入对其意义的猜测中，那些熟悉的一撇一捺就是谜面，而它的含义就是谜底。没有经过专门的学习，对于它的猜测所导致的只能是迷惑。这些迷惑在我内心中汇成一种巨大的神秘感。

语言文字是人类文明史的里程碑，甚至是人类历史的符号起点。在中国，有正式历史记载之前的文明被称为史前文明，和后世文明相区分，即证明了语言文字的重要价值和强大力量。于是这些文字，仿佛就是通往幽深历史隧道的神秘咒符，揭开它，时空隧道就会向我敞开。

另外一个就是西夏王陵了。对西夏王陵最早的印象来源于两部影视作品。其中之一是讲述西夏王元昊一生的电视剧《贺兰雪》，时间已久，有些剧情已记不太清，但剧中西北民族的彪悍之美，西夏王朝的恢宏气势，西夏历史的波澜壮阔，在我心中留下了很深的印象。另一个则完全与西夏无关，是在宁夏镇北堡影视城拍摄的电影《大话西游》。西夏王陵在影片里出现与西夏王朝并无联系，也没有专门的交代。然而，我却感觉它是为电影的神话色彩点睛的一笔。王陵的形状和色彩都给人一种奇特的感受，是场景中连接虚无与现实，神话与真实的桥梁。虽然这部电影具有一定的后现代色彩，对神话原典进行了解构和调侃，但西夏王陵在其中依然呈现出一种神话色彩，参与了神话影像的构建。它对神话氛围构建得如此成功，是因为它本身就饱含了神秘和超越色彩。

于是，到达宁夏，我首先要去的就是西夏王陵。走进王陵，走进的注定是历史。在西夏博物馆，通过一些挖掘和搜集来的文物，我从一个个细节开始，在心中勾勒西夏王朝的轮廓。那些从历史河流中遗漏沉淀下来的事物，让我着迷。不仅因为它们本身的精美，还因为它们唤起了我的想象。在我想象的参与下，它们勾勒出了西夏王朝发达的农业，手工业以及商业、艺术景观。昔日昭示辉煌的宫殿已不复存在，但陵墓作为地下的宫殿，却将一个王朝的荣耀保存了下来。筑造陵墓的人不会想到，他们原本是要为亡灵筑造永恒的家园，却为一个文明筑造了可以通向永恒的居所。

我沉浸在那些看起来并无太大价值的陶器、铁器、铜器等日常用品中。让我沉浸于其中的是时间的力量。为了与它们存在了数百年的时间相呼应，我放慢了自己的脚步，观看每个物品都比别人时间更长。这些日用品让我仿佛能够穿越时光触摸到西夏人的日常生活。

仔细观看着这些西夏文物，我有了一个发现。一些陶器、瓷器的器型、剔花和釉色竟与我家乡当阳峪窑出土的陶瓷并无太大差别。我曾经专门寻访过当阳峪窑的瓷器，后来还专门写过当阳峪窑瓷器的专题片，所以对它们非常熟悉。在这里发现如此相似的瓷器，让我感到亲切，同时还有疑问。我所熟悉的当阳峪窑白地黑花、白釉剔花、剔黑等装饰手法和折枝牡丹的造型都在博物馆这些西夏瓷器上发现了。难道这是宋朝和西夏通商贸易的结果吗？肯定不完全是，因为西夏也有自己的瓷窑，窑址主要集中在宁夏银川西郊贺兰山下及灵武市一带，称为灵武窑，这些陈列的瓷器很多都出自灵武窑。

那么如何解释这种相似呢？经过了解，我才知道西夏灵武窑瓷器受北宋时期中原磁州窑系影响很大，而当阳峪窑在北宋时达到巅峰，有许多瓷器的器型和装饰方法都与磁州窑相似，被划归于磁州窑系。所以相似的艺术形式千里之外的两个地方会同时出现，就像一种文化的形而上旅行。

瓷器的器型和纹饰都属于瓷器的形式，是相对独立于器物实用层面的符号体系。如同艺术有一个概念是有意味的形式，实用器物的形式是它艺术性的层面。艺术作为一种人类共通的语言，最容易跨越民族和政权的界限，体现出文明之间的相互影响。这种影响更多地体现出强者对弱者的影响。宋朝是当时军事积弱而文化却空前强盛的汉族政权，瓷器等器物文化达到了一个高峰，器型和纹饰等艺术形式都达到了相对的完美状态。军事对抗中的弱势，并没有削减这种文化上的强势。西夏虽然在军事上战胜了宋朝政权，但在文化上却受到了这个王朝的影响甚至“侵略”，瓷器制作就是一个微小的例证。这种文化入侵呈现出了文化的超越性特质，与其他文明进行文化殖民的方式形成了鲜明的对比。在一般情况下，文化殖民或文化入侵首先是通过军事占领和行政殖民来实现的。这在全球历史上有大量的例证，尤以19世纪西方国家的殖民历史为代表。但北宋与西夏之间远远不能称之为文化殖民，两者的关系基本可以界定为联系、交流、影响。

西夏瓷器风格并没有局限于磁州窑系，在吸收中原瓷器制作技艺的基础上，后来又发展出了自己独特的民族风格。博物馆中还有许多瓷器不管在器型还是在纹饰风格上，都是西夏所独有。这体现了弱势文化的自身成长。而文化的地域化和民族化差异，正是文化应有的常态。前期的学习和借鉴，在后期必然会诞生出自己的民族性和地域性特点。

但对于西夏王朝的建立者元昊来说，这种影响所带来的还有影响的焦虑。这位靠武力建立一个强大王朝称霸西北的统治者，试图也在文化上称霸。这种文化称霸的雄心为文化的生长发育提供了一种加速度，这集中体现在西夏文字的创立上。

语言文字是关于现实事物的表征符号，是人类所创造出来的最复杂也是最伟大的符号体系。它的形成和完善有着漫长的历史过程。仓颉造字的传说，把汉字符号形成的历史向前推进，亦赋予其神话色彩甚至神性。而汉字历经甲骨文、金文、大篆、小篆、隶书、楷书等演变，才变得完善和稳定。创立文字符号系统，无疑是文化创造能力的最好证明，也能够增加文化资本，进而达到文化上的独立和崛起。文字的创制也成为李元昊军事和政治崛起相配套的文化工程，成为他真实的皇冠之外的另一种皇冠。于是，在正式称帝前的大庆元年，李元昊命大臣野利仁荣创制西夏文字。野利仁荣花了三年的时间，就完成了这个浩大工程。

相较于一般情况下文字诞生并成熟的历史，三年可以称为速成了。对于野利仁荣而言，这不仅是一项文化工程，更是政治工程。这种政治色彩就像一种文化火药，造成了文化前进的加速度。但这并没有降低西夏文字符号体系的技术含量。它依然完整而又丰富，变化万千而又自成体系。当然这一切并不是空穴来风，而是建立在汉字完备丰富的符号体系之上。西夏文字与汉字有诸多相同之处，可以证明这种联系，如同属表意文字体系，形体方正，构字方法相似，汉字的横、折、撇、捺、弯钩都是西夏文字的组成部分。某些形体在不同部位上都有笔画变通现象，都有楷书、行书、草书、篆书……除了这些相同之处，两种文字还有许多不同的地方：西夏文斜笔较多，撇、捺丰富；西夏文五画以下和二十画以上的字很少，显得比较均匀；会意字比汉字多等。这些都是西夏文字的独特之处。作为一个独立的语言文字体系，西夏文曾在西夏王朝所统辖的广阔区域中，盛行了约两个世纪。这说明了西夏人超强的学习和创造能力。这了不起的文化成就，同样属于西夏王朝的辉煌。

走到艺术品陈列区的时候，我停留的时间更长了。那些石头上形象夸张的人像和兽像，把人从具象引向抽象，从现实引入想象。这种形象形成的动力与文字符号不同，不是政治而是死亡。虽然政治具有强大的力，但死亡的力量更加强大，足以将现实世界里的形象挤压变形。大概是古人想象人死去之后的生命状态需要进行一种生命密码的转换，所以表现这种密码的符号也进行了转换。这种符号转换，就是古人对于死亡的一种解释。从艺术的角度来说，死亡这个难解的主题，让艺术超越了单纯对现实的模仿，更多地借助于想象，创造出的视觉符号最终超越了现实。

于是，我看到了那些奇特怪异的陵地和墓室雕刻。双掌合十的佛家弟子一样的人像，背后又长出翅膀，呈现人头鸟身之状，让一般人无法理解。它来自佛教世界。如果说这些雕刻还都可以找到来处的话，人像石座则倒映出了我大脑里的空白。这些石雕可以辨认出人形，但却又与正常的人形完全不同。它们是刻在方形石头上的浮雕，没有把四肢头颅各自雕刻出本来的形状。这些人形雕刻头颅巨大，口含獠牙，但大都又突出了人物的乳房。后来，我在王陵巨大的陵墓前，又见到了数尊人像石座。从侧面看，我才看到这些人像石座原来是跪着的。我无法解释这些雕刻的含义，在其他地方也都没有见过这种石雕。一是因为它是陵墓雕塑，地上并不常见；二是因为这是少数民族的陵墓，与汉墓中的纪念性雕塑应又有不同。而这些都是属于西夏文明中独创的部分。

在这些陵墓器物之外，还有一些佛教造像和壁画，同样达到了很高的艺术水准。整个王陵博物馆呈现了西夏文化的丰富，也印证了元昊的丰功伟绩。元昊的确是有一番雄才大略的，这体现在诸多方面，首先是卓越的军事才能，“三川口之战”等四大战役，消灭北宋西北精锐数万人；又在河曲之战中击败辽兴宗亲率的十万大军，奠定了宋、辽、夏三分天下的格局。在他的主导下，西夏与宋朝关系暧昧又复杂：既向宋朝学习，又对宋朝排斥，西夏文字体系只是这种关系的秋之一叶。他在经济上吸收学习宋朝的经济结构，兴修水利，在农业上精耕细作，又重点发展了畜牧业；在官制上模仿宋朝的官制，设立百官，又保留了蕃官系统。百官朝服模仿宋朝，却又推崇秃发，禁用结发汉俗。在统治思想上采用法家思想，却又摒弃了宋儒理学。在这种取与舍，迎与拒中，元昊建立了自己的辉煌，也为自己埋下了隐患。直到他后期好大喜功，沉湎酒色，让自己的生命陨灭于自己儿子之手。

看过了这些原来存在于地下的事物，存在于历史中的事件，我才走向了存在于地上的陵墓。这个过程就像了解了一个事物的内涵之后，再去观察它的表象。这样，对于表象的理解将会容易得多。然而，到达陵墓前，我还是被震撼了。面对它们，面对被时间修改过的建筑，仅用理性来理解，是不够的。也许时间恰恰展现了理性的易于毁灭，就像物质的易于毁灭一样。当西夏皇帝或者建筑工匠站在修葺得坚硬而壮观的陵墓前时，他们肯定预测不到陵墓数百年之后的样子。曾经的砖石，已经风化为黄土，因此，整个陵墓初看起来就像是一座土堆。但它的形状又告诉我，这不是随意堆成的土。从它的顶端到最底端的曲线是层层叠叠的，那是曾经夯筑的痕迹。只是经历过长时间的风化，它的边缘轮廓已经无法再像初建成时那样，拥有锐利的直角。但这种模糊的角依然支撑起它鲜明的线条，将陵墓引向天空，而不像汉族的陵墓一样形成馒头的形状，仿佛大地凸起的一个小包；西夏王陵以一个尖顶与天空发生了关系。在背后绵延的贺兰山的映衬下，西夏王陵显得愈加挺拔，又更加苍凉。

西夏陵墓当初修建的时候，受到了佛教建筑的影响。西夏立国后，将佛教定为国教，以佛治心为国策。在这多民族的统治地区之内，将相对开明的佛教定为国教，同时不禁止其他宗教活动，有利于西夏政权的统治。在这种背景下，西夏王陵受佛教建筑影响也很大。佛家弟子的墓多为塔状，这个王陵也同样是按照塔式来修建。初建时其形状呈八边七级、五级、九级塔式，底层略高，往上层层收分。经历过时间和风沙的打磨之后，这种层级不再那样鲜明，却又隐约可见。也许是因为这种塔式造型和风沙打磨后的质感，它被人称作“东方金字塔”。

事实上，“东方金字塔”的称谓不仅是因为它的造型，背后应该还有文化上的相通之处。那就是王权与宗教神学的紧密结合。这与汉族政权皇室的陵墓风格和成因相差很大。汉族政权的皇陵主要是权力象征，而宗教性相对较弱。西夏王陵本身既是王权的象征，又具有宗教意义和超越色彩。正是因为这种王权与宗教的结合所筑造的独特建筑空间，与古埃及金字塔也是王权与神权相统一的象征有相似之处，它才有了被称为东方金字塔的可能。

陵墓的体量也许还保留着最初的规模，它的高度像金字塔一样让人仰止。除了空间上的原因，还有其他让我仰止的原因：为这个陵墓跨越数百年的历史沧桑，也为这个曾经高度发达的文明，还因为这就是李元昊的陵墓。仰望着陵墓，元昊一生的功绩与事迹又涌上心头。他富有传奇色彩的一生，最终与这同样富有传奇色彩的王陵相互映照，共同构成了一道奇绝的风景。

陵墓周围的墙壁，也同样经过了时间的雕琢。它作为墙壁的意义已经荡然无存，剩下的部分，只是用来显示时间运用多种雕塑工具——比如沙粒——所雕塑而成的一件艺术品。久久地凝视，我所看到的，都是时间这位雕塑艺术家的深厚艺术功力。

乾陵：对一座皇陵的神话学考察

与许多唐帝陵置身荒野乏人问津相较，乾陵作为西安周边一个著名的风景区，可谓游人如织。这是唐高宗李治和武则天的合葬墓。作为关中十八唐帝陵中唯一未被发掘的陵墓，它所能提供的景观有限。乾陵在现代旅游业中的繁荣，与这座陵墓旅游文化中独特的“大众神话”有关。

法国哲学家罗兰巴特认为神话是一种符号体系，并认为大众文化的运作方式与神话相似，构造了大众文化的神话学。按照罗兰巴特的观点，乾陵旅游文化的内涵和外延都在构建这种“大众神话”。而在旅游业中，大众神话的吸引力，往往比那些出土文物的历史价值更大。旅游部门也积极利用，或去主动建构这种神话。于是在当代语境中，乾陵一方面是一种历史文物遗存，另一方面也是一种大众神话。对乾陵的探访，就不仅是对历史文物的探幽，同时也是对这种大众神话的体验考察过程。

乾陵能够成为大众神话的首要因素，是因为这里埋葬着中国唯一一位女皇帝武则天。虽然乾陵在正史中属于唐高宗的陵墓，武则天只是以皇后身份葬入，但在大众神话中，武则天成了这个陵墓的主角。武则天虽然改了国号为周，但在历史上，还是属于唐朝。她主政期间将唐太宗李世民的措施变得制度化，如《剑桥中国史》所言将一种“人身政治”，变成了“永久体制”，上承贞观之治，下启开元盛世。但她的身份依然显得暧昧，既是唐朝的祖先和国母，又是一个篡位改朝者。这种复杂的身份使她不可能在唐代国史中得到浓墨重笔的书写。正史的一段留白，导致了野史的流传，而野史正是大众的最爱；野史一定程度上也是一种大众神话的塑造手段。而构建这些野史和神话的首要动力就是武则天对性别身份权力话语的颠覆。但这种神话构建者，却是以男性为主。因为只有将武则天神话化，她的现实意义才会弱化，成为日常性别权力结构之外的一个特例。

对乾陵的参观，是从神道开始的。陵墓前的神道，呈现出恢宏的气势。这种恢宏不仅因为神道的宽与长，还在它背后的那座山。这个向上的坡度，把人的视野引向高处，也似乎把人的感情引向了崇高。陵墓风水学作为古代的一种空间神学理论，懂得如何依靠空间来塑造“神话”。仰望就是一种空间神话诞生的视觉条件。唐皇陵大范围采用“因山为陵”的建造方式，唐太宗以九嵕山建昭陵，并诏令子孙“永以为法”。昭陵所在的九嵕山海拔 1888 米，为唐朝后代皇室陵墓提供了一个尺度。乾陵所在的梁山北峰海拔 1047.9 米，虽然没有达到昭陵那样的高度，但同样颇具气势，让神道也成为一条上行的山路。乾陵所在的梁山共分三峰，乾陵玄宫在北峰之上，南面两峰相对较矮，神道从两峰之间穿过，更具独特的空间感。这是古代陵墓阙的变体，但在安葬女皇武则天的乾陵，它们具有了更多的阐释空间，在民间被称为双乳峰。睡美人山姿的传说，也是这种自然山形的过度阐释之作。

神道两旁的石人谦恭而立，让走过的人像是在经受着夹道欢迎的大礼。古人视死如生的生死观，铸就了这些石像，营造出一种权力的假象，用以慰藉帝王对死去后权力丧失的恐惧。

而对游客来说，这成了历史的夹道欢迎。那些石人石马站立了一千余年，仍然栩栩如生。但有的雕塑已经残破，有的雕像头颅也已不在。还有的雕像虽然大体保存完整，但一千多年的风吹日晒还是让它们呈现出一种沧桑的韵味。这是历史的韵味。因为这种韵味，人们能够感受到历史就在身旁，也在逐渐从历史的外部进入历史的深处。

在看过了那些神道两旁的雕塑后，陵墓更重要的部分出现了，那就是石碑。石碑共有两块，因为这里本是唐高宗和武则天的合葬墓。述圣碑是唐高宗李治的歌功颂德碑，无字碑则属于武则天。虽然述圣碑开了帝王陵前功德碑的先河，有独特的历史价值，但人们更关注的，无疑是那块无字碑。

这块石碑高高耸向云端，超越了一般石碑的体积。虽然没有刻字，却拥有许多精美的雕刻。石碑碑额共刻有九条螭龙，故亦被称为“九龙碑”。碑两侧还有升龙图，碑座阳面还有线刻狮马图，此外，还有许多花草纹饰。这些雕刻花纹优美端庄，经过历史的风霜雨雪，仿佛没有被丝毫磨蚀，只是拥有了沧桑的色泽。与那些神道旁的石雕相比，它的质地更加坚硬。一千余年的安然无恙似乎能够让人联想起“永恒”这个词。事实上，这也是人们以石来立碑的用意。他们想通过在坚硬的石头上留下文字，从而让这文字穿过悠悠岁月留传得更久，甚至永恒。

帝王们是热衷于题写的，试图通过这种方式，彰显权力，掌控时间。石碑作为一种题写的载体，始终是题写的附属物。但无字碑打破了这一结构，石碑本身具有了更大的主体性，而题写成了可有可无的附属之物。武则天在铸造这块石碑之时，也许同样想到过这种器物伦理，感到过这种颠覆的快乐。她本身就一直是一个颠覆者。也许她知道自己的一生饱含争议，死后各种各样的评价会淹没掉她自己钦定的单一维度的评价。于是她选择了最聪明的方式，无字碑在否定了对她单一的颂扬的同时，也否定了对她纯粹的批评。也许她知道人们最终对她的评价并不镌刻在石头上，而历史的评价远远比那些刻在石头上的碑文更加深刻而有力量。

但这也只是一种猜测。关于无字碑究竟为何没有文字，有许多说法，并没有一个明确的定论。这一切都源自那石碑上的空白，它就像一种艺术的留白一样，给了人无尽的想象空间。从这个角度说，这块石碑就像一件当代艺术品，用不着一字留下了最多的阐释空间。就像约翰凯奇的那件著名的音乐作品《4 分 33 秒》，其实只是一段寂静，但这首作品的知名度，超过了众多有声的音乐；同样，这块无字碑也在石碑界赫赫有名，远远超过了那块述圣碑。也许这是因为，它的空白取消了单一维度的阐释之后，似乎给了每个人阐释和评价的机会。如果说在一块刻字的石碑前，每个人都处在一种接受维度，是一个客体的话，空白的石碑似乎把每个人都变成了主体，都拥有了定义或阐释的主动权。正因如此，它超越了具体的历史语境，而成了一种大众神话。这个“神话”不只属于当代，在历史上，它也一直不乏“粉丝”，留下了后世几个朝代人们的刻字。人们想要通过在这个“神话”上刻下字迹来将自己与这个神话扯上关系。而当代游客，面对它，只能默默把字刻在心里。从大众文化的角度，尤其是在当代旅游业中来说，这个无字碑就是一种“神话”符号，是乾陵神话的重要组成部分。

而对于专业的历史学者来说，那块述圣碑的价值才更大，不仅因为有形的文字记载了具体的历史，还因为碑上的五千言，是武则天亲撰。这似乎为武则天和高宗的复杂关系提供了可供勘探的文本。在极权的背景下，两人的关系不能仅仅称为宠信与被宠信，虽然高宗的八个儿子，后边四个儿子都是武则天所生。高宗在位期间就将自己的部分权力让渡给了武则天，后来甚至在大臣面前标榜皇后就是自己的分身，两人合称“天皇天后”。这为武则天称帝铺平了道路。因此，可以说高宗李治是后来女皇的成就者。但李治也并非传统意义上的所谓庸碌。他在位期间，有众多做法都打破了既有传统。被誉为科举里程碑的殿试，事实上，也是自他而始；在有的事上，他更明言“自我作古”，也就是由他来创造历史成例。这些都显示了他大胆创新的作风。武则天后来的变革，一定程度上也有对高宗的承继。因此，从历史的角度，这座陵墓的意义并不能只是偏重武则天。但在当代大众文化的语境中，高宗李治是被武则天所淹没的。

从两座石碑继续向上走，就可以看到更多的雕塑立在道路两旁。这些塑像都是蕃臣，而不是汉族官吏。这是唐朝国力，同时也是其开放政策的证明。或者说，它们被用来证明前者，尤其让他们出现在陵墓之前。但这些雕塑头颅大都消失不见了。这是雕塑的死亡方式，以残缺来代替骨肉的消融。这也许代表着对一种文化霸权的反抗，也许只是因为偶然的灾难。不管怎样，它们在当代语境中，承担了另一种意义：正是因为这种残缺，人们才越发相信它们是来自唐朝。一尊完整的新塑像和一尊残缺的唐朝塑像，其价值和意义是完全不同的。它们的残缺暗示了时间的流逝方式极其残酷。

再继续向前走，那些纪念性雕塑已经看不见了。人们只能向小山上走。人们向上攀登的过程，是一种饱含好奇心的发现探索的过程。而攀上山顶再下得山来，对有些游客来说则是失落感产生的过程：这就是乾陵吗？只是上了一个小山包而已。但乾陵能够吸引众多的游客前来，一定程度上却仍是因为它的未挖掘，未开发所带来的神秘感。这是一种悖论，就像无字碑一样，也构成了一种神话效应。正因为人们不知道这坟墓里究竟有什么，这座坟墓才更加地吸引人，引发人们理性认识之外的遐想：黄巢动用四十万军队都没有找到它的入口，它的玄宫究竟在哪里？传说武则天为封墓用了十几个大型石礅，究竟玄宫里是什么，值得用这样多如此大体量的石头？后世几次大规模发掘失败的传说或史实，都增加了它的神秘感，是乾陵神话的有机组成部分。一座陵墓具有了神秘色彩，就像一块石头拥有了磁性一样，具有了更大的吸引力。

但这种吸引力很大程度上只是限于未抵达者。乾陵不只是那一座未发掘的坟墓。乾陵周围几座陪葬的太子公主的墓穴已发掘并向公众开放。它们是乾陵向外敞开的部分。它们的敞开并没有让乾陵失去神秘色彩，对游客来说失去想象空间。相反，它们使游客的想象有了参照物。

走进墓室内部，一个地下世界呈现在面前。那些墓室内的壁画让我不停地按下相机。从这些画作里，可以理解“吴带当风”之意。那些人物衣饰宽大，但线条如铁线一样紧绷有力，表情则细腻入微。其中一个侍女更是被作为唐代绘画典范收录到了美术教材上。长长的墓道里就有这幅壁画。不过，我知道它只是复制品，真品早已被放到了博物馆里珍藏。但这些画作仍然吸引了我。它们虽然不是真迹，却在这个真实的墓室里，展示了唐代绘画所达到的水平和呈现出的气象。相较存于博物馆中的壁画真迹，这些墓室里的仿作对人的触动仿佛更大。就像古代成语“触景生情”一样，没有这样的景，是无法生出相关情感的。从语言学的角度来分析，如果说那些文物是一句句话语，那么这地下墓穴就是它们的语境。这种感觉的产生也许正说明了语境的重要性。

那存在于博物馆里的壁画片段，也许只能让人们产生对唐代绘画的观感，无法让人们完整地联系起整个朝代。但这真实的唐代墓室却让人们生起这种感触。也许这是因为人们在地上见到了太多冒充具有历史的事物，太多历史的仿品。相反，地下世界反倒像是历史真相的发源地。多年以来，人们靠着地下考古发掘而了解许多不为人知的历史真相，更多的古玩真品也都出土于墓葬之中。因此，地下世界仿佛与历史真相或文物真品是可以画等号的。即使知道它们并非真迹，也仍然会被它们所打动。这是属于陵墓内部的空间神话效应。

同样线条优美的，还有石刻。幽深的墓道在最靠近棺椁的墓室中心处往往还有一道石门。这些石门上的雕刻是绝对的真迹。刻刀的深度无法轻易像笔触一样被抹去。它们刻出了一个朝代的繁华与优美。这些关于花草鸟兽的曲线一点都不逊色于那些图画。因为深埋于地下，它们几乎没有丝毫风化，那些刀痕就像是当初埋进这地下世界时的模样。同样有这样优美雕刻的，是墓室中心的石棺。石棺上的浮雕比这些石门上的浮雕更多，内容也更加丰富。人们几乎忘记了它的不吉祥的含义，争相靠近欣赏。审美在这一刻超越了种种禁忌和对亡灵的恐惧。

当然，这种情形的发生是因为墓室里挤满了游客，如若是参观者寥寥无几，也是没有这样的闲情雅致的。那众多的游客似乎都有相同的心态，那就是无法从地上感受唐朝之时，就想从地下来寻找唐朝。而墓室，对他们来说，就是一个历史的入口，也是一个神话的入口。在对历史真相和神话真容的强烈渴望中，墓室已经取消了它的不吉祥含义。如果是一个寻常人的现代墓穴，我想这些游客们断然是不会进入的，因为那样的坟墓只是坟墓，只是死人的居所，拥有不吉祥的文化含义。但经历过了历史之后，坟墓已经不是单纯死人的居所，同时还是历史的居所。坟墓的时间越久，后者的意义越彰显，前者的意义越萎缩。当这时间的坐标定位到唐朝之后，这样的坟墓就几乎完全是历史的居所了，并且有了一定的神话效应。不吉祥的含义被忘到了脑后，人们争先恐后地进入，就像进入一个时光隧道之中，仿佛进入墓穴，就可以穿越时光而抵达唐朝。

这种经过改造之后的墓穴意义中，通往唐朝的时光隧道，是一个较为典型的意象。因为对于当代人来说，完成空间的位移已经不再是问题，也没有足够的刺激。而完成时间的位移，尤其是逆向位移，才是真正具有价值的。

从形态上来说，陵墓的墓道的确与隧道有相似之处。但更重要的是，墓室里要能够提供更加丰富的文物，能够提供关于唐朝物质文化的更多例证与细节。这三座墓穴，几乎每座墓穴的墓道两旁都有低矮的小小的“房间”。里面放了各种瓷器。有日用瓷器，也有纪念性的艺术性的瓷器，基本上都是唐三彩。它们的形式不像壁画等对陵墓的空间依赖那么强，在墓穴中只是陪葬品，被堆放或散放在地，或埋在土中，没有或缺少独立的审美地位。而在脱离了那些墓葬，进入博物馆之后，它们获得了审美的独立性。因此，博物馆就像是陵墓文化的放大镜，扩大了陵墓空间；让这些瓷器单独呈现在灯光之下，能让人们更多方位、更深入地去观看。那些半人高的镇墓兽，以奇异的面孔和形态展现了唐人天马行空、奇异多端的想象力。而那些高大的三彩马，则展现了唐人对于动物形象的准确把握和捕捉。除了马俑，还有更多的人俑。在人俑的造型上，夸张与写实形成了微妙的平衡。而人俑的种类里，除了汉人、侍女、骑兵等，还有更多的胡人。工匠对于这丰富多样的人物表情捕捉得异常精准，惟妙惟肖。现代灯光技术则对这些瓷器进行了进一步的美学加工：三彩瓷仿佛在那些惟妙惟肖的形态里拥有了体温。

墓穴之上的博物馆里展出的，不只是瓷器，还有各种各样或实用或有纪念性的艺术品。甚至石棺上的浮雕也被制成拓片。在这黑白对比强烈的拓片里，人们更容易欣赏到那些精妙的石雕艺术。那些线条优美，造型雍容的侍女造像，我觉得都可以作为艺术品挂到房间里了。这种陵墓艺术的诞生，很大程度上是因为中国古人视死如生的文化态度。唐人尽量将逝者尸体所停放的坟墓铸造得像他们生前曾居住的住宅一样，随葬物品也像他们生前所使用的那样丰富。所以现代游客才会在这种独特的琳琅满目里，发现一个埋在地底下的唐朝。从这个角度来说，陵墓就像是中国古代文明的一个保鲜装置，或者是一个文化冰箱。

但这只是三个皇子的坟墓，真正的皇帝陵，还没有开启。当我在众多琳琅满目、美不胜收的物品中流连时，想到真正的乾陵玄宫还在大地之下没有敞开，就像通往唐朝最繁华时光的一段时光隧道仍然没有向人们开启一样。一定程度上，这些陪葬墓中的文物也是一种符号，准确地说是历史符号，它们与那些神话符号相互印证，共同构成了乾陵的大众神话。

对我来说，对乾陵的好奇和对那个朝代的认知渴望，由它的外表和这三座陪葬墓的内部已经填充了很大一部分。其余的那部分，就可以留给建立在这些基础之上的想象来完成。也许大多数游客也是带着这样的心态离开乾陵的：离开了乾陵，却并没有离开这个神话，反而是在内心里继续保持甚至构建这个神话。只有引发想象，又最终交给想象，这个神话的意义才会继续增值。这是陵墓神话学的典型叙事方式。

后　记

《古典空间的文化密码》是我构思了很长时间的一本书。虽然收入书中的篇目基本上都已发表，但汇集成书前，发表较早的又经过了一番仔细的修订。此书的主导思想、基调成形于我在同济大学攻读硕士期间。我在书中的思想和写作方式受到了许多同济大学老师的影响。如我的硕士导师张生老师，将书中有的文章发表在“同济理论电车”公众号，提出意见，并多次费心过问；朱大可老师，将书中的两篇文章首发于朱大可工作室的“迷托邦”公众号，并提出建议，后来这两篇文章都在报刊发表；张闳老师，在他的课堂上给我诸多写作的启发；王晓渔老师，为我的写作推荐了阅读的书目；刘强老师，让我在古典散文的系统阅读中寻找灵感；还有万书元老师、胡桑老师……正是在这些老师的帮助下，这部书稿才得以完成，向他们表示真诚的感谢。同济大学是文化研究和文化批评学科前沿的引领者，在同济的学习使我受到了诸多认识和思想上的洗礼；同济大学也是土木工程学科的重镇，我也在这里聆听了许多建筑类的讲座，在图书馆读到了许多专业书籍，学到了许多专业的知识。在此向母校表示由衷的感谢！

而书稿的修订完成，篇目和结构的最终设定，是我在山东师范大学读博之时。山东师大校园中的绿荫覆盖过这些书稿的苍白之处。感谢我的博士生导师吴义勤先生对我读书写文的指导，正是在认真负责的写文态度下，有些篇目进行了修订，书稿也最终删去了许多篇章，得以更加严谨，更加紧凑，风格也较为一致。

收入本书的文章在成书前，发表在《西部》《延河》《湖南文学》《山东文学》《厦门文学》《牡丹》《旅游》《奔流》《丝绸之路》《休闲品读》《乡村建设》《焦作日报》等多家报刊，并入选《2015年河南文学作品选·散文卷》，入选了重点中学的校本教材，向这些刊物和图书的编辑老师表示感谢。他们的编选和发表，一方面是因为我还算合格的文笔，另一方面也是因为这个题材的重要性和独特价值。

古典建筑空间是一种独特的饱含魅力的文化空间。用文化研究的方法来诠释古典建筑空间，是一个重要的课题。我在对现代城市空间的书写中，想到了可以用更加现代的思维方式，用文化研究的学术方法来对古典文化空间进行解码和诠释，提供另一种对古典文化的解读；同时，用更加文学化的写作手法，来柔化那些理念的坚硬，以诗性的笔触增加其形象性和可读性。在这种写作思路之下，我用散文随笔的手法对古典景观进行文学书写，对其背后历史进行深度探查，进而进行文化内涵的分析和解码，试图展现一幅景观、历史和文化交织的三维图画，既有文学性，也有一定的学术性。在整体框架设置上，我设置了古宅、古村、古镇、古城、古园、古陵等六种古典空间类型，每种空间类型选择二到三个具体空间。有的具体空间从不同角度和不同的侧重点反映了一个大的空间类型；有的看似有些游离大的空间类型，也是为了能够更多地呈现出不同空间类型的特点。当然，这种游离也使得某个篇章的设置显得有些不够严谨。希望能够在以后的写作中避免这种情况的出现。总之，书稿还有许多不足之处，希望各位读者能够给予指点。

中国古代有灿烂的历史文明，古代建筑空间是重要的文化遗产。希望本书能为人们对中国古典建筑空间的认识提供一个新的角度，打开了解中国古典文化的一扇窄门，也希望本书的文字能够真正呈现出中国古典建筑空间之美。

（作者张艳庭为山东师范大学在读博士研究生 中国作协会员）

提高现代文阅读和写作成绩的金钥匙

张艳庭作品
阅读试题详析详解

狮子林

（1）在狮子林，我才真正观赏到了苏州园林的艺术之美。这并不是说狮子林要比拙政园好，而是说，我在狮子林，得以以欣赏园林的方式来欣赏它。走进狮子林时，天空落下了小雨，雨滴让园子显得空旷起来，因为许多游人都站在屋檐下躲起了雨，而我还拿着从杭州买的伞。因为这把伞，我得以在雨中悠闲而惬意地游览这个园子。

（2）虽然狮子林远远没有拙政园大，但因为这场雨，在我的感觉里，它要比拙政园宽敞得多。雨不仅削减了游人的密度，而且让整个园林也变得有生气起来。园林里的诸多植物与一池静水，甚至园林里的一些建筑，都像是一并活了起来。植物的叶子因为雨水而越发嫩绿。虽已是秋天，但江南的雨却未显露凉意，而是感觉依然像春雨一样润物。庭院里的那个小小池塘，因为细雨的落下，泛出丝丝水晕和波纹，像是与雨进行的细密的耳语。整个水面一下子生动了起来。而那些瓦片、屋檐，以及亭子的飞檐，因为雨的冲刷，而显得更加乌黑，与白色的墙壁构成色泽上更强烈的反差。这种反差让整个园子更像是一幅水墨画。

（3）同样乌黑的还有紫藤粗大的茎，它攀爬在园林白色的墙壁上，就像是用画笔描绘上去的。而同样洁白的，除了墙壁，还有满园的太湖石假山。这些堆积在一起的太湖石假山，应该是我见过的规模最大的太湖石假山了，而且也是形态姿势最为丰富的假山。有人还曾经把狮子林的命名认为是因为这些假山酷似狮子。虽然这可能不是狮子林命名的真正原因，作为一种解释和描述却是恰当的。狮子林命名的另外一个说法，是因为这里原属佛教地盘，因天如禅师的师承而取佛教“狮子座”之意，取名为“狮子林”。时过境迁，狮子林因流转为私家园林，而去除了佛教色彩，这些狮子状的假山怪石却从未变过。所以怪石如狮子的说法更广为人知一些。如果说这些太湖石在形态上的千姿百态让人心动的话，那么它颜色的洁白也出乎我的预料。而雨水的滴落，也将它们洗得更白了。这让它们更像是一幅水墨画中的底色。整个园子也都因为这种黑白的对比，而像是一幅大千世界尽在其中的水墨画了。

（4）除此之外，雨水从屋檐上滴落，让平素沉默的屋檐像是在一句句地对这风景叮咛着什么。平常看来无用的攀山靠墙的回廊，此际因为雨的到来，将它的审美和实用功能同时发挥了出来。也许这正是园林之美比绘画之美更有意思的地方：每一处眼睛看到的美，都可以实际触摸到。

（5）江南园林是适合在雨中欣赏的。如果说雨水稀释了拥挤的游客，冲淡了浮躁的气息是“意外收获”的话，这江南园林从建造之时就考虑了多雨的天气，必是有意之举。且不提上面书写过的因为雨水而变得生动的景观，仅仅是池塘中的荷叶就有为擎雨而种的蓄谋；更不要提几乎每个园林都可见的芭蕉了。虽然在北方也见过许多次芭蕉，但当在这苏州的园林中见到这芭蕉宽大肥厚的蕉叶，我知道这才是适合它们生长的地方。这里不仅有大小节奏都最适合的雨声，而且它们种植的地方也往往紧靠着窗户。这正是最适宜的谛听与最恰到好处的演奏。怪不得古曲《雨打芭蕉》就诞生在南方。在《红楼梦》里，大观园地处金陵，离苏州不远。有人说，曹雪芹对大观园的书写，就是以苏州园林为蓝本的。这样的说法的确是有根据的。而探春因为大观园中芭蕉较多又格外喜欢而取别号为“蕉下客”，似乎也是一个软证据吧。

1．第一自然段中，为什么作者说以欣赏园林的方式来欣赏它？这种方式主要是指什么？

2．第二自然段中说园林里的植物、池水与建筑都像是一并活了起来，分别体现在哪些地方？

3．第四自然段中画横线的句子，使用了什么修辞手法？找出文中同样使用这种修辞手法的句子。

4．作者在文中有两处说到狮子林像一幅水墨画，这两处有何不同？

5．本文书写的是园林景观，生活中我们也经常能够在各个城市中看到公园，试着用生动的语言描写一处你最熟悉的公园。

参考答案：

1. 这种方式主要是指一种悠闲而惬意的心态。

2. 植物活过来主要体现在“植物的叶子因为雨水而越发嫩绿”。池水体现在“泛出丝丝水晕和波纹，像是与雨进行的细密的耳语”。建筑体现在“那些瓦片、屋檐，以及亭子的飞檐，因为雨的冲刷，而显得更加乌黑，与白色的墙壁构成色泽上更强烈的反差。这种反差让整个园子更像是一幅水墨画。”

3. 使用的是拟人的修辞手法。文中同样使用拟人手法的句子是：“庭院里的那个小小池塘，因为细雨的落下，泛出丝丝水晕和波纹，像是与雨进行的细密的耳语”。

4. 作者在文中两处说到狮子林像是水墨画。一处是瓦片、屋檐的黑与墙壁的白形成的黑白对比，像是水墨画中黑白的对比。第二处是假山的白像是水墨画中白的底色，与整个园林的黑形成对比。

5. 略。（意对即可）

漂浮的家乡

（1）千里迢迢抵达平遥古城之后，我脑袋中出现的，竟然是家乡那个逐渐淹没在我记忆中，我少年时代居住的古镇。

（2）乘长途汽车抵达平遥古城之后，我顺着司机指的方向，向平遥古城走去。这座古城是易于辨识的，因为它那将整个古城包围的城墙。不管从古城的哪个角落，都可以被城墙指引到正确的地点。从城门侧面进入古城之后，仿佛进入了另一个世界。一道墙分割出了两个完全不同的世界，或者说切割了两个不同的时代。这个时代并不像我所想象的那样完全古色古香，而像是只倒流回去三四十年。只是三四十年对于当代中国来说，便塑造了完全不同的两个世界。这里见不到高楼，即使只是四五层的小楼。但想象中古老的房屋并没有鳞次栉比。在古城主干道东西大街之外，几处普通的房屋才能见到一座古老的门墙。有人在不宽的小街上骑着自行车，小贩把食物摆在熙攘的街上叫卖。这种感觉让我一下想起了我少年时代居住的那座古镇。那同样是一个商业古镇，只是与平遥不可同日而语。平遥在衰落之后修造的建筑与格局，倒与它有些相似。后来我专门租了自行车在平遥古城里骑行，仿佛一下骑到了许多年前，那时我正是这样骑着自行车，在家乡的那座古镇里寻找古迹和仿佛可以穿过时光的静谧。许多年后，我又在平遥古城找到了这种感觉，就像是平遥上空的云朵一下撞进了我的心里。

（3）在平遥的几天，天总是分外的晴朗。天空格外蓝，云朵格外白。在家乡古镇骑行穿梭寻觅，我往往会选择雨天，雨水仿佛可以洗去小镇世俗的一面，把它透彻的一面倒映出来。这样的晴天白云，正好是雨天的反面，是它的另一种极端。但它们同样能够去除那些古老建筑的世俗感，它们的陈旧因为这种晴朗而产生了油画般的质感；而雨天赋予它们的质感则是国画。蓝天白云之下，它们的陈旧显得耀眼夺目。也许平遥和家乡那座古镇的区别就在这里，国画只需寥寥的意象便可勾勒出一番独特的意境，而油画则可以呈现层出不穷的崭新事物。我在平遥古城背街小巷里的骑行，就是不断遇到新事物的过程。当然，这是陈旧的新事物。那些古老的青砖片片风化的城墙，那些隐藏在小巷里的高门大户，那些镶嵌在朴素建筑里精致的砖雕、石雕，都给我的寻找以惊喜。这样的寻找不只是就平遥古城而言，而是可以追溯到许多年前，从少年时代居住的小镇开始，到后来我所生活过的几个城市。每到一个地方，我都想去寻找那里的古迹，寻找属于它的历史。在有历史的地方居住，像在时光中也找到了落脚点。这种寻找并不完全包括被圈定的风景区。这些地方被圈定之后，就像成了风景的标本，也成为历史的化石。虽然精致，却丧失了与当下生活相连的血脉，而显得没有生命力。

（4）但日常生活中的城市或小镇，古迹都在慢慢地消失，要么，就被旅游业进行过度开发或破坏性保护。平遥古城正好处于两者之间，它是作为一个古城，而不是作为一个单纯的景点，也不只是把一些个单纯的景点保存了下来，是中国仅有的以整座古城申报世界文化遗产获得成功的两座古县城之一。这座古城基本保留下了一种古典生活的全貌。于是，在那几条商业气息浓重的街道之外，这个古城的其他角落仍然是较为质朴古典的形态。我就在这样的街道里走进了古城，后来也是骑着自行车在这样的街道里行走、寻觅。虽然没有像主干道东西大街那样密集的票号等古迹，但一些更为日常的住宅或其他建筑样式，还是散落在这样有些空旷的巷道里。

（5）这里说的空旷，当然是与那几条商业街相比较的。在那几条街上，因为行人太多，骑自行车往往还不如走路的速度快。在它们之外，我的骑行获得了加速度。当我的脚步在车轮上飞起来的时刻，我知道我又用这个感到亲切的交通工具帮我找到了以往“寻找”的感觉。

（6）它们帮我找到了这个古城的宁静，找到了这座古城曾经的生活。事实上，建立在这宁静和真实生活之上的古迹才真正动人。我在一个小巷里停下来，被几个门楼的典雅所震慑，久久地驻足。这样的小巷，基本可以算作古城的阑尾，一般的游客不会轻易抵达这样的地方，所以它们安静得仿佛被世界所遗忘。一个晚上，我在城墙旁的一个老房子外停下来，驻足了很长时间。老房子不仅用适当的遮蔽让人无法看见内部，同时，又以它典雅的外观让人对它的庭院房舍浮想联翩。尤其是昏黄的灯光打在大门上，让我在瞬间仿佛迷惑于家园本身的含义，而觉得也许那可以算作一种归宿。

（7）一般来说，骑自行车和步行能够将人们从概念化的旅行中解脱出来。按说步行是最接近于人的自然状态的。它将人从交通工具中解脱出来，使旅行的含义也变得轻便轻松。但在平遥古城，步行还不能算是让人超越常规旅行概念的方式。因为这里真的被开辟为步行区域的街巷，也真的像是城市里的“商业步行街”。在这一文化古迹资源最丰富的街区，商业也最为发达。各类店铺鳞次栉比，除了售卖的货物有些不同外，整体形态与大都市里的商业街并没有不同。这样的街道对步行的定义，更多是商业意义上的，而非旅行意义上的。因此，步行的趣味也丢失了许多。刚进入古城时，我还走得饶有趣味，但后来，就慢慢失去了兴趣。熙攘的行人，雷同的铺面，让我多少有些麻木起来。尤其在晚上，这样的行走因为不是抵达某个票号或古宅的过程，而只是成了脚步的重复，成为被人流裹挟的一朵浪花。

（8）因此，可以说，我对这座古城的浏览，基本上是在自行车上完成的。车轮在古城里飞动的时候，我的内心也动起来，其中有一小部分是感动。我似乎在这熟悉的交通工具上，在这特殊的速度里，有了身在家乡古镇的感觉。

1．平遥与作者家乡的古镇有什么关系？

2．在平日的阅读中，你一定积累了许多和第二自然段画线句中的“撞”字语境相近的词语。请列举出两个。你认为“撞”字在本文好，还是你积累的词语更好？为什么？

3．根据括号内的要求，欣赏下面的句子。

A. 但它们同样能够去除那些古老建筑的世俗感，它们的陈旧因为这种晴朗而产生了油画般的质感；而雨天赋予它们的质感则是国画。（从修辞手法的角度来分析）

B. 蓝天白云之下，它们的陈旧显得耀眼夺目。（从词语运用的角度来分析）

4．骑自行车和步行作为旅行方式，作者在平遥更偏向于哪一种，为什么？

参考答案：

1．平遥与作者家乡的古镇在物质形态上和时代感上都是相似的，所以平遥会让作者想起家乡的古镇，并且怀着乡愁在平遥旅行。（意对即可）

2．碰、钻、飞等。“撞”字好，因为“撞”形象地写出了一种与平遥相遇的意外和惊喜感。云与心的相撞，也具有一种动态上的美感。（意对即可）

3．A 句用的是比喻的修辞手法，将晴天的老城质感比喻为油画，雨天的则比喻为国画，准确而优美地传达出了两种不同形态下的美感。B句用耀眼夺目来形容陈旧，看似相互矛盾，实则发掘了词语的内涵，使“陈旧”一词摆脱了日常意义的束缚，获得了新的意义；感情色彩也由贬义变为褒义。这正符合古城的审美语境。

4. 作者更偏向于骑自行车，因为平遥的步行街商业化严重，步行在这里丧失了原初的意味和趣味。而古城的距离大小正合适骑自行车闲逛，而且与作者少年时代逛家乡古镇的感觉相似，所以作者更偏向于骑自行车。（意对即可）

廊 桥

（1）抵达婺源之前，通过照片，就已熟悉了彩虹桥。一座横跨在溪水上的廊桥，也许比徽居更能代表江南水乡的气质。也许这是因为北方人对溪流的想象永远有着不竭的热情。桥，也是这种溪流想象的一部分。它把溪流变得更富于人文色彩。通过桥，人与溪流的关系不是变得更加遥远，而是更加亲近。

（2）到达彩虹桥之后，首先让我惊艳的仍然是溪流。这条名为“新江”的溪流，宽阔、碧绿、平静，倒映、清洗着田野上的春天。这样的溪流在北方，应该可以算作大江大河了，也应该有与它身躯相应的大脾气。但在这里，它却流得和缓、平静，甚至也可以说是谦逊。在它的身边就是开满油菜花的农田和不远处的白色徽居。溪水的碧绿、清澈与丰盈与它们相依相存，共同构成了婺源的乡村美学体系，就好像元曲中的句子“小桥流水人家”，三者相连，才能构成一幅完整的美景，不用任何修饰就能成为美本身。

（3）在这种构成中，桥的作用无疑是巨大的。正是它把流水和人家联系了起来，在自然与人居之间起到了沟通的作用。而它自身的人工属性则显得暧昧，因为它是与溪流合为一体的。没有溪流的桥就好像是无源之水，这时才可以完全用人工的属性去定义。而在溪流之上时，它则成为一种沟通人与自然的媒介。从这个意义上说，它在实现自己现实功用的同时，也成为一种精神上或抽象意义上的桥。它不仅方便了河流两岸的来往，把河流对交通的阻隔抹去，同时也在精神意义上把一条河流对日常生活的阻隔虚拟化，甚至装饰化。因为桥，河流变成了大地的装饰，消解了土地的坚硬、静止、沉重；更成为日常生活的装饰，水的流动和清澈也消解了日常生活的沉闷、混浊。

（4）在通常的意义上，桥是河流的装饰，但装饰一词本身的多义性，造成了被装饰物对装饰物的反哺功能。卞之琳的诗《断章》中写道：“你站在桥上看风景，看风景的人在楼上看你，明月装饰了你的窗子，你装饰了别人的梦。”这种装饰意义上的互文和观察角度的转换，构成了层出不穷的风景。而这首诗的入笔也是桥，它在各种风景中也起到了桥梁的作用。

（5）彩虹桥就是一座富于装饰意味的桥梁。与普通的桥梁不同，它的桥上有廊，廊下还有“美人靠”。这使得它不仅有交通功能，还具有休息、避雨等生活功能，也增加了它的审美功能。首先，它提供了一个最舒适、安全的赏景之处，又因为它与溪水最为接近，所以成了观赏溪水的最佳所在。而在它为审美提供了平台的同时，它自身也变成了审美的对象。

（6）正因为它这种独特的审美价值，人们对它格外眷顾，从它的命名即可以看出。彩虹经常被比喻为桥，而它无疑是最具奇幻色彩、最富想象力也最美丽的桥。用彩虹来命名一座桥，就是把彩虹的这种属性赋予在它身上，使它的美既是现实的，又富于想象色彩。而现代人也不吝啬，在它的名字之上又赋予了“中国最美廊桥”的称号。

（7）然而，它自身的这些审美属性，在这个时代里，也使它所构成的古典美学体系遭到了破坏。旅游的开发，使它成了游客如云的一个景点。桥还是那座桥，它本身的美没有减损，但“小桥流水人家”中的“人家”在这里已不是小桥的主体，桥上的人不是从这端的家到那端农田的农人，而是桥本身即是目的地的游客。桥的现实功能被削弱，它自身的价值突出与彰显，打破了“小桥流水人家”这古典美学图谱的均衡。

（8）在这种失衡的状态中，桥上的行人也无法成为桥的装饰，而是成为桥的负担。我没有在桥上熙熙攘攘的人流中感受到那份古典美的意境。下桥之后，离它不远的一座小石桥吸引了我。没有游客走到这座桥上，因为它太小，太普通。这样的桥，在婺源乡村中几乎随处可见。它石质的朴拙的桥身，横跨过一条与新江相比几乎可以忽略的河流。但就是这样一座桥，也有它的名字：登云桥。给这样一座不起眼的小桥起这样一个名字，显示出了婺源人对桥的尊重与喜爱。它让我看到了桥的本义，也让我更接近婺源乡村生活的本来面目。

1. 简析画线句子“通过桥，人与溪流的关系不是变得更加遥远，而是更加亲近”的意思。

2．赏析下面的句子。

因为桥，河流变成了大地的装饰，消解了土地的坚硬、静止、沉重；更成为日常生活的装饰，水的流动和清澈也消解了日常生活的沉闷、混浊。

3．作者在文中引用了元曲“小桥流水人家”的句子和卞之琳的《断章》，它们起到了什么样的作用？

4．作者在文中主要写的是彩虹桥，最后为什么又写了登云桥？它的作用是什么？

参考答案：

1．人通过桥，把溪流对人的空间阻隔化解，而使溪流与人之间产生了更多的审美关系，这种关系让人与溪流更加亲近。（意对即可）

2．运用比喻的手法，将河流比作大地和生活的装饰，巧妙地用河流的优点弥补了大地和生活的弱点，通感手法的运用，让文字显得更加优美。（意对即可）

3．“小桥流水人家”引自元曲《天净沙 · 秋思》，在本文中，形象地说明桥在沟通人与自然关系中的作用。卞之琳的《断章》中写到了桥，阐释了不同视角变换下风景的变幻。在本文中形象地阐释了桥的多角度审美价值。（意对即可）

4．作者在最后写到了登云桥，并不与作者本文的立意相违背。彩虹桥虽然美好形态仍然保留如初，但却成为旅游目的地，与桥在婺源人生活中原初的作用相违背。而登云桥则最能体现出婺源人的生活中对桥的态度，和桥在他们生活中的作用。（意对即可）

樟 树

（1）进入严田，第一个感觉就是静。这种静，把我在李坑等村落感受到的热闹喧哗从婺源印象中剥离。而这静的原因，并不是说这里没有商铺摊贩，没有崭新的建筑。它同样有，只是大都位于古村落之外。而这里的静，就像安装了一个沉淀或过滤装置一样，把所有的嘈杂与喧嚣统统都沉淀过滤而去。

（2）进入严田，首先映入眼中的是粗大的竹子，让我宛如有一种回乡的感觉。因为家乡也是盛产竹子的。但这并不足以解释严田的静。向严田深处走去，又看到了宽阔、平静、碧绿的河流。河流的对岸即是田野。田野中金黄的油菜花隔着一条河流，就仿佛成了电影中的远景，与现实世界拉开了距离。这是我们与美之间应有的距离。沿着河流向上，便看到一座石桥。桥洞撑起新月般的弧度，倒映在溪流中，便真如一弯新月。

（3）这样的景致，与婺源的其他乡村相比，并不显得有太多本质上的不同。真正不同的是：它们都被笼罩在一种宁静安详的氛围里。中国有一个成语叫“宁静致远”，用到这里，则可以说是这种静，使它与现实产生了一定的距离，而这样的距离，让人情不自禁身处在一种审美的情境中。

（4）从进入村落起，我就开始寻找这种静的源头，一路寻找，最终找到了它——那棵千年古樟。它静静地立在村落的中央，树胸围近 14 米，树冠幅达 3 亩，我所见到的小桥、流水、人家，甚至田野的边缘，都在它的荫覆之下。中国有句古话，“大树底下好乘凉”，这棵树也许是这句话最好的印证。

（5）而事实上，大树底下不只是好乘凉。在中国乡村，一棵古树已经不仅是一棵树，而是村落原始宗教中的神灵，一个村落历史的见证者，更是村落自然生态的象征。在中国乡村，许多民间信仰都把古树当作神灵。一棵古树，不仅照顾着村子里的人丁繁衍，也决定着村子的祸福吉凶。严田这棵古樟在村落中便被称为“神樟”。同时，一棵古树还是村落历史的记录和见证者。中国乡村中的宗法伦理制度决定了它对历史的重视，因为一个乡村的历史往往就是由一个或几个家族史构成。村落历史的悠久也是家族历史悠久、源远流长的证明。而能证明这历史的，除了有形的文字，便是古树了。它用自己的年轮充当了书写历史的另一种文字。在许多书籍或影视资料中，农村召开重要的全体村民参加的会议往往在一棵古树底下。这样的会议往往是严肃、庄重的。因为古树的在场，讲话者要面对的不光是村民，还要面对村落的历史甚至神灵。在这个意义上说，古树不仅记录着村落的历史，也见证着它的历史。

（6）一棵古树同样是一个村落自然生态的象征。自然生态对于以农业为主要生产力的村落来说，是至关重要的。而树的生长所需要的阳光、水分以及土壤的肥力，都是自然生态中最重要的部分。于是一棵生长了千余年的茂密古树，便是这片土地生态良好的证明。而树也反哺着村落的生态。严田的秀美，不仅有着这棵古树的直接功劳，也有它的间接功劳。

（7）古树的这些意义也存在于其他村落，婺源的许多古村落中都有古树生长。这几乎是婺源古村落的一个特色。但在严田，除了上述的几点，我发现了古树的另一个作用，那就是：它也影响着一个村庄的精神气质。严田的气质就是宁静安详，甚至贩卖纪念品的村民身上也体现出了这种气质。樟树旁的空地上有几家贩卖纪念品的店铺，但却不显得喧嚣嘈杂。店铺的主人大多是本村的村民，他们没有像其他村落的商贩那样去喊客甚至拉客，而是静静地守着自己的摊位，温和平静，不急躁，甚至让人感觉不功利。仿佛该到来的终究会到来，不属于自己的，最终也不会属于自己。这种气质，也许就是长期生活在这棵古树之下，被它的宁静感染而致。

（8）古樟树是那么静，微风吹过无法让它晃动，时间也无法让它改变自己的姿态。它已生长了一千六百余年。无数的人事沧桑，只是它叶片上的一条条脉络。面对这样的古树，让人不禁生出对生命的敬畏，更让人萌发出对生命状态的思索。也许正是它的这种生命状态，感染了这里的村民，甚至感染了周围的花草溪流，它们宁静地生活，宁静地花开花落，宁静地流动，仿佛超越了时间，获得了永恒。这种宁静的美，便是婺源乡村之美的一个华彩乐章。

1. 本文第一句话就是“进入严田，第一个感觉就是静”。这种静的原因都有哪些？

2. 作者引用了“大树底下好乘凉”这句谚语，这句谚语的含义在文中主要包括了什么？

3. 分析以下两个文中的句子分别使用了什么修辞手法。

A. 沿着河流向上，便看到一座石桥。桥洞撑起新月般的弧度，倒映在溪流中，便真如一弯新月。

B. 也许正是它的这种生命状态，感染了这里的村民，甚至感染了周围的花草溪流。

4．文中多处使用了比喻手法，请将文中的比喻句一一找出。

参考答案：

1．一是商铺大都在村落之外；二是村中保留如初的竹林、溪水、田野等给人以安静的感觉；三是村中巨大的樟树吸收了噪音，给人的心神带来了安静。

2．“大树底下好乘凉”的谚语，一方面是说大树带来了荫凉，另一方面也带来了优美的自然生态，同时照顾着村子里的人丁繁衍，甚至也在一定程度上决定着村子的祸福吉凶。

3．A．为比喻，把桥洞比喻为新月。B．为拟人，花草溪流比喻为人，可以被一棵树的生命状态所感染。

4．（1）而这里的静，就像安装了一个沉淀或过滤装置一样，把所有的嘈杂与喧嚣统统都沉淀过滤而去。（2）田野中金黄的油菜花隔着一条河流，就仿佛成了电影中的远景，与现实世界拉开了距离。（3）桥洞撑起新月般的弧度，倒映在溪流中，便真如一弯新月。（4）无数的人事沧桑，只是它叶片上的一条条脉络。（5）它们宁静地生活，宁静地花开花落，宁静地流动，仿佛超越了时间，获得了永恒。（6）这种宁静的美，便是婺源乡村之美的一个华彩乐章。

夜西安

（1）我在夜晚抵达的，还有鼓楼后的回民街。这是一座在现代仍然保存甚至运转如昨的古老城市街巷。它与那些仿古建筑有着明显的不同，成为西安民俗的承载街区。而且它主要承载的是民俗中传承性最强的饮食。饮食对中国人来说可谓重要，在“衣食住行”这生活四大事务中的排序即可以看出端倪。而且味道具有一定的特殊性，作为一种记忆，它甚至像集体潜意识那样可以得到有效的传承。相较那些不断翻新的木构建筑，食物的味道也许更加稳定。尤其是一些著名的小吃，一经大众的味蕾加冕，它们的味道也就被限定，与它们的声名一起向后世流传。而这样的限定不乏“正宗”这样褒义的词汇。羊肉泡馍就是这样的美食。回民街因为传承了这些美食的“正宗”味道，盛名甚至盖过了许多景点，成为西安自助游的必选项。我在抵达回民街之后，发现这里的确有着久远的传承，而不是现代城市临时构建的美食街。这是有悠久历史的“吃货”天堂，种种传说中的食物一一登场，不过价格却超乎我的想象。但真正品尝之后，也感觉物有所值。西安羊肉泡馍的肉汤是如此的浓郁，以至我想口味清淡的南方人不一定会喜欢。也许只有西北人才会以如此浓烈的肉汁来浸泡最为普通的馍，使之几乎发生质变。这种口味对于习惯了五谷杂粮的中原人来说，也是有些不适应的。只有在畜牧业与种植业同样发达的西北，肉，这种动物蛋白与植物蛋白、碳水化合物才是平分秋色的。于是，肉的大量运用，肉汤的浓郁让外地人重新认识了羊肉泡馍这种食物，并成为西安的特色饮食，甚至成为西安的代表。

（2）这条回民街我在白天也来过，但并没有夜晚的感觉好。夜晚不仅仅是自然的时间划分，还是功能性的，将人从工作和种种规则中解放，比白昼更具娱乐性。也许因为夜晚时间的充裕，才能够让人去从容面对那数量众多的小吃。除了那些灯火通明，热气腾腾的美食店铺，还有更多在大街小巷摆卖陕西纪念品的小摊或店铺。皮影、剪纸、布老虎、泥塑这些陕西民间符号，琳琅满目地进入我的眼中。这里也与大雁塔肃穆的气场完全不同，就像是西安的两个极端：一个指向了伟大的历史，一个指向了世俗民间生活。

（3）在这众多的店铺中闲逛时，我发现了一处古宅，“榜眼及第”的匾额高悬门上。从仍然开着的大门望进去，里面像是别有洞天。我还没有在晚上游过古宅大院，所以就当即买票进去。之所以没有在晚上游过古宅大院，因为它们往往在晚上都要关门。也许因为夜晚才是回民街最为热闹的时刻，所以它仍然开放。它正式的名称是北院门 144 号民居，别称高家大院。进去之后，我才知道它的规模并不能跟那些动辄几条街的山西大院相比。也许因为这是寸土寸金的西安城，而那些山西大院大都在乡镇村落之中。虽然不是很大，但却很是古典和雅致。

（4）进入大院就是一个精致的石雕屏风，工艺一点不亚于我在山西与徽州见过的晋雕与徽雕。而进入院子之后，看到院子主体建筑都是二层的阁楼样式，还有方方正正的天井。那些雕花的窗棂和廊柱等精致木雕，以及整个院落的布局，都有一种南方小巧玲珑、细腻精致的美。也许是因为我在西安见到的多是大雁塔、钟鼓楼等较为宏大的建筑，或是兵马俑、秦陵等太过沉重的事物，进入这样一个普通的宅院，让我的感觉一下子没有调整过来，才会误以为这是南方。其实，古城历史虽然悠久而沉重，又有着粗犷豪放的一面，但对于古城市民来说，却依然可以选择精致典雅的生活。这个古宅，正是这种生活方式所留下来的标本。

（5）因为是在夜间，院子里挂着红色的灯笼。这是一种完全不同的灯光。它把白昼生硬的光线软化，又让漆黑的夜晚拥有了温度；同样也把时间变得柔软，现时与古代之间，仿佛只有一层窗户纸那样薄的距离，又仿佛这种古典生活的余温尚未退去。

（6）我不断地从一进院落进入下一进院落。屋外的灯笼和里面的灯光仿佛制造了这座宅子依然在呼吸，在美好地活着一般的感觉。院子与刚才在街上的那般拥挤热闹完全不同，仅仅是一墙之隔，便隔开了现代和古代，隔开了喧嚣与宁静；也应该与白天完全不同，是另一重天地。柔软的灯光照耀着古宅里的物件，屋子里一切摆设如旧，清晰在目，让人想起那种古典的生活。除了灯笼制造的朦胧意境，屋外的灯光也一点不艳俗，该暗的地方仍旧是暗。灯光在这夜色里，也如同国画颜料一般，太浓太艳显得过于俗气，浓淡之间，才会生出韵味。这古宅就在这浓淡适宜的灯光里显得韵味十足，给人足够的品茗空间。

（7）也许是因为夜晚时间的充裕，我欣赏了更多的匾额楹联。我在这些楹联中更深一步地进入这个家庭。主宅上“迎紫”“凝瑞”的匾额悬在门头，最后的阁楼命名为“叠翠轩”，这些色彩感十足的词语让古宅也仿佛拥有了丰富的色泽。而楹联则更多关乎儒家伦理道德。也许是因为高家出过进士，所以有些不免板着一副面孔的官方伦理。作为官宅惯有的标配，诗心雅兴也显得较为平常，没有太独特的审美价值。不过有一副楹联还是让我印象深刻，那就是：无乖戾气无落寞气无富贵骄奢气才称为福气真高/有读书声有纺织声有儿童欢笑声方见得家声果好。也许是因为后联中“有儿童欢笑声”让我想到宅子主人不仅仅是古板，更懂人伦喜乐。它指向了一种生活伦理，更具市民阶层的生活气息。古代城市市民阶层的诞生，是乡土社会中重要的社会现象，也是推动城市经济发展的重要阶层。虽说高家不能完全归为此，但在古城之中，还是受到了市民阶层伦理和美学观念的影响。这里承载了他们的生活。这样的生活也许比那些精致细腻都更为重要。

（8）我在这高家宅院里逗留了很长时间。与那些秦陵唐宫相较，它给我提供的就像是一种生活的遗址。这种生活应该是古代西安市民典雅生活的范本。对大雁塔等的游览，可以说是抵达了这个城市历史的内核；而对这街道民居的游览，也许可以说抵达了古城世俗与闲雅生活的内核。它们构成了一个完整而又独特的西安，就像是这座古城在夜晚才暴露出的真相。

（节选自《西安：夜晚的历史叙事》）

1. 作者在本文中从几个方面来书写夜晚的西安？

2. 文中加横线的这句话，使用了什么修辞手法？

这个古宅，正是这种生活方式所留下来的标本。

3. 文中提到的“一种生活的遗址”指的是什么？

4. 作者在文中写到的市民阶层伦理和美学观念中最重要的是什么？

参考答案：

1. 作者从西安的美食，街头的民俗艺术品，古宅大院三个方面来书写夜晚的西安。

2. 比喻的修辞手法。把古宅比喻为一种生活方式的标本。

3. “一种生活的遗址”指的是高家大院饱含生活气息的内宅、厅堂与院落。

4．一家人其乐融融的世俗生活，充满世俗生活气息的天伦之乐。（意对即可）

留园

（1）留园是我与虎丘比较之后选择的去处。事实上，这种比较一直持续到我到达虎丘山门口。因为我决定在这一天回到上海，所以我必须在它们之间做一个选择。抵达虎丘之后，我决定还是去园林。留园因为是中国四大名园之一，所以当然成为首选。因为之前园林留在内心里的印象，我更愿意把它比作文化的迷宫。我的心还没有从这“迷宫”中走出来。因为这园林直接印象的丰富，倒反衬出虎丘间接印象的单调。在这种对比之下，虎丘便仅仅是一座山和一座塔，而留园则有更多的可能性。于是，我选择了留园。

（2）乘坐公交车抵达留园，看到园外与虎丘相比，竟是一番冷清。与拙政园相比，显得更加冷清。这让我有点诧异，但还有点小小的窃喜。因为游人满园的景观正是我所不愿意看到的。进入园子之后，首先碰到的就是池沼假山，池沼相较狮子林显得小多了。对面的亭子里，放着古筝等乐器。我停下来静听演奏者演奏了一曲。古筝与箫共同演奏了一支古曲。演奏者身着戏服般的古典服饰。这让我产生近乎入戏的感觉，仿佛这一池秋水与假山小亭同样也成为这“戏”的一部分，而变得生动起来。因为这种古典的感觉，池的小，也不再是小，而成了精致。那小亭子和假山的搭配，便成了精巧。

（3）而后，我便走进了留园悠长的回廊和曲折的院落。

（4）但这种感觉并没有被很好地延续。甚至留园让我产生了对园林的另一种感受。也许是因为少了雨这个感性的容器，让这些景物统统都暴露在了理性轻易触及的空气中，我想起了朱大可援引的两种不同的对于中国园林的评价：一个印度人认为这是“见过的最奇妙的地方，是世界一个小巧玲珑的盆景”；另一个是澳洲人的评价：“我从没有见过如此矫饰的园林，它是一种虚假的自然，并且从头到尾都是一场视觉的骗局。”我顺着后者的思路和角度观察了一番园林：将山林野趣乃至大千世界引入一个小小的院子，并把亭子或山石等都赋予种种象征，的确显得有些做作。我由这个想法而进入了一种带有批判色彩的欣赏和观察角度里。

（5）这种视角就是将园林拆分，试图一个部位一个部位，一个角度一个角度地去观赏和理解园林。这样园林只剩下了一个一个零件，而丧失了整体。丧失了整体之后，园林的确就显得做作了。它由一个一个部件堆积木一样拼贴而成，然后用文字来将这些部件一一命名。似乎一经命名，这些建筑部件便拥有了人格或美的属性。而对于一个现代人来说，这种命名里的诗意或伦理同建筑美感的产生并不同步。因此，这时的做作，可以说是美的接受上的问题。现代人和古典的隔膜，语言与形象之间的距离，导致美的接受上的断层与卡壳。这是现代和古代的错位。

（6）当曲折的院落，长长的回廊和幽深的居室让我不断迷路的时候，我便感觉自己丧失了对它整体性的把握。于是整座园林，只有那些小小细节流露出的美感，整体上兴味寡淡。事实上，以我一上午的时间想要完整地了解这个园林，是有些奢求。也许，以前的主人在这里居住一辈子也不能够完全把握这个园林的整体。当我想要以一个游客的身份来体会主人生活于其中的心境，显然，是一种错位。这是时间的错位，也是心境的错位。

（7）不独整体，有些细节于我来说，也是错位的。如果一个巨大的太湖石被当成一座山去欣赏，那对于我来说，肯定会导致审美的失落。因为身居北方，见惯了雄浑的大山，这样玲珑的山石肯定无法调动我的观山之思。就像曾经沧海难为水一样。这是北方和南方的错位。

（8）这种情况在冠云峰那里，仍然延续着。因为观石经验的不足，导致我真以观山的经验来观看这块高高的太湖石。它的高度对于一座山来说，的确是可以被忽略的。于是，我以小小的失落感走到了留园的后院。按说这是整个游览的高潮，但却没有激起我强烈的反应。这是经验的错位。

（9）因为这些错位，整个审美历程被大打折扣。这个大大的园林，甚至没有狮子林给我的审美感觉愉悦。

（10）虽然园林中的无数细节也给了我美好的感受，但当游览结束，我从留园中走出时，却有一种很强的失落感。这是因为我无法完整地把握它的美，在批判的角度来说，我也无法进行犀利的批判。朱大可说到了对园林评价的两种极端，一种是极度赞扬，一种是彻底批判。但这两者我都无法达到。在留园，我成为矛盾的统一体。留园，就像一座真正的迷宫，让我的审美迷失在里面。

1．从文中找出印度人和澳洲人对园林的两种不同的评价的原因。

2．作者写他无法欣赏到园林之美的原因都有哪些？

3．作者在文章第一段和最后一段都把园林比作“迷宫”，二者含义有何不同？

4．任选一句画线句子，分析其修辞手法和表达效果。

A．这让我产生近乎入戏的感觉，仿佛这一池秋水与假山小亭同样也成为这“戏”的一部分，而变得生动起来。

B．因为身居北方，见惯了雄浑的大山，这样玲珑的山石肯定无法调动我的观山之思。就像曾经沧海难为水一样。

参考答案：

1．这是两种完全不同的看园林的方式，一种是具有一定的文化隔膜的理性分析的态度，另一种是在相似的文化语境下的一种感性欣赏的态度。（意对即可）

2．现代和古代的错位；时间的错位和心境的错位；北方和南方的错位；经验的错位。

3．两者感情色彩和语义不同。第一处迷宫，作者是以一种向往和着迷的态度；第二处的迷宫是作者真的迷失在其中，找不到方向和出口，产生了迷茫的情感。语义层面，第一处偏重于物的迷宫，第二处偏重于作者自己认知和审美上的迷宫。

4．A．本句用了比喻的手法，将池塘与假山小亭，比喻成为戏的一部分，让这些静物也仿佛具有了动感，并且相互融合与互动。

B．本句也使用了借用典故的修辞手法。用元稹的“曾经沧海难为水”来形容作者看惯北方高大山脉之后对玲珑山石审美的无法投入。典故的借用使作者的这种情感得到了准确的表达，也更有文学韵味。

网师园

（1）网师园是我此次去的最后一个园林。本来想去沧浪亭，但因为在一个纪录片里看过雨中的网师园，并且我喜欢的一个建筑家王澍也经常去那里，所以对网师园产生深刻的印象。因此，我选择了网师园。

（2）与沧浪亭的命名同义，网师同样也是隐喻着归隐。网师，也就是渔翁之义。与之同义的“渔父”就是隐居的同义词。而中国古曲《渔樵问答》中，渔樵当然也是隐士，否则单纯的渔樵不可能理解这样琴箫合奏的高雅之音。而在这些传统的解释之外，我还从现代的角度想到了一个解释，那就是著名诗人北岛曾以“生活”为题作诗，而全诗只有一个字：“网”。从字面意思来理解，网师便是懂得生活的大师了。这个说法虽然有调侃之嫌，但我在进入网师园之后，又想起这种说法，即懂得生活的大师，才会造出这样的园子，才会在其中居住。

（3）也许是因为小的缘故，我在留园得到的无法把握的失落没有在这里重演。我轻易就找到了它美的核心，就是那面院落中的湖泊。因为它水面的阔大，相较留园的池子，还有整个园林与水面的比例来说，都可以称作湖泊。与狮子林以假山为中心不同，网师园完全是以湖泊为中心。而围绕着湖泊，亭台楼阁依次排列，但却并不显得多，更不显得杂乱。因为这种布局和结构的简单，我轻易地把握住了它；也因为这种简单，这里更像是直接的生活现场。真正的生活，是没有那样复杂的。但它又绝对不简单。因为这一面湖泊的存在。

（4）湖就像一面镜子，让真实的园林景观衍生出一个副产品，即它的倒影。如果说那些小亭子和回廊还是有实用性，在功利世界坚硬地存在的话，那么它们在水中的倒影则完全摆脱了实用的范畴，而直接归入了审美。因为这面湖的阔大，几乎整个园林都在其中投下了自己的影子，都有现实存在之外，纯粹审美的存在。从这个角度来说，这面湖就像一个镜子，把一个园林复制成了两个。这种复制又不是机械地复制，而更像是进一步地提纯。这个镜子把原物所拥有的审美属性进一步提炼，提纯出一个纯粹的审美对象和意境。经过了这种提纯，观赏者可以跨过理性认识，而直接进入审美境界。由湖水中的景观，再回到园林建筑本身，也不会彻底回到现实和理性层面，因为这面湖的存在，观者的理性和感性始终是平分秋色的。在这里，我也才似乎明白，我在留园的理性膨胀，也许就是因为它的水面太小，只在入口有一个水池。与留园面积的大比起来，那个水池简直不值一提了。就是它直接导致了我感性的干涸，审美的缺位，而这些症状，都在网师园得到了治愈。

（5）湖水的清澈不仅倒映了那些园林建筑和花草树木，更呈现了湖水本身的丰富。那些游动的硕大的锦鲤，就是水中生物最好的代表。它们几乎是我见过的最大的锦鲤。它们的嬉戏游动，它们的无忧无虑，它们的肥硕，不仅呈现出这片湖水勃勃的生机，更倒映出了整个院落的生机。那些高高的白墙因为倒映在水中显得更白，也显得更高。那水边的小亭子也像是在水上漂着一样。如果有雨的话，整个园子会显得更美。我在纪录片里看到的网师园就是下着雨的。那绵密的雨滴落在湖面上，水晕不断泛起，就像在织着一张绿色的网。而此刻，在湖畔的窗边观赏，宽阔水面尽收眼底，每一个细小的波纹也都尽收眼底。一个园林因为一面湖而景色变幻万千。

（6）我长时间地待在网师园，坐在湖边，沉浸在它的美的境界中。所有园林的元素在这个小小的园子里都是自然而生动的。它们巧妙地排列成最完美的状态。它们不光抚慰了历史中在儒道价值系统中徘徊的知识人，也抚慰了一个被钢筋水泥建筑包围的现代人。不管它在历史中担任的是怎样的一种角色，它本身的美，都开拓了一种审美方式的可能，是人类的美学财富。

1. 作者对网师园中的湖着墨颇多，这样写的作用是什么？

2. 分析下面句子的表达效果。

A. 湖就像一面镜子，让真实的园林景观衍生出了一个副产品，即它的倒影。

B. 就是它直接导致了我感性的干涸，审美的缺位，而这些症状，都在网师园得到了治愈。

3. 第二自然段在结构和意义上的作用是什么？

4. 为什么作者在最后一段说园林是人类的美学财富？

参考答案：

1. 这面湖是网师园的中心。因为园林不大，而湖水面积较大，就倒映了那些园林建筑和花草树木，湖水因此而更美，也让园林建筑和花草树木融为一体。同时湖水中的游鱼也使湖水布满动感的美，落雨时的

湖泊则以细腻的水纹，呈现出一种独特的美。（意对即可）

2. A. 这里运用了比喻，将倒影比喻为园林景观的副产品，喻示着倒影也是一种景观。

B. 运用了明喻和暗喻交织的手法，将感性的干涸，审美的缺位比喻为一种症状，将网师园比喻为治疗这些症状的医院。通过这样一步步递进式的比喻，作者的思想得到了深入的表达。

3. 在结构上起到了统摄全篇的作用，在意义上通过名称意思的探讨，点出了文章的主题，定了全篇的基调。

4. 因为它们不光抚慰了历史中在儒道价值系统中徘徊的知识人，也抚慰了一个被钢筋水泥建筑包围的现代人。对古人和今人精神和审美的疗愈和抚慰，使它超越时间和人的界限，成为全人类的美学财富。（意对即可）

驸　马

（1）清化镇可书可记的历史人物有很多，故事也有很多，其中一则关于谢驸马的传说流传甚广。

（2）相传明朝嘉靖年间，河内县清化镇有一谢姓人家，谢家有一公子名诏，自幼聪明好学。传说他刚出生时，恰巧何塘在他家门口避雨，于是何塘便认他为干儿子。这公子到了十六岁便满腹经纶，因他一脸麻坑，又秃了脑壳，人们都称他谢秃子。

（3）谢诏父母想起他的干爹在京为官，就让他去京城一趟，找他干爹为他寻点事干，谢诏风尘仆仆到京城找到了何塘。何大人对他很热情，闲聊之后，心里老琢磨给他找点啥事干。俗话说“事有凑巧，物有偶然”，偏巧这时皇上下诏，让何大人奉旨领诏，监考天下才子，为公主选婿。

（4）何大人想：我这谢诏儿有福气，看来要当驸马了，就让谢诏进了考场。谢诏进考场后，略加思索，不到一个时辰就答完试卷，出了考场，监考人员惊讶不已。结果谢诏一举夺魁。

（5）考试过后，公主还要面选郎君。这一次谢诏的心凉了半截，他有自知之明，他知道自己相貌丑陋，肯定不会被公主看中。心里忐忑不安，忧心忡忡。何塘也为他捏一把汗，因为他实在太“与众不同”了。猛然何老先儿眉头一皱，眼珠一转，对干儿子附耳嘀咕了一阵“如此这般”，谢诏一听，面露笑容。

（6）公主要面选郎君，宫中大摆酒宴庆祝。酒席上那谢诏赤膊卷袖，站在椅凳上，扔下筷子，用手抓吃。吃得狼吞虎咽，丑态百出。公主见此情景，忍不住用手一指，弯腰大笑。她忘了今天是干什么的，她这一指一笑，非同小可，所谓“千金一笑定终身”，一笑即为选中，何况她又指准了人家。

（7）何大人见此机会，对谢诏说：“还不谢万岁？”“谢主隆恩！”谢诏倒身便拜，“我主万岁，万万岁。”众大臣和才子们也趁势恭维，齐呼万岁。

（8）随即，丫鬟、侍女拥上前去，给谢诏披红挂绿，公主见生米做成了熟饭，懊悔不已。

（9）公主就这么稀里糊涂与谢诏拜堂成亲，心中有苦难言。经过一段时间相处，公主觉得谢诏长相丑陋，却很有才华，又会体贴人，慢慢地对他有了好感。一次，谢诏对公主说：“我出来已经几年了，家中母亲也不知身体可好，我实在放心不下，想回去看望看望。”公主想：“这秃子还是个孝子呢。”就说：“驸马爷，等明天禀告父皇，我随你一同回去。”谢驸马又高兴又感激。

（10）第二天，公主对她父皇说：“听驸马说怀庆府山清水秀，胜比江南，孩儿想和驸马爷一同回去。”嘉靖皇帝一听，知道是女儿任性，耍孩子脾气，不过已长大成人，就让她做主吧！随口说：“好！去吧！”

（11）公主与驸马告别父皇，回到了清化镇。公主毕竟是金枝玉叶，到了清化镇，给父王写了封信，请求拨款修城。皇帝也不愿女儿受苦，立刻拨款，为女儿修城墙，建花园。这样，谢驸马与公主就在清化镇居住下来了。

（12）虽然谢附马是真实的历史人物，但传说只是传说，并不能作为历史的事实。作为民间想象，它可以折射出古代清化镇居民的幽默气质，调侃皇家权威的勇气，一种属于民间的智慧。而真实的史实与传说有很大出入。据《明世宗实录》记载，永淳公主应为明世宗即嘉靖皇帝之妹。所以永淳公主应为长公主。因为公主与长公主的夫婿统称为“驸马都尉”，百姓知道谢诏是驸马，就把皇帝的妹妹长公主误以为了是皇帝的女儿。为长公主择婿自有严密的皇家规矩，断不会如此轻率，对驸马人选也是经过了严格的考察。史载永淳公主经过两次选婿，才选中谢诏，而真正选定谢诏为驸马的，也不是永淳公主，而是当朝皇太后。

（13）《明世宗实录》卷七十九载：礼部尚书吴一鹏等言：“近选子弟谢诏，虽家世清白，资性明敏，然一旦骤致富贵，恐昧骄盈之戒。请于尚主礼成后，责其讲明居处伦义，写习仿书，讲解小学，记诵故事。”上善其言，寻谕阁臣曰：“公主乃我皇考亲女，为朕亲妹；驸马都尉谢诏作国家亲臣，焉可使之不读书知礼乎？”谢诏在成为驸马之后，也还要接受更加严格的规训，断没有那般的轻率荒唐。不过谢诏确实是有才华的。清化镇北的月山寺有藏碑一通，上有谢诏题诗《登明月山述怀》：“丁亥离家今始还，遥望楼阁总依然。咫尺田园亲故少，方信人生聚会难。”诗中语言较为浅显，但情感深挚，写出了一种亘古不变的人生困境。这首诗还透露了一处与传说不同的史实。诗中言明，谢诏“丁亥离家今始还”，谢诏所言丁亥年为嘉靖六年（1527 年），也就是说谢诏自嘉靖六年中驸马后，直到这首诗的写作时间嘉靖庚戌年（1550 年）才回来故乡。而此时，永淳长公主早已过世了。《明世宗实录》卷二百三十五载：“嘉靖十九年（1540 年）三月庚子，永淳长公主薨，讣闻，辍视朝一日，赐祭葬如例，给圹价银二万三千一百九十两有奇。”

（14）传说中永淳长公主与谢诏同回故乡的情景，也只是清化镇百姓一厢情愿的美好愿景。公主能到一个中原小镇上生活，就像凤凰栖于梧桐一样，是对这个小镇身价的抬升，也是一种吉祥的祈愿。

（15）如今清化镇仍有谢驸马的踪迹，老人们都说西大街上的几座住宅就是谢驸马院。不过谢驸马院主要院落已被拆除盖上了新的建筑，只余门前明代的石狮仍然守护着已经失落的侯门荣耀。在谢驸马院周围的几个老的院落里仍然散居着谢氏的后人，还保存着一些高大气派的古建筑，是清化镇古建筑的典型代表。那个像哈哈镜一样有些滑稽的传说，所照见的是它们的沧桑无情。

1. 作者在文间前半部分讲述的谢驸马的传说是否真实？

2．谢驸马的传说在清化镇广为流传的原因是什么？

3．分析谢诏诗《登明月山述怀》中的情感。

“丁亥离家今始还，遥望楼阁总依然。咫尺田园亲故少，方信人生聚会难。”

4．分析文中画线句子的修辞手法和表达效果。

那个像哈哈镜一样有些滑稽的传说，所照见的是它们的沧桑无情。

参考答案：

1．不真实，谢驸马并非以那种恶作剧的方式成为驸马的。后来公主也并未跟随谢驸马来清化镇定居。

2．是清化镇居民的美好愿景，民间对宫廷生活的好奇心以及随之而来的想象，传说本身的滑稽可笑。

3．这首诗表达了一种离家多年后还乡，物是人非的感慨，还包括对人生变幻的无可奈何。（意对即可）

4．这句话用了比喻的修辞手法。将传说比喻为哈哈镜，又进一步将那些历史痕迹与这个传说进行对比，呈现出岁月的沧桑与无情。言简意赅而韵味无穷。（意对即可）